残缺骑士

The Ill-Made Knight

[英] T.H. 怀特　著
聂绪芬　译

天津出版传媒集团
天津人民出版社

图书在版编目（CIP）数据

残缺骑士 / (英) T.H.怀特著；聂绪芬译. -- 天津：天津人民出版社, 2020.7

ISBN 978-7-201-16029-0

Ⅰ.①残… Ⅱ.①T… ②聂… Ⅲ.①长篇小说—英国—现代 Ⅳ.①I561.45

中国版本图书馆CIP数据核字（2020）第094373号

残缺骑士

CAN QUE QI SHI

出　　版　天津人民出版社
出 版 人　刘　庆
地　　址　天津市和平区西康路 35 号康岳大厦
邮政编码　300051
邮购电话　（022）23332469
网　　址　http: //www.tjrmcbs.com
电子信箱　reader@tjrmcbs.com
责任编辑　刘子伯
印　　刷　三河市海新印务有限公司
经　　销　新华书店
开　　本　650mm × 940mm　1/16
印　　张　18
字　　数　60 千字
版次印次　2020 年 7 月第 1 版　2020 年 7 月第 1 次印刷
定　　价　38.00 元

目　录

第一章

在班威克城堡里，法国男孩仔细地打量着磨光的茶壶盖表面，看着映在上面的倒影出神。在灿烂的阳光下，盖子闪烁着黯淡的金属光泽。壶盖和今天士兵的钢盔几乎一模一样，当然不可能当作镜子用，但是他别无选择。他翻来覆去地看着这个壶盖，以为能从凸面上映出的各种扭曲形象中看出自己的样貌。他连做梦都想找寻自我，却对可能找到的结果害怕不已。

男孩觉得自己出了什么问题。虽然后来他成了全世界的主人，却一辈子生活在这个困惑之中，好像对自己内心深处的秘密了如指掌，并为之羞愧，却无法理解。我们作为局外人，理解或者不理解并不重要。既然他想永远保守这个秘密，那就随他去吧。

男孩站在兵器库里，兵器库里面陈列着各种各样的武器。他一边抛掷一对哑铃——他所说的“秤砣”——一边随意地哼唱着曲子，两个小时很快就过去了。还记得帮助英格兰王平定叛乱的班恩克国王班恩吗？这个年仅 15 岁的男孩就是班恩的儿子，刚从英格兰回国。你一定还记得另一件事，亚瑟一直想招募年轻人当骑士，想让他们尽早接受圆桌理念的熏陶，而他最先瞄上的，就是蓝斯洛。蓝斯洛在宴席上的表现确实很抢眼，毫不夸张地说，玩游戏对他来说简直是小菜一碟，他几乎玩什么都能赢。

蓝斯洛使劲儿地举着哑铃，发出无言的噪声，脑子里浮现出的是亚瑟王威风凛凛的模样。他之所以在这里举哑铃，就是因为对亚瑟王深深的敬意。和英雄的那一次对话他一直牢牢地记在心里，一个字都没有忘记。

那时，他们正打算乘船返回法国，亚瑟和班恩王亲吻道别，然后把蓝斯洛拉到了船的一角。而充当他们谈话背景的，除了班恩舰队的纹章船帆、忙于缆索的水手、武装炮塔、弓箭手之外，还有铅白色的海鸥。

“蓝斯[1]，请过来一下。”国王亲切地说。

“陛下。”

“晚宴时，我看见你和别人在玩游戏。”

“是的，陛下。”

“你表现得太棒了！”

蓝斯洛没有说话，只是半睁着眼睛，低头看着地上。

“我有一个伟大的理想，所以需要很多有本事的人帮忙。等我成为一个真正的国王之后，你可以来帮我吗？”

男孩扭了扭身子，只是不以为然地看了对方一眼。

“这事和骑士有关，”亚瑟接着说道，“我想建立一个和嘉德勋章一样的骑士组织，专门对付那些滥用武力的人。你愿意加入吗？”

“是的。”

国王上下打量着他，不知道他到底是什么意思，似乎是高兴、惊恐，又或者完全是出于礼貌。

① 蓝斯（Lance）是蓝斯洛（Lancelot）的昵称。

“你明白我的意思吗？”

蓝斯洛显得有些忐忑不安。

“在法文里，我们把它叫作‘Fort Mayne[①]’，”他解释道，“意思就是，家族里谁的臂力最大，谁就是老大，可以想干什么就干什么。我听出来了，您想要集结一群反对强权的正义之士，为那有‘强壮的手臂’就代表一切的情况画上终止符。没错，我非常愿意为您效劳，但是得等到长大以后再说。谢谢您的好意，再见！”

于是，他们乘船离开了英国。男孩默默地站在船头，始终没有回头看一眼，生怕被别人看穿了自己的心事。事实上，谁都不知道，包括亚瑟之内，他在晚宴上就已经喜欢上了亚瑟。那位凯旋的北方君王英姿勃发、神采奕奕的模样早已在他心里生根发芽，和他一起回到了法国。

而隐藏在那双目不转睛地盯着壶盖的黑眼睛深处的，是他昨晚做的一个梦。700 年前——在马洛礼的记载中则是 1500 年前——那时的人们和现代的精神科医生有一个共同点，那就是非常看重梦境。对蓝斯洛来说，梦之所以让他觉得紧张不安，既不是因为这个梦潜在的意义，也不是因为他对梦的意义一无所知，而是因为梦让他觉得很失落。梦是这样的。

蓝斯洛和弟弟艾克特·德马利斯从椅子上站起来，分别骑上了一匹马。蓝斯洛说：“为了那些本不该被我们找到的东西，出发吧！”于是他们走了。但不知道为什么，蓝斯洛觉得自己遭到了某个人或某种神奇的力量的袭击，他（也可能是它）不仅夺走了他的衣服，给他穿上了一件打满了绳结

① 意思为“强壮的手臂”。

的衣服，还抢走了他的马，让他骑驴。接着，他发现了一口从来没有见过的美丽的井，井水清澈见底。于是，他从驴子身上跳下来，想去井边喝水，对他来说这就是最幸福的事。但没想到的是，他刚刚凑上前去，井水就变得越来越少，很快就见底了，离他越来越远，根本就碰不到。他觉得自己被井水抛弃了，内心充满了绝望。

男孩不停地倾斜着手中的锡盖，亚瑟、水井、使他成为亚瑟左右手的哑铃，以及肌肉酸疼的臂膀全都消失得无影无踪，只有一个念头在脑子里挥之不去。这个念头不仅和金属盖上映出的面容有关，也和那在他的内心深处、使他变成这副尊容的缺陷有关。他从来都不是一个自欺欺人的人，所以心里非常清楚，就算他再转动头盔 100 次，甚至 1000 次，10000 次，对镜子里的倒影不会有一丝一毫的改变。他早就打定主意，等自己长大后受封骑士的时候，一定要给自己取一个充满忧郁感的称号。作为长子，他早晚有受封骑士的一天，但是他不想叫自己“蓝斯洛爵士”，反而更喜欢别人叫自己“Chevalier MalFet”，意思就是“残缺骑士”。

对他来说——他觉得一定有什么原因——他才会变成一个丑八怪，他的脸看起来和皇家动物园里的怪物一样。你们见过非洲猩猩吗？他们长得非常像。

第二章

后来，蓝斯洛果然成了亚瑟王手下最了不起的骑士。他在战斗中的顶尖地位和板球选手布雷斯曼[①]差不多，亚军和季军则分别是崔斯坦和拉莫瑞克。

但是你不得不承认，要想精通板球之道，唯一的窍门就是不断地鞭策自己，而长矛竞技就和板球一样，是一门艺术。长矛竞技和板球有很多相似之处。首先，竞赛的时候，记分员会坐在记分帐篷里在羊皮纸上作记号，那些记号和现在的板球记分员所作的记录一模一样。那些穿梭在大看台和茶点帐篷之间的人一定会发现这项竞技和板球比赛的相似之处。其次，它十分费时——如果与蓝斯洛爵士对战的是一位好骑士，他往往会在场上浪费一整天；所有人的动作都像慢动作，因为铠甲非常重。开始比剑时，双方剑士在绿地上面对面站着，就像击球手和投球手一样，但比他们之间的距离更近一些。加文爵士可能会率先来一个内旋球，蓝斯洛爵士则会上演一场漂亮的滑腿打法，把球打到外边，然后面对加文的防守，蓝斯洛会给他一个前球，叫作“突刺”，所有的观赏者都会情不自禁地拍手叫好。大帐中也许会把目光转移到桂妮

① 布雷斯曼（Sir Donald George Bradman，1908—2001），澳洲著名板球选手，公认的最佳击球手。

薇身上，称赞那个了不起的男人足下功夫和以前一样了得。骑士的头盔后面的围巾，可以挡住炽烈的阳光不让它直接照在铠甲上，这和今天板球选手有时会在帽子下面放一块手帕是同样的道理。

单看艺术等级的话，骑士运动和板球骑士差不多，而蓝斯洛和布雷德曼唯一的区别体现在他的优雅上。他不需要弯腰伏在球拍上，也不需要跳起来接球。事实上，他更像另一位板球选手伍利[①]，但仅仅光坐在那里就想成为伍利，可没那么容易。

兵器库是在班威克城堡当中最大的房间，小男孩戴着高顶盔站在这里，他就是后来大名鼎鼎的蓝斯洛爵士。在之后的三年里，小男孩除了睡觉之外，几乎在这个房间里度过了所有的时间。

从窗户看出去，他一眼就能看到主城堡的房间，大部分都很小，因为修建城堡时根本没有闲钱去享受奢华。在内堡和里面的那些小房间周围，有一个宽敞的牛栏，也可以说是一个环形要塞，如果有人攻城，就可以把城堡里的牲畜赶到这里来。城堡被一道副塔楼的高墙包围着，墙的内面有很多大房间，有的是商店，有的是谷仓，还有的是兵营和马厩，兵器库就是其中一间，夹在一间间马厩和牛圈之中，马厩里总共安置了五十匹马。军队的武器、家族中闲置不用的东西以及进行演练、练习或体能训练时所用的物品，统统放在兵器库里，最好的家族铠甲，也就是那些真正在用的铠甲，则在城堡里的一个小房间里放得好好的。

---

① 伍利（Frank Edward Woolley），英格兰板球选手，是一位出色的全方位板球选手。

各式方旗和三角旗放在架着椽木的屋顶下，有的悬、有的倚，旗上饰有班恩家的盾徽，这种徽纹就是我们现在所说的“远古法兰西”[1]。比试用的长矛放在墙边放着,平放在爪钉上，这样就不会弯曲变形，和体育馆里练习用的横木有点儿像。一堆长矛已经变形、受损，但还是有点儿用处，所以随意地堆放在角落里；第二面主墙的架子上的东西则是步兵专用的，有无袖锁子甲、手套、矛、高顶盔和波尔多剑。班威克出产精良的波尔多剑，所以在班恩王看来，住在这里是一件幸事。还有甲具桶,远征海外用的铠甲被干草包裹着——上次远征结束后，一些桶子就再也没有打开过，其实里面有各种怪东西。负责看管兵器库的戴普大叔曾打开过一个甲具桶，将里面的东西整理了一番，最后却大失所望——他只在里面找到了十磅椰枣和五包糖。那些糖如果不是十字军带回来的锥形糖块，就一定是某种蜜糖。戴普大叔将物品清单放在甲具桶里旁边，除了糖之外，单子上还写着：一顶附金饰的战盔，三双铁手套，一件外袍，一本弥撒书，一块祭坛布，一对锁子甲，一只银便盆，十件献给我主的衬衣，一件皮短褂和一袋西洋旗。这些甲具桶堆成了很多凹处，里面躺在一组修缮受损铠甲的架子，架子上还有一大罐橄榄油（现在的人们更喜欢用矿物油，但在当时那个年代，他们可没那么多讲究）。此外，还有一盒盒用来抛光的细沙、好几袋锁子甲用的钩钉（每两万枚的价钱为十一先令八便士）、铆钉、锁子甲的备用环、用来裁切新皮绳和束膝带的皮革，以及上千

① 远古法兰西（France Ancient），象征英国王室的百合徽纹，底色为蓝色，上面装饰着重复的金黄色百合图样。这里所说的“现代法兰西”，指的是徽纹中的百合只有三朵。

种在当时算不错、现在却早就被人忘得一干二净的东西。软铠甲就是其中之一。它和曲棍球守门员穿在身上的保护垫有点儿像，也和美式足球运动员穿的那种填塞式的防护衣差不多。为了在房间中央腾出一些位置，操练时用的物品静静地躺在各个角落里，如刺枪靶。戴普大叔的桌子在门口，上面的东西凌乱不堪，有鹅毛笔、洗墨沙、专门在蓝斯洛脑袋犯傻时打他的棍子，以及混乱到极点的笔记，上面详细地记载着：哪几件铠甲罩衣拿去抵押（如果铠甲价值不菲，抵押倒是不错的选择）、哪几顶头盔在哪一天被擦得干干净净地送过来、谁的臂甲需要修理，以及在什么时候给了谁什么东西、请他擦亮什么东西。大部分账目都错了。

对一个男孩来说，在一个房间里待三年，除了吃东西、睡觉和在田地里练习长矛比试时才走出房间，绝对很难熬。蓝斯洛既不浪漫，也不殷勤，除非你一开始就了解他的个性，一个男孩这样做，光是想想就已经非常困难了。在丁尼生[①]和前拉斐尔派[②]的拥护者看来，认出这个阴郁、不讨人喜欢，而且长相丑陋的孩子并非易事，他绝不会告诉任何人，自己完全是靠梦想和祈祷活下来的。他们可能会觉得好奇，想知道这孩子用来对抗自我的蛮横力量到底有多大？他年纪轻轻，居然就能这样摧残自己的身体。他们也可能会猜想，这孩子奇怪的原因。

① 丁尼生（Alfred Tennyson），英国诗人，代表作为长篇叙事诗《国王之歌》，是亚瑟王文学中极其重要的作品。

② 前派拉斐尔（Pre-Raphaelites），英国画家、诗人和评论家于十八48年成立的组织，反对缺乏想象力又做作的画风，想要将意大利画家拉斐尔之前的艺术风格发扬光大，其主张对之后的英国画坛产生了深远的影响。代表人物有米莱、但丁·罗塞尔、威廉·罗塞蒂、亨特等，其画作也不乏以亚瑟王传奇为主题。

一开始，蓝斯洛拿着一柄钝头矛和戴普大叔切磋了好几个月，对蓝斯洛来说，那段日子简直烦闷至极。戴普大叔会全副武装地坐在一张桌子上，拿着钝头矛的蓝斯洛则不断地攻击他，将铠甲上最好的着力点找出来。之后，他会独自一人待几个小时，在被允许触碰真正的武器之前，他会在户外练习各种投掷法，用弹弓或掷矛来练习掷射、抛接棍棒，一练就是好几个小时。一年后，他开始进行刺靶训练，具体方法是：在地上插一根木桩，用剑和盾与之对战，和攻击假想敌或沙袋练习类似。刺靶练习中甬道的剑和盾，重量是普通武器的两倍，最好是60磅。这样的话，他使用一般武器时就会觉得很轻，所以能运用自如。和板球规则不同的是，最后阶段是模拟战斗。经历了重重磨炼之后，他终于获准参加几近真实的战斗，对手是他的兄弟和堂表兄弟。这些战斗必须严格地按照规则行事，最开始可能是先掷射钝头矛，然后用尖端和刃锋全都变钝的剑互相攻击七次，“在规定的时间里，不能扭打，不能用手抓着对方，否则就算犯规，要受罚”。如果在比赛中用到突刺就算犯规，因为你不能用矛尖猛戳。最后，他们会用剑盾击打对方。现在，这个干劲儿十足的男孩没准儿会带着他的剑和圆盾轻率地和对方单挑。

在蛙人和自由潜水[①]出现以前，有一款英国皇家海军的老式潜水服，如果你穿过就会知道那些潜水兵动作缓慢的原因。一名潜水兵两条腿上各有四十磅重的铅，前胸和后背上的铅板则重达五十磅，还有潜水服和头罩的重量。他不在海里的时候，重量是一般人的两倍。他跨越甲板上的绳索或通

① 自由潜水（free diving），又称裸潜，即不带任何装备，凭借一口气潜到水中再浮出水面。

风管时，简直就像是在爬一堵墙，非常艰难。要是你从前面推他一下，他就会仰面摔倒，反之亦然。只要受过训练，潜水兵就能轻松地化解这些麻烦。对他们来说，举着四十磅的脚，在船梯上上上下下并不是难事；但如果是一个训练不足的家伙，光是移动就会累得他上气不接下气。蓝斯洛也要学习如何抵抗重力，而且要行动敏捷，这一点和那些潜水兵没什么两样。

全副武装的骑士和潜水兵的相似之处不仅仅是这些。

除了头罩、一身累赘以及令人喘不过气来的状况之外，他们穿铠甲的时候都需要很多亲切而细致的助手来帮忙。只有在这些助手的帮助下，他们身上的行头才会显得恰如其分。潜水兵将命运托付给了为他们着装的海军士兵，这些年轻士兵怀抱着深深的敬意，小心翼翼地照顾着潜水兵，和见习骑士或骑士的侍从一样。称呼他的时候，他们用的是其职称，而不是姓名，所以他们说的是“潜水兵，坐下”，“潜水兵，轮到左脚了”，或是“潜水兵二号，对讲机里有声音吗”。

把自己的性命拜托给他人其实挺好的。

三年了，其他男孩子一点儿也不担心，因为他们可以想别的事；但是对这个长相丑陋的男孩而言，这些练习占据了他生命的全部，晦暗得几乎令人窒息，却充满了神秘感。为了亚瑟，他必须和那些精通游艺的人一样不断地磨炼自己、提高自己。在几百个有争议的议题上有正统合理的见解是他不可推卸的责任，例如武器的适当长度、盾牌披饰[①]的式样、

① 披饰（mantling），徽纹中附在盔冠旁边的卷带形装饰。

护肩甲的接合方式，以及雪松木是不是和乔叟[①]说的一样，比用梣木做矛更好？

在他早年思考的骑士问题当中，有个简短的例子：两位骑士，也就是洛伊的雷诺和荷兰的约翰进行长矛比试时，雷诺故意系了一顶篷盔（这是一种鼓状盔，硕大无比，里面填了稻草，有时候会用来罩在原有的头盔上），所以看起来松松垮垮的；荷兰的约翰手中的矛尖一碰到雷诺的篷盔，它就掉了下来。意思就是，那顶篷盔从雷诺身上掉了下来，雷诺本人却好好的。这一招非常有效，却非常危险——为此，骑士们争得脸红脖子粗：有人认为这是卑鄙无耻的把戏，有人说这虽然很公平却太冒险了，还有人则觉得这是个好办法。

经过三年的艰苦锻炼，最终展现在世人面前的是一个既没有快乐的心，也无法像云雀一样放声歌唱的蓝斯洛。在他所在的那个时代，一辈子一眼就可以看到头儿，甚至和一个星期一样短暂，他却因为执着于某人的提议，在骑士训练这件事上浪费了整整三年。这段时间，做白日梦成为他活着唯一的动力。成为全世界最了不起的骑士是他最大的愿望，因为只有这样，亚瑟才会用爱来回报他；而且，他还想做到另外一件在那个年代可能发生的事，那就是：他渴望借助自己的纯洁和卓越，创造一些常见的奇迹，比如，让盲人重见光明。

① 乔叟（Geoffrey Chaucer），英国中世纪著名作家，著有《堪特伯雷故事》。

第三章

有三个伟大家族与亚瑟的命运密切相关，这些家族都有一个共同点：家里都有一位了不起的天才，同时扮演着导师和密友的角色，对孩子们的性格起着非常重要的作用。在艾克特爵士的城堡，充当这个重要角色的人是梅林，毫不夸张地说，他对亚瑟的人生起着决定性的作用；在偏远的洛锡安，这个人是圣托狄巴，他那好战的思想对加文和那几位兄弟对氏族的向心力至关重要；而在班恩王的城堡，这盏“指路明灯”就是蓝斯洛的叔叔——关波尔。其实，他就是我们之前见过的那个老人，人们都叫他戴普大叔，关波尔只是他的教名。对那个年代的人来说，给孩子取名字与今天我们给猎狐犬和小马命名没什么两样。以有四个孩子的摩高丝王后为例，她的孩子们分别叫加文（Gawaine）、阿格凡（Agravaine）、加赫里斯（Gaheris）和加瑞斯（Gareth），里面都有一个字母 G。所以，如果你的兄弟的名字叫班恩（Ban）和波尔斯（Bors），那么你除了叫关波尔（Gwenbors）之外，别无选择。这样的话，别人就更容易记得你。

在整个大家族里，只有戴普大叔把蓝斯洛放在心上，同样，认真对待戴普大叔的只有蓝斯洛一人。作为一个特异人士，也就是我们常说的真正的大师，这个老家伙总是遭到那些蠢货的嘲笑，被人当作空气是常有的事。骑士之道就是他最感兴趣的事情之一，对此，戴普大叔除了一副用过的盔甲之外，还有一套他自认为非常了不起的理论。他对新歌德式风格的棱线、扇形图案和凹纹厌恶至极。对他来说，穿戴像纳尔逊桌子上绳饰的盔甲的人简直就是个大傻瓜，因为盔甲上的沟纹除了让敌人的攻击变得更容易之外，一无是处。他曾说，判断一具好铠甲的唯一标准就是找不到任何着力点，所以一想起日耳曼人做的那些花样百出的纹路，他就几乎崩溃。他是纹章学方面的专家，无所不知。他的眼睛里容不下沙子，如果看见有人犯了明显的错误，比方说，把金属材质和颜色弄混了，他就会吹胡子瞪眼，像发疯一样：长长的白色八字胡尖端会像虫须一样抖动，指尖拼命地缠绕在一起，激动地挥舞着手臂，眉毛跟着动个不停，喊得嗓子几乎都要冒烟了。但是话说回来，如果没有这样激动的场面，又怎么配得上大师这个称号呢？因此，每当他和蓝斯洛产生分歧时，比如是否需要在盾牌上切一个开口，或者需不需要在盾上加入背带，他甚至会控制不住自己的情绪打蓝斯洛的耳光，但是蓝斯洛从来不计较。在那个年代，他们一直相安无事。

男孩之所以对戴普大叔百般忍耐，原因很简单：他可以从德普大叔身上学到他想要的一切。要知道，戴普大叔不仅是一位优秀的神职人员和权威，还是法兰西最了不起的剑士之一。为了学习，男孩什么都可以忍受，这是他的真实想法。而这一切，目的只有一个，那就是在这位天才的粗暴教导下去破坏、去追迹、去突击——为了用那把重剑去刺杀，直到自己就要一分为二，为的只是让德普大叔接住他的奋力一击，逼迫他更严酷地拉筋。

从他记事以来，那个长着一双青钢色眼睛的男人就在那里上蹿下跳，弹着手指，拼命地大叫着，好像只有这样才能活下去:“回圈攻击！双回击！绕剑脱出！一！二！”

在一个晴朗的夏日里，蓝斯洛和叔叔一起坐在兵器库里。迎着灿烂的阳光，蓝斯洛清楚地看见，许多灰尘在这个大房间里飞舞，已经打转了好一会儿，墙上排列着磨光的盔甲和成排的长矛，头盔和高顶盔则挂在木钉上。除此之外，你还可以在这里看见短匕首、甲具和各种绣着班恩家盾徽的方旗和三角旗。他俩展开了一场激烈的搏斗，最终以年轻的蓝斯洛取胜而告终。蓝斯洛只有十八岁，剑术就已经远远超过了自己的师傅——戴普大叔并不以为然，他的学生们也睁一只眼闭一只眼。

就在他们大口大口地喘着粗气的时候，一位见习骑士进来了，原来是蓝斯洛的母亲想见他。

“有什么事吗？”

见习骑士说，一位先生点名要见他，王后已经答应了。

这时，伊莲王后坐在城顶房间里织着挂毯，两名客人分别坐在她的两边。她并不是康瓦尔姐妹之一的伊莲，在那个年代，伊莲这个名字简直满大街都是，例如，在《亚瑟王之死》里，就有好几个女性共用这个名字，这种情况在手稿来源混乱不清的时候更加普遍。房间里几乎见不到阳光，三个成年人坐在长桌旁，乍一看，还以为是一排面试官呢。其中一位客人戴着尖顶帽，是一位上了年纪的绅士，胡子已经花白；另一位则是一个剃了眉的年轻女子，肤色呈橄榄色，看起来有些轻佻。他们三个仔细地打量着蓝斯洛，最先开口说话的是那位老绅士。

“嗯！”

其他人都竖着耳朵聆听着。

“你们叫他加拉罕吧。”老绅士说，“这是他的名字，”他接着说，“但是自从行了坚信礼之后，他就叫蓝斯洛了。”

“您是听谁说的？”

“我别无选择。”梅林说，“这世上从来都没有不透风的墙，这种事肯定会有人知道。行了，这个话题就到此为止吧，让我好好想想，我还需要告诉你哪些事？”

那个女子用手捂着嘴，像猫一样打了个哈欠，显得非常优雅。

“从现在开始，到以后的三十年里，他会心想事成，而且会成为全世界最伟大的骑士。”

“我能看到那一天吗？”伊莲王后问。

梅林挠了挠头，然后用指节敲了敲脑袋，慢条斯理地回答道：“能。”

“太好了！”王后高兴地说，“哈哈，这再好不过了！蓝斯，亲爱的儿子，你听见了吗？你将是这世界上最伟大的骑士呢！”

“您是亚瑟王派来的吗？”男孩问。

“没错。”

“没出什么事吧？”

“是的。他让我问候你。”

“国王快乐吗？”

“非常快乐。对了，桂妮薇也向你表示问候。”

“桂妮薇？她是谁？”

“上帝啊！”魔法师大声地嚷嚷道，简直不敢相信自己的耳朵，“你不知道吗？没错，你不可能知道。看来，我是老糊涂了，脑子里变成了一团糨糊。”

说完，他瞥了一眼那位美丽的女士，眼神中充满了责备——这确实都是她的错。她就是妮姆，他们后来相爱了。

“桂妮薇是亚瑟的新王后，”妮姆说，“他们已经结婚很长时间了。”

“她是罗德格兰斯王的女儿，”梅林解释道，“为了护送送给女儿的嫁妆，他专门派了一百名骑士随行。那张圆桌非常大，同时坐一百五十个人一点儿问题都没有。”

“哦！”蓝斯洛答应了一声。

“国王想告诉你这件事，”梅林说，“使者可能在半道上被淹死了，也可能遇到了暴风雨。但是，他的确是这样想的。”

“哦。”男孩又应了一声。

梅林意识到情况有点儿棘手，于是加快了说话的速度。如果只是看蓝斯洛的脸，根本不知道他到底是怎么想的，不知是伤心，还是生下来就这样。

“到现在为止，亚瑟已经召集了二十九位骑士，”他说，“还有二十一个名额，所以任务非常艰巨。所有骑士的名字都会被写在上面。”

人们一言不发，因为他们不知道该说什么。然后，蓝斯洛清了清嗓子。

“我在英格兰的时候，认识了一个叫加文的男孩，”他说，“他现在是骑士吗？”

梅林点了点头，觉得愧疚不已。

“他是在亚瑟的婚礼当天受封的。”

“我知道了。”

随之而来的是另一阵冗长的沉默。

“这位女士的名字叫妮姆，”梅林意识到，自己应该主动打破这个尴尬的场面，“我爱她，这应该算是我们的蜜月旅行，只不过是魔法式的。接下来，我们还要去康瓦耳，所以现在就要出发了，请您原谅。”

“亲爱的梅林，”王后大声说，“不管怎么样，您还是明天早上再走吧。”

“不，不，非常谢谢您的好意。但是抱歉，我们必须马上动身。”

“离开前要喝点什么吗？”

“不了，谢谢。您真是个大好人，但是我们一分钟都不能耽搁了，因为我们要去康瓦耳施些魔法。”

“实在太匆忙了……”王后说。

梅林站起来，拉着妮姆的手，打断了王后的话。

“好了，再会！”他毫不犹豫地说。旋转了几次后，他们彻底消失了。

他们确实离开了，但魔法师的声音仍然在房间里回荡。

“就这样吧，”他们的耳边响起了魔法师的声音，“我亲爱的朋友们，我们要去康瓦耳了。你还记得吗，我曾经跟你说过，那里有一个魔法洞穴。”

蓝斯洛踱着步子回到了兵器库，和戴普大叔面对面站着，紧紧地咬着嘴唇。

“我要去英格兰。”他说。

戴普大叔吃惊地看着他，但最终什么都没有说。

“事不宜迟，我要连夜启程。”

“这实在太突然了，”戴普大叔说，“以我对你母亲的了解，她绝不可能这么快就做决定。”

“放心吧，我不会让母亲知道的。”

“你的意思是，你想离家出走？”

“如果我告诉父亲和母亲，他们一定会大吃一惊，”他说，“我从来没有想过离家出走，这里是我的家，我当然还会回来。但是现在，我必须赶紧去英格兰。”

“你想要我瞒着你的母亲吗？”

“没错。”

戴普大叔犹豫不决地嚼着八字胡的尖端，两只手绞在一起。

“如果他们知道我没有阻拦你，”他说，“班恩一定会让我脑袋落地。”

“我保证，他们不可能知道。”说完，男孩就迫不及待地去收拾行李了。

一个星期后，蓝斯洛和戴普大叔和一艘特别的小船一起来到了英格兰海峡的中央。小船的首尾都有一个和城堡很像的东西，单桅杆中间还有另一个城堡，看起来和鸽子笼差不多。此外，在船的两端，鲜艳的旗帜在迎风飘扬，色彩鲜明的帆上还有个王道十字，桅顶则飞舞着一道长旗。船上总共有八个桨手，而这两位乘客晕船了。

第四章

这个原本对英雄怀着狂热的崇拜之情的少年驶向卡美洛，内心充满了苦涩。十八岁的他为国王献上了自己最宝贵的东西——生命，最终却落得被人遗忘的下场，这对他来说是莫大的打击；他在灰扑扑的兵器库里浪费了那么多时间，使出全部的力气挥舞着沉重的武器，却万万没想到加文爵士已经抢先一步成了光荣的骑士。他觉得愤愤不平，但在这诸多不平之中，最让他痛心的是他为了国王的理想耗尽了自己的精力，国王的妻子却从天而降，轻而易举就夺走了他的爱。蓝斯洛一边对桂妮薇充满了嫉妒，一边却因为自己妒忌之心而觉得不齿。

戴普大叔骑着马，一言不发地跟在这个受伤的男孩屁股后面。有一件事他百分之百肯定：他教出了整个欧洲最出色的骑士，但男孩太年轻了，根本没有意识到这一点。戴普大叔兴奋地跟在他最得意的徒弟身后，就像一只精心地呵护杜鹃鸟的山雀。他用皮带把这些甲具系起来，背在身上，看起来井然有序——因为从那一刻开始，他将成为蓝斯洛最忠诚的随从。

他们来到一块林间空地，一条小溪缓缓地在眼前流淌，有片只有几英寸的浅滩，溪水流过那些洁净的石头时发出了叮叮咚咚的声音。灿烂的阳光倾泻在空地上，旅鸽懒洋洋地唱着“呜咕——呜——咕咕”的调子，而小溪对岸是一个头戴顶盔、身穿黑色铠甲的骑士，长得高大魁梧。他端坐在一匹黑色的战马上，盾牌被帆布套子遮得严严实实的，根本看不清盾徽的图案。在那副铁甲的衬托下，他看起来高大肃穆，他的脸淹没在硕大的头盔里，带着几分威胁的神情。他到底在想什么，接下来想做什么，人们一无所知。用一句概括性的话来说就是：他是个危险分子。

蓝斯洛和戴普大叔不约而同地停住了脚步。黑骑士骑着马来到浅水处，在他们面前停了下来。他把长矛举得高高的，行了个礼，然后用矛尖指向蓝斯洛身后的某个地方。他的意思再明显不过：要蓝斯洛打道回府，或者想和他去那里好好地较量一番。不管他是什么意思，蓝斯洛用臂铠行了个礼，然后调转方向，向指定的地方走去。他从戴普大叔那儿拿回了自己的矛，将原本用链子挂在后面的顶盔拉到前面来，并将那钢制的塔楼抬到头上，用绑带系得牢牢的。现在，对方完全看不清他的表情了。

这两个骑士在巴掌大的空地的两端比画，虽然他们什么都没说，却像商量好了似的举起长矛，策动马匹，展开了较量。戴普大叔躲在附近的一棵大树后面，欣喜若狂地把手指捏得咔咔直响。蓝斯洛并没有意识到这一点，但他非常清楚等待那个黑骑士的会是什么下场。

第一次总是令人激动不已，就像我们第一次自己坐飞机时觉得兴奋得差点窒息是同样的道理。这是蓝斯洛第一次进行真正意义上的比试——虽然他用几百个矛刺靶和几千个铁环练习过，但也仅仅只是练习而已，从来没有想过去拼命。

在这场较量刚刚开始的时候，他在心里想："这下糟了，谁都帮不了我了。"但只是一瞬间，他就平静下来了，下意识地耍出了他对付矛刺靶和铁环的招数。

他的矛尖准确无误地刺中了黑骑士肩甲边缘的底部。他的马飞速奔跑的同时，黑骑士的马却在小步跑。就这样，黑骑士和他的马一起迅速地偏向左边，重重地摔倒在地上，在半空中画出了一条漂亮的抛物线。蓝斯洛呼啸着在他们身边一闪而过的时候，看见马和它的主人躺在地上，骑士的长矛凌乱地落在马腿间，盾牌掉到了地上，罩在外面的帆布被一只闪亮的马蹄铁撕成了两半。人和马纠缠在一起，为了不让对方伤害自己，所以对对方又踢又踹，想挣脱对方。那匹马好不容易才用前脚撑着，将身体抬直了，骑士则坐了起来，抬起一只戴着臂铠的手，大概是想揉揉自己的头。蓝斯洛勒住马，转头骑马回到黑骑士身边。

按照常理，一位骑士被另一位用长矛击落马后会勃然大怒，把气都撒在马身上，并且坚持要对方下马，徒步用剑一决胜负。他们往往是这样想的："我打不过那头母驴的儿子，但是有我老爹的宝剑就不一样了。"

但那位黑骑士并没有这样做，他虽然浑身上下黑漆漆的，但个性非常开朗，他坐起来后透过头盔上的缝隙吹了一声口哨，声音中充满了惊讶和赞赏，这就是最好的证明。他摘下头盔，轻轻地摸了摸额头。盾牌的外罩被马蹄子踩烂了，纹章的图案露了出来：在一片金灿灿的底色上，画着一只后腿直立的红龙。

蓝斯洛把他的矛丢进了旁边的灌木丛，跳到地上，跪在了黑骑士身旁。他的心再次被浓浓的爱意占满。不发脾气是亚瑟的风格，被人打得摔到地上却仍然真诚地赞美对方，这也是他最典型的风格。

“大人。”说完，蓝斯洛谦卑地摘下了自己的头盔，低着头，行了一个法兰西式的礼。

“蓝斯洛！”他大声喊道，“上帝啊，你就是小男孩蓝斯洛！你是班恩王的儿子吧？我还记得，我们在班恩王来参与毕德格连之战时见过一面。你刚刚的表现简直太完美了！这是我第一次见识这么漂亮的攻击，是谁教你的？太棒了！你要去哪儿，是去我的宫廷吗？班恩王还好吗？还有你那位迷人的母亲呢？真的，我亲爱的小兄弟，你刚刚表现得好极了！”

当气喘吁吁的国王伸出双手要把他扶起来的时候，蓝斯洛心里的嫉恨之意瞬间消失得无影无踪。

他们把马找了回来，并肩而骑，慢慢地朝王宫前进，把戴普大叔忘得一干二净。他俩有太多的话要互相倾诉，没完没了。蓝斯洛瞎编了一个关于班恩王或伊莲王后的传说，亚瑟则将加文杀死一位女士的事情原原本本地告诉了他。他还告诉他，结婚后的派林诺变得勇猛非凡，后来在比武较量的时候失手杀死了奥克尼的洛特王，当然还有圆桌的事以及他对圆桌的期望。虽然进度很缓慢，但现在蓝斯洛来了，事情早晚会步入正轨。

他到卡美洛的第一天就被封为爵士，事实上，在过去的两年里，他随时都可以成为骑士，但他只想让亚瑟授勋，所以才拖到了现在。当晚，他晋见桂妮薇王后。有人说她的头发是金色的，但并非如此：王后的头发是罕见的黑色，而她那对深邃澄澈的蓝眼睛里流露出的是无惧无畏的神色，这一切都令人过目不忘。说来也怪，这个年轻人扭曲的面孔让她感到讶异，却一点儿也害怕。

“介绍一下，”国王说，他将他俩的手拉在一起，“这就是我和你提过的蓝斯洛。他将是我手下最了不起的骑士，还从来没有人能把我打下马来。桂妮薇，请你一定要好好对待他，我和他的父亲是老朋友。”

蓝斯洛面无表情地吻了吻王后的手。

他并没有发现她有什么特别之处，因为此时此刻，他的脑子里浮现的都是先前描绘的模样，一时接受不了她真正的样子。在他心里，她不过是个强盗而已，抢走了他最心爱的东西。强盗虚伪冷酷、工于心计，所以他想当然地觉得她也是如此。

“你没事吧？”王后关心地问。

亚瑟回答道：“我们必须把他离开之后发生的事统统告诉他。实在是太多了！应该从哪里开始呢？”

“那就先说说圆桌骑士。”蓝斯洛说。

“我的天哪！”

王后露出了灿烂的微笑，并看了看这位新骑士。

“亚瑟满脑子里都是圆桌，”她说，“甚至连晚上做梦都是。依我看，要把这件事说完，至少需要一个星期。”

“这件事的进展还算顺利，”国王说，“大家都知道，这种事不可能一帆风顺。我们已经有了一个初步的计划，而且人们也慢慢接受了，这是一个好的开始。这件事一定会成功，这一点我非常确定。”

“那你要怎么处理奥克尼族的问题呢？”

“放心吧，他们总有一天会改变想法的。”

“你们说的是加文吗？”蓝斯洛问，“奥克尼一族怎么了？”

“问题的根源就是他们的母亲摩高丝。她从来没有给过他们爱和安全感，所以他们不仅无法理解那些真诚待人的人们，反而对他们充满了疑惑或恐惧。他们想不通，我为什么要他们那样做。现在，他们中的三个在这里——加文、加赫里斯和阿格凡。这和他们无关。”说这些话的时候，国王的目光闪烁不定。

“我们刚结婚的当年，亚瑟第一次为圣灵降临节举行庆典，”桂妮薇解释道，“他派所有人出去探险，目的就是看他的理念能否落实。等他们回来后，他们回来后，人们才听说加文一气之下砍了一名仕女的脑袋，而且老派林诺连一位落难的少女都没有救出来。亚瑟雷霆大怒。”

“这怪不了加文，”国王说，“他是个好人，我非常喜欢他，要怪就只能怪那个女人。”

“此后，情况有好转吗？”

“是的。虽然进展缓慢，但不管怎么样，事情总在往好的方向发展。”

“派林诺是不是非常后悔？”

亚瑟回答道：“没错，他悔得肠子都要青了。但是后悔又有什么用呢？事实上，他的糊涂事多如牛毛，而那只是其中一件而已。问题的关键是，自从他和法兰德斯女王的女儿结婚后，他就像变成了一个勇士，认真地参加比试，而且经常获胜。我记得曾经对你说过，他和洛特王练习的时候失手杀死了对方，导致了非常严重的后果。奥克尼的孩子们对天发誓，要老派林诺一命抵一命，为父亲报仇。我实在不知道怎样才能阻止他们。”

“这下好了，蓝斯洛会帮你的，”王后说，“有个老朋友帮忙真不赖。”

“没错，真的太好了！蓝斯洛，你想去你的房间看看吗？”

那时，那天已经过了一半，卡美洛的业余鹰匠带着自己的游隼，进行最后阶段的训练。作为一个有头脑的鹰匠，要不了多久就能让你的鹰展翅翱翔；但如果你没那么聪明，犯错自然是避免不了，有时候甚至连猎鹰最后的训练都无法完成。因此，为了证明自己是个聪明的人，卡美洛所有的鹰匠都尽早展开了自己的训练项目。要是你去野外散步，会发现气急败坏的鹰主们一边放着鹰绳，一边和助手吵得脸红脖子粗。就像詹姆士一世说的那样，放鹰的人总是容易情绪激动，原因就在于鹰天生凶猛，往往会感染它身边的人。

为了给蓝斯洛解闷，亚瑟送给他一只关在鹰笼里的矛隼。在那个年代，只有国王才能养矛隼，所以这个礼物非常贵重。这种说法并不一定正确，但朱莉安娜·巴恩斯院长告诉我们的就是这样：皇帝可以饲养金鹰，国王可以拥有矛隼，按照等级，伯爵养游隼，贵族仕女养雌灰背隼，王室侍从养苍鹰，牧师养雌雀鹰，圣水执事则只能养雄雀鹰。蓝斯洛对这件礼物非常满意，迫不及待地和其他鹰匠比赛。鹰匠们当面一套背面一套，一边毫不留情地批评着对方的训练方式，一边又虚伪地拍着对方的马屁，眼睛里却满是猜忌。

蓝斯洛的礼物还没有换完羽毛，她和哈姆雷特一样，长得圆滚滚的，动不动就喘着粗气。换羽毛的时候，她有很长一段时间是在小小的笼子里度过的，所以闷闷不乐，而且性情暴躁。所以，在能使用诱饵之前，蓝斯洛不得不用放鹰绳拉着她飞了几天。

放鹰绳是什么？其实就是一条绑在老鹰系脚皮绳上的长索，目的是防止老鹰飞走。如果你有用放鹰绳放鹰的经验，就肯定知道这该死的玩意儿简直难用到了极点。现在，很多人对钓鱼的卷线器非常熟悉，收放自如，但在蓝斯洛生活的年代并没有好的卷线器，只能把放鹰绳像毛线一样缠成一个球。这样做会出现两件麻烦事：一个是所有的绳球都会遇到的问题，也就是它们总是会缠得乱七八糟，和人们想象中的一颗整齐的绳球相差甚远；另外，如果你放鹰的地方正好是一片蓟草和杂草丛生的野地，放鹰绳就会和各种各样的草缠绕在一起，鹰就无法前进，妨碍训练。蓝斯洛和那些气急败坏的家伙一样绕着卡美洛走，放眼望去，打结的绳子、敌对的气氛和展翅高飞的鹰群随处可见。

亚瑟王告诉他的妻子，一定要好好地对待这个年轻人。她深爱着自己的丈夫，也敏感地意识到自己是他和他的朋友之间的障碍。她不是一个愚蠢的人，所以不想因此而去补偿蓝斯洛，心里却不由自主地对他产生了某种兴趣。她喜欢上了那张破碎而丑陋的脸，再说，这也是亚瑟的意思，他要她好好对待蓝斯洛。当时，在卡美洛放鹰的人到处都是，放鹰的助手却少得可怜，所以桂妮薇和蓝斯洛一起去放鹰，帮他整理绳球。

他从来没有正眼瞧过这个女人。他最常挂在嘴边的两句话就是“那女人来了”“那女人走了”——没错，他就是这样告诉自己的，他全部的心思都在放鹰上。这项活动对女性来说简直不值一提，而他对她的态度，并没有比女性对放老鹰的态度好多少。他虽然长得丑，却是一个不折不扣的绅士，而且他的自我意识太强，根本不可能把时间浪费在这些芝麻绿豆的小事上。他最初的嫉妒，已经在不知不觉间变成了漠视。他继续放鹰，礼貌地接受她好心的帮助，并表示感谢。

一天，那些蓟草出了大问题，他再一次对前一天应给的食料量计算错误。那只矛隼的情绪糟糕透了，蓝斯洛的情绪也好不到哪儿去。桂妮薇并不擅长放鹰，对鹰也没有特别大的兴趣，那天就被他的臭脸吓到了。她吓得够呛，整个人变得笨拙起来。她来帮忙完全是出于一片好心，但她知道自己在放鹰方面没什么天分，而且很慌乱，所以尽管她小心翼翼，却还是卷错了鹰绳。他恶狠狠地夺走了她手里的那颗绳球，和先前温文有礼的样子简直是天壤之别。

“不是这样。”说完，他眉头紧锁，气冲冲地用手指把她精心卷绕的绳球扯开了。

那一刻，一切都好像凝固了。桂妮薇站在那里，看起来伤心不已。蓝斯洛觉察到了她的沉默，也一动不动地站在原地。那只鹰停止扑翅，树上的叶子发出的沙沙声也戛然而止。

直到这时，这个年轻人才意识到自己的错误：他伤害了一个和他差不多大的人。他从她眼中捕捉到了对他的恨意，发现她被吓坏了。她竭尽全力地对他好，但他回报给她的却是刻薄和冷漠。但更重要的是，她是一个活生生的人，有血有肉。她既不是一个有城府的人，也不是一个虚伪冷酷的人。她是善良而美丽的珍妮，是一个会思考、有感觉的人。

第五章

最早察觉到蓝斯洛和桂妮薇相爱的两个人是戴普大叔和亚瑟王。梅林（他现在被那位善变的妮姆困在洞穴里）已经提醒过亚瑟，而他对这件事觉得恐惧不已。但是，他向来对预知未来不感兴趣，所以并没有把梅林的提醒当回事。戴普大叔则和自己最得意的弟子站在那只已驯化的矛隼的鹰棚里，和他来了一次推心置腹的谈话。

“神啊！”戴普大叔一连用了好几个同类的感叹句，“你到底怎么了？你知道自己在做什么吗？我教出的全欧洲最出色的骑士，却败在一位淑女美丽的眼睛上，把我多年的悉心培养都忘得一干二净。对方居然还是一位已婚的夫人！”

“我不明白你的意思。”

“不明白！不明白！上帝啊！”戴普大叔咆哮道，“我说的是桂妮薇，还是其他人呢？愿荣耀永远伴随上帝左右！”

蓝斯洛紧张地抓住老人的肩，让他坐在一个箱子上。

“听我说，叔叔，”他坚决地说，“我老早就想说，你是时候回班威克去了。”

“回班威克？”戴普大叔大叫一声，心里一阵阵刺痛。

“没错，和你听到的一样。你总不能一辈子假装我的侍从吧？第一，你是两位国王的兄弟；其次，你的年纪比我大了两倍。这违反了军事规章，这一点你应该知道。”

“军事规章？”老人再次咆哮起来，“你这个胆小鬼。”

“为什么要这样说我？”

“你知道的一切都是我教的，在亲眼看到你亮出自己的本事之前，你就要我回班威克吗？听着，我还没有见过你耍剑呢！还有你那把欢悦剑，还没有上过阵呢！你这个无情无义、过河拆桥的家伙！我会遗憾而死的！我向上帝发誓，我一定会！”

然后，这个火冒三丈的老人噼里啪啦地冒出了一连串高卢式的咒骂，其中就有征服者威廉那句“上主荣光”[①]和假借路易十一之口的“天杀的”笑话[②]。然后他按照这条思路，依次用卢卡的圣容[③]、上帝之死、上帝的牙齿和上帝的头来咒骂红脸威廉、亨利一世、约翰王和亨利三世。看样子，矛隼很喜欢这场表演，它兴奋地竖着羽毛，就像女仆在窗外挥舞着拖把。

“行吧，如果你不愿意，那就留在这儿吧。”蓝斯洛说，“但我有一个条件，那就是别再提王后的事。如果我们喜欢彼此，我也没办法。再说，喜欢一个人又不是什么错。王后和我都不是坏人。你为了她的事来教训我，不是明摆着说我们之间有什么不可告人的事吗？你一定是对我有误会，或者根本就

① 上主荣光（Per Splendorem Dei）：1066年9月，征服者威廉（即威廉一世）登陆英格兰向当时的英王哈洛德二世时所说的话。

② “天杀的”（Pasque），出自法国作家雨果的名著《巴黎圣母院》第十卷第五章《法王路易的祈祷室》，在文中，路易十一时不时就要蹦出这句话。

③ 卢卡的圣容：供奉在圣马丁诺教堂的圣像，其雕刻者据说是曾与耶稣对谈的法赛利人尼哥底母，所以和耶稣长得非常像。

不相信我。到此为止吧，就当这件事从来没有发生过，再也别说了。”

戴普大叔翻了翻眼睛，挠了挠头发，亲了亲指尖，把指关节捏得咔嚓直响，然后用其他的姿势来表达自己的意见。但不是不管怎么样，他确实再也没有提过这件事。

对于自己的妻子和最好的朋友，亚瑟的心理非常复杂。梅林早就警告过他，但这种说法本身就是自相矛盾——如果你的朋友背叛了你，他根本就算不上是你的朋友。亚瑟深爱着像玫瑰花一样美丽而热情大方的桂妮薇的同时，对蓝斯洛充满了敬意，并且这份敬意很快就自然而然地变成了喜爱。因此，他也不确定道该不该怀疑他们。

最终，他得出了这样的结论：解决这个问题最好的办法就是让蓝斯洛和他一起去参加罗马战争。不管梅林的警告是否属实，这个做法不仅能让年轻的蓝斯洛远离桂妮薇，还能让最厉害的手下跟在身边，是一举两得的好事。

罗马战争的过程非常曲折，耗费了数年的时间，我们在这里简单介绍一下就行。从本质上看，这场战争是毕德格连之战顺理成章的结果，同时也将战火蔓延到了整个欧洲。在大不列颠，为赎金而战的封建思想早已消失得无影无踪，国外却并非如此，这不，一个赎金猎人就找到了这个刚坐上宝座的人。路奇乌斯是罗马的独裁官——马洛礼就是这样说的，听起来怪怪的，他派大使来要求亚瑟缴纳贡金——这是交战前的说法，战后才改名叫赎金。为此，国王专门召开了议会，大臣们坚决不同意。就这样，路奇乌斯独裁官一声令下，战争的号角吹响了。他也派出包括麦考莱所说的拉尔斯·波希纳[①]在内的很多使者，去境内的各地寻找同盟。最少有十六位国王和他结成了同盟，和他一起从罗马出发，进入日耳曼高地和英格兰人展开激战。他的同盟有的来自安巴西、阿蓝奇、亚历山卓港、印度、哈蒙山、幼发拉底河、非洲、大欧罗巴半岛、尔塔因、伊拉米、阿拉伯、埃及、大马士革、达米耶塔港、凯亚、卡帕多其亚、塔斯、土耳其、庞斯、潘彼里、叙利亚和加里西亚，有的来自希腊、塞浦路斯、马其顿、卡拉布里亚、凯特兰、葡萄牙，甚至还有几千个西班牙人。

在蓝斯洛为桂妮薇着迷的头几个星期，亚瑟做了一个重要的决定：横跨海峡，去法兰西和敌人交战。在这场战争中，他决定让这个年轻人陪在自己身边。那时，蓝斯洛第一圆桌骑士的美名还没得到公认，不然的话，带兵打仗绝对少不了他。到目前为止，他只和亚瑟交过一次手，被公认为最厉害的骑士是队长加文。

和桂妮薇分开让蓝斯洛非常恼火，对他来说，这意味着亚瑟不信任他。而且他还听说，崔斯坦爵士和他的情况差不多，却能留在康瓦耳，陪在马克国王的王后身边。他想不通，为什么自己就一定要离开桂妮薇呢？

罗马战争的战火烧了好几年，在这里我们就一笔带过吧。事实上，这只是个再普通不过的故事，双方互相推挤，除了伤亡惨重之外，几乎每天都要上演无畏的勇气、高超的本事和完美的战术。这是升级版的毕德格连之战，和往常一样，亚瑟并不愿意给它按上一顶运动或商业行为的“帽子”——哪怕它确实符合这种特性。红头加文担任使节时一怒之下杀

① 麦考莱：19世纪英国诗人、历史学家和政治家，著有通俗叙事诗《古罗马之歌》，主要讲述了罗马历史的英雄故事。

了个人。蓝斯洛率领士兵和人数比他们多三倍的敌军交战，打得对方落花流水，并亲手杀死了黎利王和三位大名鼎鼎的爵士——阿拉库克、赫劳德和赫伦戴。还有三个臭名昭著的巨人死在了战场上，其中两个就是亚瑟的杰作。决战的时候，亚瑟举起斩钢剑，砍向路奇乌斯的脑袋，一直劈到胸口才停下来。清理战场的时候，人们还发现了叙利亚的苏丹、埃及国王和埃塞俄比亚国王（海尔·塞拉西的先祖），以及十七名远道而来的国王和六十名罗马元老的尸体。亚瑟将他们的尸体放进了豪华的棺木里（这并不是为了嘲弄他们），从这些棺木代替了原本的贡金，送到了罗马市长面前，让市长和几乎整个欧洲大为震惊，共主的地位得以确立。普里森斯、帕维亚、彼德圣和崔伯港都向他俯首称臣，发誓自己永远追随他。就这样，在英格兰之后，欧洲大陆上的封建战争惯例彻底瓦解了，直至消失。

通过在战争期间的相处，亚瑟对蓝斯洛的喜爱更加强烈。因此，当他们凯旋时，他彻底把梅林的忠告抛到了脑后。蓝斯洛成为这场战争中最伟大的骑士。他俩不约而同地认为桂妮薇并不是他们之间的障碍，几年时间一晃就过去了，倒也相安无事。

第六章

现在，人们对蓝斯洛爵士是什么印象呢？在他们眼中，蓝斯洛可能只是一个武艺超群的丑陋的年轻人而已，这当然不是全部的事实。作为一个骑士，他拥有强烈的中世纪荣誉观。

有这样一句话：“某某人说话算话。”用这句话来概括蓝斯洛竭尽全力想实现的理想再合适不过，即便是在今天的英格兰，仍然有人经常这样说，这是爱尔兰农夫表示赞美或恭维的方式。

蓝斯洛的理想是做一个顶天立地的人。他吐口唾沫是个钉，觉得说过的话是自己最宝贵的资产，就连那些无知的乡民同样如此。

但令人不解的是，虽然诚信是为人处世的基本准则，但他骨子里有一个与圣贤之道背道而驰的矛盾想法。在他看来，他说的话之所以有价值，除了因为他是个好人之外，还因为他是个坏人。而需要用准则来约束自己的，往往都是坏人。举了简单的例子，他喜欢伤害别人，并以此为乐趣。正是出于这个奇怪的理由，他变成了一个残酷的人，但另一方面，这个可怜的家伙从来没有亲手杀过任何一个求饶的人，更没有在他可事先防范的情况下残忍地对待任何人，同样是因为这个理由。他对桂妮薇所做的第一件事就是伤害她，如果她的眼睛里没有受伤后的痛苦神情，或许他压根儿就不会把她当成人看，这是他爱上桂妮薇的一个原因。

圣贤的形成往往有千奇百怪的理由。如果蓝斯洛是一个不在乎礼仪规范的人，恐怕早就带着自己最敬佩的人的妻子私奔了。要是这样，亚瑟身上或许就不会发生那样的悲剧了。为了找出真正的善，彻底灭绝自己行恶的倾向，蓝斯洛花了半辈子的时间；如果是其他人，没准儿在引火上身之前就斩断根源了。

他俩回到英格兰的时候，船队是在三明治港靠岸的。在那个灰蒙蒙的九月天，蓝色和红铜色的蝴蝶在收割后新长出的草丛里飞来飞去，鹧鸪发出了蟋蟀般的叫声，黑莓慢慢变色成熟，仍懒洋洋地躺在棉绒摇篮里的榛果核仁还什么味道都没有。桂妮薇王后在海滩上迎接他们，在她亲吻国王的一瞬间，他猛然明白了一件事：她一直是，并将永远是他们之间的障碍。他动了动，看起来有些狰狞，就像五脏六腑打了结一样；对王后行礼之后他马上就离开了，去最近的一家旅馆休息，在床上翻来覆去，睁眼到天明。第二天一大早，他就请求国王允许他离开。

“你不是没待在宫廷里吗？”亚瑟说，“为什么不多待一段时间呢？”

“我原本就应该走的。”

“应该走？”国王问，“为什么要这样说？”

蓝斯洛紧紧地握着拳头，指节鼓得高高的。“我一直想去探险，去寻找冒险的机会。”

“但是蓝斯洛……”

“你之所以设立圆桌，不就是这个原因吗？”年轻人大声嚷嚷道，“难道不想要骑士们远行探险、与强权对抗吗？为什么你要拦着我呢？这就是圆桌最重要的理念哪！”

“拜托了，”国王请求道，“请冷静。如果你想去，没人能阻止你，我只是想让你再多陪我们一段时间而已。好了，别生气了，蓝斯洛。我真是不明白你到底在想什么。”

“早点儿回来。”王后说。

第七章

那些不知名的冒险就这样拉开了序幕。他的目的不是名声，也不是为了好玩，而是为了离桂妮薇远远的；是为了维护他的荣誉，而不是树立荣誉。

其中一次探险非常有意思，值得我们好好谈谈，这样人们才能知道他是怎样努力地克制自己的情感、成就那些高贵情操的。与此同时，人们还可以知道英格兰当时的情形，了解亚瑟王要推行他对于公理正义的理论的真正原因。亚瑟并不是一个骄慢的人，但是他的国家格美利在很多年前一片混乱，只有推行圆桌理念，这个地方才能存在下去。和洛特一样动不动就挑起战端的人虽然已经受到了惩罚，那些在自己的地盘上横行霸道的贵族行径却比比皆是，根本无法约束。那些土霸主不是把犹太人的牙齿拔下来，把他们的钱财据为己有，就是把反抗他们的主教活活烧死。这些恶主人也不是善人，他们总是挖空心思折磨农奴，比方说，把油脂浇在农奴的身上，然后放在火上慢慢地烤，用滚烫的融铅烧烫，钉上木桩，挖掉眼睛后丢到一边等死；或者割断他们的腿筋，这样他们就再也不能走路，只能在地上爬行。小规模的争斗层出不穷，这让穷人们觉得更加难以生存；骑士全副武装，所以就算在战斗时摔到地上也没什么大不了的，除了武林高手之外，谁都不能伤他一分一毫。还是举例来说明吧：在传奇的布汶之战中，法兰西的腓力·奥古斯都落马后落入了步兵的包围圈，但步兵的长矛根本无法刺穿他的盔甲，所以他很快就得救了，而且比之前更加英勇善战，像一头暴怒的狮子一样完全失控了。不得不说，蓝斯洛的第一次远行探险，以自己独有的方式为那段纷争不断的强权年代提供了有力的佐证。

在威尔士边界上有两个骑士，他们是卡拉铎斯爵士和特昆爵士兄弟俩，是克尔特人。这两个顽固派男爵从来没有想过向亚瑟俯首称臣，也对任何形式的政府都不感兴趣，他们唯一相信的只有武力。他们都有高大坚固的城堡和邪恶的家臣，在他们的领导下，那些家臣做坏事的机会比在安定社会中多得多。他们和专门以弱小同伴为食的老鹰差不多。但是说真的，用“老鹰”这个词来形容他们，对老鹰来说是莫大的耻辱，因为不管怎么样，有的老鹰很高贵，特昆爵士却和高贵隔着十万八千里。如果他能活到现在，完全有可能会被关进疯人院，他的朋友则一定会拖着他去做心理分析。

蓝斯洛爵士骑着马去远行冒险，离自己最想去的地方越来越远。因此，对他而言，马儿每向前迈出一步，他内心的痛苦就会增加一分。这场冒险进行了大约一个月之后的某一天，他遇到了一个披着铠甲、骑着高大马匹的骑士，前鞍桥上横着另一位被五花大绑的可怜骑士。可怜的骑士伤得很重，已经不省人事，到处血淋淋的，还沾满了泥渍；他的脑袋无力地耷拉在马的肩上，头发是红色的。俘虏他的骑士得意扬扬地坐在鞍上，身材健硕魁梧，蓝斯洛从对方的盾徽得知他是卡拉铎斯爵士。

“你的俘虏是谁？”

那个大块头骑士从身后取出俘虏的盾牌，举得高高的。盾面是金黄色底绘上红色山形纹，总共有三个绿色蓟花纹，上面两个、下面一个，将山形纹夹在中间。

“你对加文爵士做了什么？”

“关你屁事。”卡拉多斯爵士说。

加文肯定是在马儿停下来的时候醒过来的，他倒栽的头发发出了有气无力的声音：“是你吗，我的好兄弟？是蓝斯洛爵士吗？”

“见到你真是太高兴了，加文。你没事吧？”

“简直糟透了，”加文爵士说，“请你救救我。除了阁下之外，这世上恐怕没有任何人能救我了。”

他用的是标准的骑士语，是有身份有地位的人所用的语言——那个年代有两种语言，诺曼法语的地位高于撒克逊英语，“高阶日耳曼语”指的是德语，“低阶日耳曼语”指的则差不多是荷兰语。

蓝斯洛看了卡拉铎斯爵士一会儿，然后用撒克逊方言说：“放了那个人，我们单打独斗。”

他们把加文放在地上，捆得结结实实的，这样他就没办法逃走了。接着，卡拉铎斯爵士接过侍递过来的长矛，但蓝斯洛只能靠自己，因为他坚持让戴普大叔留在家里。

和之前与亚瑟的较量相比，这次有很大的不同。例如，交战的双方势均力敌，而且在最初进行长矛比试的时候，一个人都没有落马。他们手中的梣木矛都裂开了，两人仍然坐在马鞍上，把两匹马都吓得傻站在那儿。之后比剑，蓝斯洛显示了高超的剑艺，激战了一个多小时后，他一剑刺穿了卡拉铎斯爵士的头盔，穿透头骨——就在他的尸体歪倒在马鞍上时，蓝斯洛迅速地揪住自己的领子，把他扯了下来，并砍掉了他的脑袋。加文对他千恩万谢，然后他继续前行，再次出现在英格兰的荒野上，把拉卡铎斯爵士的事忘得九霄云外了。他遇到了他的表弟莱诺爵士，他俩决定一起闯荡、行侠仗义，但是他后来才知道，忘记卡拉铎斯的事情并不是什么明智之举。

一天，他们连着骑了很久，在炎热的中午走进了一座森林。蓝斯洛本来就因为王后的事烦心，再加上天气酷热难耐，顿时觉得筋疲力尽，只想停下来休息。莱诺也累得不行了，于是他们决定把马拴在一棵长在灌木丛里的苹果树上，而他们自己就躺在树下休息。蓝斯洛很快就打起瞌睡来，但是苍蝇一直嗡嗡地叫着，吵得他根本睡不着。就在这时，他有幸目睹了一幅奇景。

三名穿着盔甲的骑士正在疯狂地逃命，一名骑士紧随其后，他们座下的马蹄发出了轰隆隆的声音，甚至连大地都在颤抖。但奇怪的是，这么大的动静，蓝斯洛居然没有醒来。后面的骑士不费吹灰之力就赶上了他的猎物，将他们一个个打下马，俘虏了他们。

作为一个很有野心的孩子，莱诺觉得自己可以替表哥去立功，于是安静地穿上盔甲、骑上马，向那胜利者发起了挑战，却三两下就掉到了地上，在表哥的眼皮子底下变成了俘虏。蓝斯洛还没醒，这场精彩的表演就谢幕了。这四场战斗的赢家是特昆爵士，他和不久前就蓝斯洛杀死的卡拉铎斯爵士是亲兄弟。特昆爵士有一个嗜好，那就是把俘虏带回城堡，扒光他们的衣服狠狠地打，不满意绝不会停下来。

另一场表演开始的时候，蓝斯洛还在睡梦中。在这队人马中，有四名穿着雍容华贵的骑士举着长矛，撑着一顶绿色的丝质罩篷，罩篷下的是四位中年女王。她们骑着白骡，这画面简直好看极了。她们从苹果树旁经过的时候，蓝斯洛的战马突然发出了刺耳的嘶鸣声。

这其实是四位巫后，其中年纪最大的是摩根勒菲，她示意队伍停下来，然后朝蓝斯洛爵士走去。他全副武装地躺在草地上，看起来危险性十足。

“蓝斯洛爵士，原来是你！”

在这世上，要论传播的速度，丑闻无疑是第一名，对那些拥有超自然力量的人来说尤其如此。也就是说，他和桂妮薇的私情早就传进了四位女王的耳朵里。此外,她们还知道，他是全世界最伟大的骑士。她们对桂妮薇充满了嫉妒，同时也对这个千载难逢的好机会欣喜不已。她们争抢着要施展魔法把他变成自己的人，为此吵得不可开交。

“有什么好吵的？”摩根勒菲说，“我可以用魔法，让他连着睡六个小时。我们把他带回我的城堡，等他醒了再让自己决定要跟谁。”

就这样，这个沉睡不醒的最了不起的骑士连同自己的盾牌被两名骑士抬上了战车堡。这里以前是粮食堡，但外观早就失去了仙气。说句老实话，它原本就是一座再普通不过的碉堡。还在熟睡的蓝斯洛被送到了一个像冰窟窿一样寒冷的房间里，里面空荡荡的，他静静地等待着咒语失效的那一刻。

蓝斯洛睁开眼睛时，并不知道这是什么地方。房间里看样子是用石头砌成的，黑漆漆的，和地牢差不多。他躺在黑暗里，不知道接下来会怎么样。很快，他对桂妮薇王后的思念之情又涌上了心头。

不一会儿，一位美丽的少女给他送来了晚餐和问候。

“你没事吧，蓝斯洛爵士？”

“我不确定，亲爱的姑娘。我不知道自己为什么在这里，所以不确定自己到底好不好。”

“别害怕，”她说，“如果你真的是她们口中的那个大英雄，那么明天早上我也许可以帮帮你。”

“谢谢你。不管结果怎么样，我都要感谢你为我着想。”

说完，那位美丽的少女就走了。

第二天早上，门口响起了打开门栓的响声和生锈门锁的嘎吱声，接着，几个穿着锁子甲的侍卫走了进来，在门的两边站得整整齐齐的，迎接四位魔法女王的大驾光临。她们都打扮得漂漂亮亮的，恭恭敬敬地向蓝斯洛爵士行了屈膝礼。他彬彬有礼地站着，对她们深深地鞠了一个躬。摩根勒菲一一介绍了她们，原来是高尔女王、北加里斯女王、东土女王和外岛女王。

“听我说，”摩根勒菲说，“我们对你一切的了如指掌，所以你千万别妄想隐瞒什么。你是湖上骑士蓝斯洛，也就是和桂妮薇王后暧昧不清的那个人。你是全世界最厉害的骑士，那个女人就是因为这个才喜欢上你。但是现在，这一切都结束了，你是我们四个人的俘虏，只能从中选一个女主人。我们没必要强迫你，但你只能选我们其中的一个。你要选谁？”

蓝斯洛说：“我不知道怎么回答。”

“你必须回答。”

“首先，”他说，“我和大不列颠王后之间是清清白白的，桂妮薇是对国王最忠贞的女王。如果我现在重获了自由，或者你给我一副铠甲，我可以和你指派的任何一个人较量，以证明我的清白。其次，我谁都不能选。请原谅我的无礼。不过，除了实话实说，我别无选择。”

“哦！”摩根勒菲说。

“这是我的真心话。”蓝斯洛说。

“没了？”

“是的。”

四位女王严肃地行了个礼，然后飞快地走出了房间。侍卫紧随其后，身上的锁子甲和石头地板撞击时发出了叮叮当当的声音。光线从门后消失了。门关了，锁落了，闩上了。

那位美丽少女送来下一顿餐点时欲言又止，好像有什么话要对他说。蓝斯洛感觉到她是一个有胆识的女孩，当然，也可能是喜欢随心所欲。

“你说你能帮我？”

“如果你就是她们说的那个人，我就会帮你。你真的是蓝斯洛爵士吗？”女孩的眼神中充满了疑惑。

“恐怕正是如此。”

“好吧，”她说，“想要我帮你，你必须先帮帮我。”

话音刚落，她就呜呜哭了起来。

女孩哭的样子好看极了，似乎下定了决心。不过，趁她掉眼泪的时候，我们还是来说说格美利早年举行的比武大会吧。真正的比武大会和长矛竞技不是一码事，在长矛竞技中，骑士们往往是单打独斗，赢的那位会得到一定的奖赏；而比武大会相对比较自由：先让一群骑士排成两队，每队分别有二三十个人，然后自由地对战，想和谁打就和谁打，毫无秩序可言，所以总是挤成一团。这种混战非常重要，举个简单的例子，如果你付了比武大会的报名费，就能同时参加长矛竞技，但如果你付的只是长矛竞技的费用，那么就只能坐在比武大会的现场看精彩的表演。不用说，你也可以想象到，参赛者在混战中受重伤是常有的事。如果适当控制一下，这种混战也有一定的好处，但可惜的是，所谓的控制根本就是一句空话。

潘德拉贡时代的英格兰充满了快乐，和奥康诺时代派系林立的老爱尔兰有点儿像。不管是哪个国家的骑士、哪个地区的人民，或者哪个贵族的家臣，都可能与附近的派系水火不容。这种对立最终会上升为世仇，而后某地的国王或领导者就会向另一地的国王或领导者宣战，比武大会在所难免；双方达到了高度的一致，都想着要让给对方一点儿颜色瞧瞧。罗马天主教徒对上新教徒、斯图亚特王室对橙党党员的时代也有这样的事，他们正面交锋时，手里都举着粗木棍，满脑子里想的都是置对方于死地。

“你怎么了？”蓝斯洛问。

“天啊，”女孩哭着说，“可怕的北加里斯王向我父亲宣战了，要在下周二举行比武大会。他找了三名亚瑟王的骑士来帮忙，我父亲一定会输。我怕他会受伤。”

“我明白了。你父亲是谁？”

“巴德马格斯王。”

蓝斯洛站了起来，礼貌地亲了亲她的额头。他明白她的意思了。

“没问题，”他说，“如果你能把我救出去，我保证，下周二替你父亲出战。”

“真的吗，谢谢你！”女孩一边拧干她的手帕，一边说，“我要走了，免得他们在楼下到处找我。”

如果北加里斯王本人要和她父亲决战，她怎么可能帮着北加里斯的魔法王后把蓝斯洛关起来了。

第二天一大早，城堡里的人就还没起床，沉重的铁门打开的声音就传到了蓝斯洛的耳朵里。一只柔软的手拉着他，摸着黑往外走。他们总共走过了十二扇魔法门才来到兵器库，他一眼就看见了自己的铠甲，擦得闪闪发亮，看样子已经准备好了。穿上战袍后，他们来到马厩时，他的战马正在鹅卵石上蹭着散发着寒光的蹄铁。

“不要忘了你的承诺。”

“放心吧！”说完，他骑着马过了吊桥。

他们小心翼翼地穿过战车堡的走廊时，早就计划好要先去找巴德格斯王。蓝斯洛要去附近的一座白衣修士会的修道院，白衣少女在那里等他——她违抗摩根女王的命令放走了蓝斯洛，当然不可能继续留在那儿。他们要在修道院里和巴德马格斯王会面，一起商量比武大会的细节。不幸的是，战车堡在野森林里迷路了。他和他的马像无头苍蝇一样转了大约一天，一会儿撞到树枝，一会儿又缠在黑莓丛里，把人和马都弄得筋疲力尽，发起了脾气。直到天快黑的时候，他们才找到一座红色的绸质帐篷里，但里面没有人。

他下了马，仔细地查看了一番。森林里到处都是乱石，居然会有这么豪华的帐篷，却一个人都没有，这实在是太奇怪了。

“这帐篷真奇怪啊。”他想。他脑子里被桂妮薇塞满了，于是情绪有些抑郁，“不管怎么说，今天晚上睡觉的问题解决了。帐篷在这里，如果没有危险，那就是主人外出度假了；

如果这里需要冒险，我唯一能做的就是永远地面对；如果主人不在这里，他们应该不会反对我在这儿睡一晚的。而且，我迷路了，也不知道有什么事可做。”

他把马具卸下来，把马拴在树上，小心地把心爱的铠甲挂在上面，盾牌放在最上面。之后，他吃了一些女孩给他准备的面包，在从帐篷旁的小溪里喝了些水，伸展手臂，手肘顿时咔咔直响。他打了个呵欠，然后用拳头敲了门齿三下，就准备上床睡觉。那床非常华丽,就连床罩也是红色的绸缎，和帐篷的料子是一样的。蓝斯洛滚到床上，把头埋进软绵绵的丝枕里，把它当作桂妮薇，给了它一个深情的吻，之后很快就打起了呼噜。

他醒来时，看见月亮已经出来了，一个裸体的男人正坐在他的左脚边剪指甲。

他一察觉到那个男人的存在就吓醒了,在床上翻来翻去。男人感觉到有人在动，也吓了一大跳，一把抓起了剑。蓝斯洛跳到床的另一边，飞快地冲向挂在外面树上的武器；男人挥舞着剑追了上去，想从后面攻击他。蓝斯洛安全地跑到树旁，拿着武器转过身来。他们的样子又奇怪又吓人——两个光着身子的人站在月光下，手里的铁器闪烁着耀眼的银光。

“接招！”男人大叫一声，他突然用力地击打了蓝斯洛的腿。下一秒，他的剑却掉到了地上，双手捂着肚子，弯着腰，大声地尖叫着。他流血了，殷红的血在月光下变成了黑色，而他胃里的某些东西泄露了某些秘密。

“住手！”男人嚷嚷道，“我认输！别打了。你想杀死我吗？”

“抱歉，”蓝斯洛说，“可是我还没来得及拿剑，你就进攻了。”

男人连连尖叫着求饶：“求你了，别杀我。”

蓝斯洛把剑插在地上，走过去查看他的伤情。

“我保证，”他说，“不会再伤害你了，让我瞧瞧。”

“你捅破了我的肝脏。”男人控诉道。

“对不起，我真的不是有意的，但是我不明白，我们为什么会打起来？来，靠在我肩上，我把你弄到那张床上去。”

蓝斯洛把男人放在床上，帮他止血，幸好伤得并不重。这时，一位美丽的女士站在了帐篷门口。当时，帐篷里已经燃起了灯芯草蜡烛，所以她立马意识到发生了什么，于是尖叫起来。她冲过去安慰那个受伤的男人，一边咒骂蓝斯洛这个可恶的凶手，一边大哭起来。

“好了，”男人说，“这不是他的错，这一切都是误会。”

“我在床上睡得好好的，”蓝斯洛说，“他进来坐在我的脚边，我俩都吓坏了，就打了起来。实在对不起，我伤害了他。”

“但这明明就是我们的床，”那位女士嚷嚷道，简直和《金发姑娘和三只熊》① 里面的熊一模一样，“你为什么会睡在我们的床上？”

“真的很抱歉，”他说，“我来的时候帐篷里一个人都没有，加上我迷路了，累得要命，所以才想在这里住一晚，以为没什么关系。”

“的确没关系，”男人说，“非常欢迎，这伤没什么大不

① 《金发姑娘和三只熊》（Goldilock sand the Three Bears），英格兰童话。在故事中，金发姑娘在森林里发现了一座房子，里面有三张床，她轮流在三张船上试躺了一会儿，最后决定在小床上睡，熊一家三口回来后发现了她。

了的。可以告诉我，你是谁吗？”

“蓝斯洛。”

“老天哪！”男人激动地大叫起来，“亲爱的，你肯定猜不出刚刚和我交手的人是谁。难怪我这么快就输了。我还在纳闷，你为什么会轻易地放我一马呢！”

于是，他们热情地邀请蓝斯洛住一晚。天亮后，他们告诉了他去往白衣修士会的修道院。

这场邂逅在我们的故事主线中就要告一段落了。顺便说一下，那位骑士叫贝勒斯，他身体恢复后，在蓝斯洛的引荐下成了圆桌骑士。他是一个温和大方的人，也是亚瑟喜欢的类型；而蓝斯洛之所以帮他这个忙，只是为了弥补自己的过错。

在白衣修士会的修道院里，那位美丽的少女焦急地等待着，急得像热锅上的蚂蚁一样。她担心她会不守信用。一听到鹅卵石地面上响起的清脆的马蹄声，她立刻从高塔的房间飞奔而来，热烈地欢迎他。

“我父亲晚上来，”她大声说，“很高兴见到你！我还以为你不记得了呢？”

蓝斯洛的嘴角上扬，露出了一丝微笑。然后，他穿上平民穿的衣服，洗了澡，静候巴德马格斯王的到来。

“格美利真的很奇怪，”他自言自语道，努力控制自己对王后的思念之情，“事情发生得太快了，大部分时间甚至不知道自己身在何处。我的表弟在苹果树下人间蒸发了，我必须弄清楚是怎么回事。至于魔法王后、比武大会、晚上跑到你床上的人，还有一家有一半的人都凭空消失之类的事，这样下去，要行事合宜简直比登天还难。”

之后，他把头发和衣袍收拾得整整齐齐的，下楼见巴德马格斯王。

马洛利已经介绍过这场比武大会，所以我们就不用再说了。那位少女推荐了一些人选，蓝斯洛从中选了三名骑士和他同行，并要求他们四个人只能使用素面盾——羽翼未丰的骑士一般都用白色盾牌，蓝斯洛之所以这样安排，是因为他知道对手是三位圆桌骑士。他不想被他们认出来，因为这可能会让他们产生矛盾。但是，他已经答应了那位少女，必须说到做到。北加里斯王率领了一百六十名骑士，巴德马格斯王的手下却只有对手的一半。蓝斯洛第一个向圆桌骑士发起了攻击，最终以对方肩膀脱臼而结束战斗；接着，他向第二位发起了猛攻，那可怜的家伙被挂在马尾巴上，头盔插进了地里好几英寸的地方；最后，他只是用力地击打了一下第三位的头盔，那个骑士的鼻子就开始血流不止，骑着马仓皇而逃。事实上，在他把北加里斯王的大腿骨打断之前，这场比武大会的结局就已经再明显不过了。

接着，大英雄蓝斯洛去追寻莱诺的下落，这是他第一次能自由地去做这件事——自从表弟莫名其妙地消失后，他遭遇了一连串不可思议的事情：先是被一群邪恶的魔法王后关了起来，然后又不得不履行自己的承诺。他离开前，巴德马格斯王得到了比武大会的奖赏，那位少女感激不已。他们互相承诺做一辈子的朋友，如果遇到了困难，只要通知一声，自己一定在所不辞。蓝斯洛爬上马，向几个农民问了路，朝表弟失踪的森林走去，苹果树就在那里。虽然天气冷，但他觉得，去表弟走失的地方仔细地搜查，没准儿就能找到线索。

在那棵苹果树所在的树林里，他迎面撞上了一位骑着小白马的女士。其实，他们相遇的地点就是那棵树下。那棵树大概会施展魔法，所以才会有那么多人从那里经过。

“夫人，”他说，“请问，这座森林里有什么危险的地方吗？”

“多得是，”她说，“只要你足够强壮，可以挨个儿去体验。”

“我可以试试。”

“看样子，你是个强壮的男人，好像也很勇敢，但是说真的，你的招风耳实在是有些吓人。”那位女士说，“如果你不反对，我就把你带到全世界最残暴的领主面前，但他肯定会杀了你。”

“没事的。”

“但是你先告诉我，你叫什么名字。如果你不是一位有名的骑士，那么带你去无异于谋杀。”

“我叫蓝斯洛。”

“和我想的一样，”那位女士说，“我真是太幸运了。如果我听到的传言都是真的，那么这个世界上恐怕只有你才能打败他了。他就是特昆爵士。”

“好极了！”

“人们说他是个疯子。他曾经创下了在一次战争中俘虏并囚禁六十四名骑士的辉煌战绩。他发疯似的用荆棘抽打他们，如果你成了他的手下败将，他也会这样对你，把你扒得精光，拼命地打你。”

“听起来挺有趣的。”

“那里和集中营差不多。”

“我已经做好了思想准备，”蓝斯洛爵士说，“这就是亚瑟创立圆桌武士的初衷，目的就是避免这些事的发生。”

“我可以带你过去，但是我有一个条件，那就是事成后要为我做一件事——当然，前提是你要获胜。”

“什么事？”他不安地问。

“不是什么可怕的事，”那位女士说，“我不过是想请你去好好地教训一下我认识的骑士，因为他让几个姑娘非常伤心，这对你来说简直是小菜一碟。”

“这是我的荣幸。”

“好吧，”那位女士说，“你未来的路该怎么走，就让上帝去决定吧。不管怎么样，你和他交手时，我会为你祈祷的。”

过了一会儿，他们骑着马来到了一处浅滩，和蓝斯洛第一次和亚瑟王较量的那处浅滩有点儿像。浅滩周围的树上到处都是生锈的头盔和凄凉的盾牌，总共有六十四面盾牌，刻着形形色色的图纹，有斜带纹、山形纹、直立的梭子鱼、鸫或金鹰，还有双腿向前直立的正面狮脸，散发着被人遗忘的凄凉感。盾牌的肩背带已经变成了绿色，布满了霉斑。放眼望去，这里就像是猎场看守人的绞刑架。

一只巨大的铜盆静静地悬挂在空地中央的主树上，对那些象征着失败的盾牌投去了不屑的目光。铜盆底下最新的盾牌是莱诺的，就是银白色底面上画着红色斜带纹和排行标记的那个。

蓝斯洛知道自己应该怎么处理那只铜盆，而且他就是这样做的。他调好头盔的位置，穿过低垂的树叶，站在铜盆旁边；他用矛尾敲击铜盆，直到把盆底敲下来才罢休。之后，他和那位女士静静地站在那儿。森林里似乎响起了某种可怕的噪声，顿时陷入了死寂。

结果却是虚惊一场，一个人都没有。

“后面就是他的城堡。”女士说。

他们安静地骑着马向城门走去，在门前徘徊了整整半个小时，他把头盔和臂铠摘了下来，眉头紧锁，焦虑不安地咬着指甲。

半个小时很快就过去了，一个高大魁梧的骑士穿越森林而来。看清他的模样的一瞬间，蓝斯洛简直惊呆了，因为他长得和之前为了救加文而杀死的卡拉铎斯爵士非常像；不仅体格相似，前鞍桥上同样横放着一个被绑得像粽子一样的骑士。更令人惊讶的是，来者的盾牌上画着三个蓟花纹和一个山形纹，盾牌上方有很多方块，其中一块被涂成了红色。事实上，被五花大绑的骑士就是加文的弟弟——加赫里斯。蓝斯洛仔细地打量着那位骑士。

要知道那些穿着铠甲的骑士是谁其实一点儿也不难，看他们的风格就可以了，这和他们手中的盾牌关系不大。在以后的日子里，蓝斯洛在作战的时候往往要乔装打扮一番，否则根本不会有人拿自己的生命开玩笑，但是亚瑟还是能一眼就认出蓝斯洛来，他的依据就是蓝斯洛骑马的方式。现在，在板球比赛的赛场上，虽然我们因为距离太远而看不清对方的模样，但仍然可以认出谁是谁，那个年代同样如此。

蓝斯洛在锻炼上花了大量的时间，因此在判断他人的风格上经验丰富。他死死地盯着特昆爵士，不一会儿就找出了他坐姿上的问题。他对那位女士说，如果特昆不改变坐姿，他就有把握能把那个可怜的俘虏救出来。后来，特昆爵士进行长矛比试的时候确实调整了坐姿，所以蓝斯洛的批评就不算数了；但是这件事倒是有另外一个好处，那就是告诉了人们长矛竞技是怎么回事，因此简单地介绍一下也无妨。

竞技中，骑术是最重要的决定因素。胜利往往属于那个有胆量在冲撞的时候仍然铆足了劲儿冲刺的人。大部分人会稍微往后退，所以冲力并不是最大。这就是蓝斯洛总是打胜仗的原因，他身上有一股强大的力量，就是戴普大叔所说的“冲劲儿”。他总是大张旗鼓地变装，明目张胆地坐在鞍上，骑姿笨拙，但最后一定会展示一下冲撞的本事，所以很多时候他还没有出击，观众和他那不幸的对手就会惊恐得大叫：“天哪，是蓝斯洛。”

“这位好骑士，”他说，“先把马背上的人放下来，让我们两个来单挑。”

特昆爵士朝他骑过去，不屑地来了一句：“如果你是圆桌骑士，那你就要倒霉了，我连做梦都想把你踩在脚底下，狠狠地揍一顿。不光是你，我恨所有的圆桌骑士。”

“说得轻巧。”

之后，他们和往常一样往后退，托起长矛，飞一般地冲撞对方。直到最后一刻，蓝斯洛才意识到自己在判断特昆爵士的坐姿上犯了一个天大的错误，而在决定胜负的一瞬间，他发现特昆是他在长矛比赛中遇到的最强大的对手。对方冲撞的力道和他不相上下，目标也非常精准。

两名骑士缩身躲闪的同时用长矛互击，两匹马在狂奔的时候突然受阻，人立马站了起来向后摔倒。两支长矛都断成了两半，在空中优雅地转了一圈又一圈，就像烈性炸药一样。白马上的女士大惊失色，忍不住把头转了过去。等她再回头的时候，发现两匹马都摔断了背，一动不动地躺在地上，两名骑士同样如此。

他们的激战持续了两个小时，蓝斯洛和特昆打得难舍难分。

“住手，”特昆说，“我想弄清楚一件事。”

蓝斯洛停了下来。

“你到底是谁？”特昆爵士问，“你是我遇到过的最厉害的骑士。听好了，我的城堡里有六十四名俘虏，死在我手下的人最少有几百人，但他们都比你差远了。如果你愿意和我讲和，和我做朋友，我立马放了他们。”

“你真是个好心肠的人。”

“如果你不是那个人，我非常乐意这样做。要是你就是那个人，那废话少说，今天不是你死就是我亡。”

“你指的是谁？”

“蓝斯洛，”特昆爵士说，“如果你是蓝斯洛，我宁愿死，也绝不会向你求饶或请和，因为我的兄弟卡拉铎斯就死在他的剑下。”

“蓝斯洛就是我。”

特昆爵士从头盔的缝隙中哼了一声，竟然想趁对方不备发起攻击。

“原来是这样，”蓝斯洛说，“只要我不承认自己是蓝斯洛，就可以把救那些俘虏的命，你这个卑鄙的小人居然一声不吭，就想要了我的命。”

特昆继续嘶嘶地喷着气。

“卡拉铎斯爵士的事情的确是我的错，”蓝斯洛，“但他死于一场公平的交战，也没有求和。我没有手下留情，他是在交手的过程中丧命的。”

接着，他们又打斗了两个小时。对两个全副武装的骑士而言，剑并不是唯一的武器，他们时而用盾缘击打对方，时而拼命地用剑柄捅对方。周围的草地上洒满了他们的鲜血，血点看上去和鳟鱼身上的斑点十分相似，拖着尾痕的血迹则就像是一只只活蹦乱跳的小蝌蚪。盔甲十分沉重，一不留神就会摔成一团；笨重的骑士头盔被稻草塞得满满的，只有一个小呼吸孔，他们差点儿喘不过气来；他们高高地举着盾牌，似乎不知疲倦，却根本无法好好地保护自己。

不知道为什么，这场激战突然画上了句号。他俩谁都不说话。蓝斯洛看准时机，把剑扔到地上，一把抓住了特昆头盔上口鼻部位的开口，他俩一起摔到了地上，特昆的头盔掉了。他们抽出短匕，展开近距离的肉搏。不一会儿，特昆的身体先是弹了起来，然后抖了抖，接着便断气了。

后来，加赫里斯和那位女士喂蓝斯洛喝水的时候，他说："不管他做了多少错事，他都是一个厉害的家伙。实在太可惜了，他没有求和。"

"想想那些重伤的骑士和酷刑，或许你就不会那样认为了。"

"他是个老顽固，"他说，"我们要千方百计阻止这样的人横行霸道，这一点毋庸置疑，但不管怎么样，他都算得上是老派武士中的佼佼者。"

"在我看来，他和畜生没什么两样。"

"他到底是个什么样的人不重要，这并不妨碍我爱他的兄弟。亲爱的加赫里斯，可以把你的马借给我吗？我想继续往前走，但是我可怜的马死了。如果行的话，你可以去城堡放了莱诺和其他人，叫莱诺赶紧回去，机灵点儿。我要和这位女士一起去其他地方。你能答应我吗？"

“我和我的马都是你救的，你当然可以带走它。”加赫里斯说，“上帝啊，你是我们奥克尼人的大恩人。加文也是你救的，阿格凡就在这座城堡里。蓝斯洛，我的马就交给你了，带它走吧。”

第八章

蓝斯洛初次远行探险的时间为一年，一路上还有几次突发性的冒险，但最值得费一些笔墨的只有两件事。这两件事都和强权势力的保守道德观有着莫大的关联，为此，亚瑟王还发起了圣战。而为他提供冒险机会的，正是诺曼贵族固执守旧的态度，因为几乎没有人会像权贵人士在被剥夺财产时情绪那么激动。圆桌骑士奉命对付恶霸，恃强凌弱的领主在绝望之下恶狠狠地举起了棍棒。如果那个年代有与《泰晤士报》类似的刊物，上面一定有他们的血泪控诉。有的会说服自己，说亚瑟掀起了一股新风潮，他的骑士却违背了祖先的遗训，这还是好的；有的则毫不留情地说亚瑟比说谎话的美国政客更糟，他们对骨子里的残暴因子放任自流，整天挖空心思地编造一些罪行，全部推到圆桌骑士身上。情况和常识背道而驰，暴虐的人对那些子虚乌有的暴行事迹深信不疑。很多必须被蓝斯洛解决的领主中，很多人也是这样看待他的，认定他就是那种十恶不赦的刽子手。他们和他交战的方式无耻到了极点，而且充满了恨意，完全把他当成了敌基督[1]，而且认定自己就是正义的守卫者。这已经演变成一场意识形

① 基督再次降临之前，往往会有敌基督化作弥赛亚的样子出现，迷惑众人。

态的内战。

一个晴朗的夏日，蓝斯洛骑马从一座陌生城堡的林地经过，草地上有各种各样的树，比如，高大的榆树、橡树和山毛榉，蓝斯洛却心不在焉，他的心早就飞到桂妮薇身边去了。和那位带他去找特昆爵士的女士分别前（他已经做到了他答应的事），他们聊了聊与婚姻有关的话题，他为此非常生气。“嘴长在别人身上，他们想怎么说就怎么说，关我什么事？”他说，“但是目前，我还没有结婚的打算，也不认为找情妇有什么用。”他们争得脸红脖子粗，然后就分开了。虽然他后来又经历了几场冒险，但那位女士的忠告一直在他耳边回响，所以心情十分低落。

就在这时，空中传来一阵铃声，他仰起头。

只见，一只漂亮的游隼在他头顶上，径直朝一棵榆树的顶端飞了过去。她在微风中发出了清脆的叮当声，身后还拖着一条放鹰绳。她情绪不佳，所以一飞到榆树顶就坐了下来，用喷着气的鸟喙东张西望，眼睛里燃烧着愤怒的火苗。那条放鹰绳在最近的一根树枝上整整绕了三圈。看见蓝斯洛离她越来越近，她就气得鼻孔都要冒烟，想立刻飞走，却被放鹰绳绊住了，只能头朝上、脚朝下，拼命地拍打着翅膀。蓝斯洛紧张得不得了，心都要蹦出来了，生怕她把自己的羽毛弄断了。不一会儿，她就停了下来，倒挂金钩似的在那里慢慢地旋转，既卑微，又愤怒，而且非常滑稽。即便如此，她的头始终向上抬着，像蛇一样。

“蓝斯洛爵士，蓝斯洛爵士！”一位陌生的仕女骑着马，兴奋地朝他狂奔而来，显然已经做好了放开马缰，和他握手的准备，“天哪，蓝斯洛爵士！我的隼丢了。”

“瞧，她在那儿呢！”他说，“就在树上。”

“真要命，真要命！”仕女说，“我试着用绳子把她叫回来，却没想到绳子断了！如果她真的丢了，我丈夫一定会要了我的小命。他个性鲁莽，非常喜欢放鹰。”

“不过，他怎么可能杀你呢？”

“嗯，是真的！他可能不是有意的，但他一定会这样做。你不知道，他就是一个鲁莽的人。”

“我能阻止他吗？”

“千万不要，”仕女说，“求你了！我可不想让我亲爱的丈夫受伤。你有没有觉得，去树上把鹰抓下来更好玩？”

蓝斯洛看了看仕女，然后又看了看那棵树。他深深地叹了一口气，对仕女说了一番话。在马洛礼物的笔下，他是这样说的：“这位美丽的女士，您知道我是谁，也要求我发挥骑士精神去帮您抓鹰，请您放心，我一定会尽全力的。虽然爬树并不是我的强项，这棵树又高，而且没有几根粗大的树枝帮我攀爬，但是我保证尽力而为。”

他的童年是在学习成为战士中度过的，没时间像其他男孩子一样去掏鸟蛋。如果是亚瑟或加文成长环境相似的人，这位仕女的要求或许只是小事一桩，却让他困扰不已。

蓝斯洛脱下铠甲，只穿着衬衫和长裤，在此期间，他偷偷地看了那棵高大得有些可怕的树好几次，最后在仕女关于鹰隼、丈夫和今天的好天气的谈话中勇敢地扑上了第一根粗树枝。

“好吧。”他说，他拼命地压住心中的怒火，原本丑陋的脸更加扭曲了，“好吧，好吧。”

在树顶，那只隼被放鹰绳缠得紧紧的（她和往常一样被绳子缠住了颈子和翅膀，并且把那条绳子当成了攻击她的敌人），所以蓝斯洛必须让她停在他裸露在外的手臂上。她尽情地发泄着自己的愤怒，把蓝斯洛的手臂抓伤了，但他根本不在乎，只是耐心地把缠得乱七八糟的绳子解开。被自己的鹰弄伤时，鹰匠一般很少斥责它们。他们太专注了。

最终，他把那只鹰从树枝中救了出来，却发现没办法靠一只手爬下去。仕女正在树下等着蓝斯洛的好消息，她看起来和蚂蚁差不多，蓝斯洛嚷嚷着对她说："听好了，现在我要折一根粗树枝，把树枝绑在她脚上的皮绳上之后把她丢下去。树枝不能太重，这样才能慢慢地下降。我要把它丢得远一点儿，免得被树枝刮到。"

"哦，请您一定要小心！"仕女喊道。

所有的事情都完成后，蓝斯洛又开始慢慢地往下爬。在几个不好着力的地方，他只能靠自己的平衡感过关。就在离地面大约二十英尺的地方，一个穿着铠甲的胖骑士一路狂奔而来。

"嘿！蓝斯洛爵士！"那胖骑士吼道，"真高兴在这里见到你！"

仕女捡起那只隼，准备离开。

"女士！"蓝斯洛喊道。他觉得有些不可思议，为什么每个人都认识他呢？

那胖子大声喊道："你这个杀人凶手，放开我老婆！没错，她就是我老婆，是我要她这样做的。这是个诡计。哈哈哈！你脱下了铠甲，等着受死吧，我要像淹死小猫一样杀了你。"

"这有违骑士典范啊！"蓝斯洛皱着眉头说，"不管怎么样，让我先穿上铠甲，公平决战。"

“让你穿上铠甲？别做梦了！你以为我是谁啊？老子可对那些新鲜玩意不感兴趣，简直就是胡说八道！只要那个把小孩烤来吃的家伙落在我手里，我发誓，一定会亲手结果了他。”

“但是……”

“下来，你赶紧下来！这一刻，我已经等了一整天。你是男子汉吗？如果是，那就让我瞧瞧。”

“我对天发誓，我从来没有烤过小孩。”

那胖骑士的脸涨成了紫色，歇斯底里地吼道：“骗子，你这个大骗子！恶魔，我要你马上下来受死！”

蓝斯洛充耳不闻，悠闲地坐在一根树枝上，啃着手指甲，两脚悬在那里晃来晃去。

“你是说，”他问，“为了趁我脱掉铠甲的时候杀我，你才故意放掉那只身上带着放鹰绳的隼吗？”

“少废话，快下来！”

“你想好了，如果我下去，一定会想方设法杀了你的。”

“你这个小丑！”那胖骑士气急败坏地嚷嚷道。

“是吗？要怪只能怪你，”蓝斯洛说，“你怎么能用这种下流无耻的招数呢？我再问你一次，你想不想像个绅士一样，让我下去整装应战？”

“不可能！”

蓝斯洛折断一根腐烂的树枝，在自己马的另一侧跳到了地上，和胖骑士中间只隔着一匹马。胖骑士骑着马冲向蓝斯洛，横过挡在中间的马，想砍下蓝斯洛的脑袋，却被蓝斯洛用树枝挡下了。只见，胖骑士的剑卡在木头上，蓝斯洛夺走他的剑，割断了他的喉咙。

“躲开！”蓝斯洛对仕女说，“别哭了。你的丈夫就是个蠢货，而且太烦人了。杀了他，我一点儿都不觉得后悔。”

说归说，蓝斯洛其实很后悔。

最后一次冒险的主题也是背叛和仕女。当时，这个年轻人正在悲伤地骑马穿过沼泽地带，这里当年还是湿地，算得上是英格兰最荒凉的地区。在这里，秘密通路随处可见，只有那些撒克逊沼地人才知道该怎么走。这块弥漫着海水咸味的土地是这片雾蒙蒙的天空下一块巨大的茅草地。鹭鸶呜呜地叫着，沼鹞从芦苇丛上掠过，几百万只赤颈凫、绿头鸭和泽凫排成一队飞行，乍一看，还以为是许多香槟酒瓶乘着灵光一样的翅膀在飞翔呢！在这块泡在盐水里的沼地上，来自斯匹次卑尔根群岛的鹅群正在四处寻找食物，颈子已经弯成了奇特的环曲形，紧跟在后面的蹑手蹑脚的沼地人，他们带着网子和工具。这些沼地人的肚子上长着斑点，脚上有蹼，没错，英格兰其他地方的人就是这样认为的。他们一看见外地人就会杀了他。

蓝斯洛骑着马，走在一条看似走不通的直路上，这时，他看见两个人从另一端朝他飞奔而来。原来是一位骑士和他的夫人。那位夫人骑在前面，看起来和疯子一样，骑士在后面紧追不舍。阴沉的天空下，他的剑闪烁着亮闪闪的银光。

蓝斯洛追了上去，大喊道：“这里！这里！”

“救命啊！”妇人尖叫道，“来人啊，救命啊，他要杀了我！”

“别听她的！滚开！”那骑士怒吼道，“她是我老婆，却让我戴了绿帽子。”

“我没有！”妇人哭着说，“先生，请您救救我！他就是个恶魔！我喜欢他的日耳曼表兄，所以他吃醋了，可是我不明白我做错了什么。”

“你这个不守妇道的女人！”那骑士吼道，眼看着就要抓住她了。

蓝斯洛加快速度，猛地骑到他们中间：“嗨，我说，怎么能这样对待女性呢？无论是谁的错，你都不能杀女人。”

“这个规矩是什么时候定的？”

“从亚瑟王坐上国王宝座的那天开始。”

“她是我老婆，”那骑士说，“她的事和你有什么关系？滚开！无论她怎么狡辩，她就是个荡妇。”

“哦，不！我不是！”妇人说，“你这个恶魔，还是个爱喝酒的恶魔！”

“我心烦才会喝酒，还不是你让我心烦的吗？再说，喝酒的罪再严重，也远远比不上通奸。”

“好了，好了，你们两个都闭嘴，”蓝斯洛说，“这真是个麻烦事。我想，在你们冷静之前，我最好还是挡在你们中间。先生，您可以饶了这位女士，和我较量一下吗？”

“不行！”那骑士说，“我认得你的盾牌——银白底，红色斜带纹，你就是蓝斯洛吧？我还没蠢到和你交手的程度，更不会为了这个淫妇拿自己的小命开玩笑。该死，这件事和你有什么关系，你为什么要管呢？”

“只要你以你的骑士精神发誓，放过这位女士，”蓝斯洛说，“我马上就消失。”

“我决不会发这种誓。”

“你当然不会答应，”那位妇人说，“而且就算你答应了，也会出尔反尔。”

“有几个沼地兵跟着我们，”那骑士说，“你回头看看，他们全副武装。”

蓝斯洛勒住马，回头看了看。这时，那骑士从他身边转过身去，砍掉了那位妇人的脑袋。蓝斯洛连士兵的影子都没看见，回头的时候才意识到自己上当了，但是还有什么用呢，因为那位骑在马上的妇人已经人头落地了。她的身体剧烈地颤抖着，慢慢地倒向左边，最后重重地摔到了地上。他的马匹上沾满了鲜血。

蓝斯洛气得要命，面无血色。

“仅仅这一条，你就该死。”他说。

那骑士跳下马，浑身颤抖地躺在地上。

“别杀我！”他说，“饶了我吧！她真的是个荡妇！”

蓝斯洛也下了马，拔出剑。

“起来，”他说，“和我打啊，你这个，你这个……”

那骑士爬向他，紧紧地抱住他的大腿，故意和这位复仇者拉近距离，这样他就不能顺利挥剑。“饶命啊！”这卑鄙的做法让蓝斯洛厌恶不已。

“起来，”他说，“起来打啊！听好了，为了公平起见，我会脱下盔甲，只用剑和你比试。”

那骑士好像没听见一样，不停地重复着一句话：“饶命啊！饶命啊！”

蓝斯洛气得直发抖，但并不是因为那个骑士，而是因为他骨子里的残酷。他嫌恶地举起剑，用力地把那骑士推到一边。

“好好看看这些血。”他说。

“别杀我，”那骑士说，“我认输了，认输了。你不能杀一个开口向你求饶的人。”

蓝斯洛举着剑，从骑士身边经过，朝自己的战马走去，仿佛离自己的灵魂越来越远。他感受到自己心中的残酷和怯懦，但让我想不通的是，他正是因为这两样东西才勇敢而仁慈的。

“起来，”他说，“我不会伤害你的。起来，赶紧走。”

那骑士看着他，像只狗一样趴在地上，然后犹豫着站了起来。

看着蓝斯洛离去的背影，他突然觉得有些难受。

在圣灵降临节的庆典上，之前远行探险的圆桌骑士会在卡利昂碰面，分享他们的冒险经历。亚瑟发现，如果事后不得不探讨争斗的过程，他们更愿意以新的方式来伸张正义。他们喜欢把俘虏也带来，作为故事的见证人，和非洲某个偏远地区的警察署长之类的人的行为差不多——警察署长会让手下的警察局长去丛林里，在下一个圣诞节当天把他们引上正途的对象（其实就是未开化的部落酋长）带来。这样的话，伟大的宫廷会在那些部落酋长的心里刻下深深的烙印，所以回去的时候就像换了个人一样。

蓝斯洛初次远行冒险之后的第一个圣灵降临节，简直就是一场灾难。几个蛮横派巨人穿得破破烂烂的，成为奥克尼一派的俘虏后特意来这里向亚瑟王表决心。令人意外的是，会场上到处都是蓝斯洛的代表。“你是谁的人？”“蓝斯洛。”“好极了，那你是谁的人？”“蓝斯洛。”不一会儿，整张圆桌就一直回响着相同的答案。亚瑟说：“贝勒斯爵士，欢迎来到卡利昂。我想知道，您对我手下的哪位骑士最满意？”在场的人异口同声地回答道：“蓝斯洛。”贝勒斯爵士不确定那些人是不是在取笑他，脸涨得红彤彤的，声音和蚊子的嗡嗡声音差不多："没错，我向蓝斯洛爵士求和。"

贝第维爵士来了，一五一十地讲述了他砍下那出轨妻子脑袋的过程，还把头也带来了。于是，有人带着他带着那颗头去向教宗忏悔，之后，他变得十分圣洁。接着出现的是加文，他态度乖戾，用独特的苏格兰腔调陈述了蓝斯洛从卡拉铎斯爵士手中救出他的经过。然后是加赫里斯，他代表六十四名拿着生锈盾牌的骑士，讲述了蓝斯洛是如何从特昆爵士手中救了他们的。巴德马格斯王的女儿也来了，成为他们与北加里斯王之间的比武大会的现场解说员。此外，还有一些我们没有提到的冒险里的主人公也来了，多半是蓝斯洛伪装成凯伊爵士时被他打败的骑士。你应该还记得，在我们的第一部"石中剑"里，凯伊因为管不住自己的嘴巴，所以很多人都很讨厌他。在这次远行冒险中，蓝斯洛只好从三名跟在凯伊屁股后面的骑士中救了他一命。后来，为了让凯伊安然无恙地回到宫廷，一天晚上，蓝斯洛趁他睡觉时和他交换了铠甲，于是后来找到蓝斯洛的骑士都把他当成了凯伊，所以吓得浑身发抖：凯伊穿着蓝斯洛的铠甲，所以那些骑士躲得远远的。在这种情况下向蓝斯洛求和的骑士总共有七个，其中就包括加文、尤文、沙格默、马利斯的艾克特。洛贵斯的梅利奥特爵士的经历最奇特，他是在超自然的情况下得救的。

这些人全都表示自己要永远效忠，但宣誓的对象不是亚瑟王，而是桂妮薇。蓝斯洛逼着自己与她分别了整整一年，但这已经是极限了。他几乎每时每刻都在强烈地思念着她，想和她每天都在一起。他带着他的俘虏跪在她脚下，只是想偶尔任性一回。但他并没有意识到，这将给他带来巨大的灾难。

第九章

如果人没办法同时爱上两个人，桂妮薇的情形就很难解释。人或许不能用一样的方式去爱两个人，但爱人的方式有千百种。比方说，女人可以同时爱着她的孩子和丈夫，男人却往往在对一个女人怀有欲望的同时，也爱着另一个女人。桂妮薇的确爱上了这个法兰西人，但她同样深爱着亚瑟。他们开始互相喜欢的时候，充其量只能算是两个大孩子而已，而亚瑟王足足比他们大 8 岁。如果你现在 22 岁，那么对你来说，30 岁就算得上是老人了。事实上，她和亚瑟之间的婚姻是“政治联姻”，也就是我们常听到的包办婚姻，只是为了履行亚瑟王和罗得格兰斯王之间的协议，事先根本未征求她的同意。和其他政治联姻一样，这桩婚姻成功地建立了联盟。在认识蓝斯洛以前，这个年轻女孩对威风凛凛的丈夫充满了仰慕之情，哪怕他已经不再年轻。她对他的感情非常复杂，有尊敬、感激、亲切和爱慕，还有保护欲。对于她的感情，我或许概括得还不够全面，也许可以这样说，在她对亚瑟的很多种情感中，偏偏没有浪漫的热情。

那位年仅二十多岁的王后面红耳赤地坐在王位上，整座大厅亮堂堂的，高贵的骑士全都跪在地上。“你是谁的俘虏？”“我是王后的俘虏，我奉蓝斯洛爵士的命令来这里，听您的差遣。”“那么，你呢？”“是王后您的，是蓝斯洛要我来的。”蓝斯洛爵士——每个人嘴里都喊出了同一个名字；他是全世界最伟大的骑士，地位甚至超过了崔斯坦；他是一个优雅而仁慈的绅士，虽然相貌丑陋，却百战百胜；把这些人送给王后的，就是他。看起来，这和生日派对差不多，而这一个个的俘虏就是礼物——故事书里就是这样写的。

桂妮薇坐得端端正正的，弯着腰，向她的俘虏行王室礼。她宣布，所有的人都是无罪的，她的眼神比头上的王冠还要耀眼。

最后出场的是蓝斯洛。先是门边那群拿火把的人引起了一阵骚动，随后，一个声音在宽敞的大厅里回响着。上一秒，大厅里吵吵嚷嚷的，有碰杯的声音和扯着嗓子的招呼声，和圣基尔达岛上的海鸟聚会差不多；而下一秒，大厅里变得静悄悄的，嚷嚷着多要一块羊肉、多来一品脱蜂蜜酒的声音全都消失了，所有的白色脸孔都不约而同地看向门口。原来是蓝斯洛来了，他标志性的铠甲不见了，取而代之的是高贵的天鹅绒袍，上面还有荷叶边和菱形花纹。这个丑陋却友善的男人被眼前的一幕弄懵了，不知道人们为什么突然安静下来——在明晃晃的灯光下，他的自卑显露无遗。那些脸孔很快就转了回去，海鸟聚会的嘈杂声又开始响起。蓝斯洛走过去，热情地亲吻着国王的手。

一切尽在不言中，或许胜过千言万语。

“嗨，蓝斯，”亚瑟高兴地说，“不用说，这是一场热闹的狂欢。瞧，看见这么多俘虏，珍妮都不知道该怎么坐了。”

“这些人全都是她的。”蓝斯洛说。王后和他都没有看着对方，但当他们这样做时，却像两块相互吸引的磁铁一样，

“喀”的一声就对上了。就在那一瞬间，他跨过了那条界线。

“我还以为，你会把他们也献给我，”国王说，“但是没想到，你给我的是一份相当于三个国家的大礼。”

为了避免沉默，蓝斯洛不得不开口说话。他说得非常快：“作为整个欧洲的皇帝，区区三个国家对你来说完全是小意思，”他说，“听你这么说，会让人以为你没有打败过罗马独裁官。对了，你的领土最近怎么样了？”

“一切都按照你之前规划的样子，蓝斯洛。如果不是你和其他人进行文明教化，即便打败了独裁官，又有什么用呢？如果整个欧洲大地战火纷飞，当欧洲的皇帝又有什么意思？”

为了表达自己对英雄的支持，桂妮薇努力打破沉默。算起来，这是他们的第一次合作。

“亲爱的亚瑟，你真是个怪人。”她说，“你打了那么多仗，征服了那么多国家，为什么会说战争是坏事呢？”

“它本来就是坏事，糟糕至极。老天啊，这件事就不用再多说了吧？”

“是的。”

“奥克尼一族是什么情况？”那年轻人急切地说，“你那了不起的教化进展如何？强权还是公理和正义的代表吗？要知道，我已经离开了一年。”

国王托着头，伤心地看着两肘之间的桌面。他仁慈、有良知、爱好和平，是一位天才导师悉心教导的结果。他和导师意见一致：任何人都不能随意杀害他人或当暴君；他们之所以发明了圆桌的概念，就是为了避免类似的事情再次发生。这个想法和民主概念、运动精神或道德准则有相似之处。但现在，在他实现自己的理想时，发现自己的双手已经沾满了鲜血。如果身体健康还好说，他很少会为此感到难过，因为他非常清楚，这种左右为难的境地在所难免；但在脆弱的时候，他会因为羞愧和踌躇而觉得痛苦不堪。在整个北欧，他是推行文明教化的佼佼者，也是废弃匈奴王阿提拉[①]之道的第一人。为了消灭混乱而战的战役往往不值得一提。他常常想，对那些死在他手上的士兵来说，就算生不如死，也比死好一百倍。我们不是常说，好死不如赖活吗？活着就有希望，死了，就什么都没有了。

“奥克尼一族糟透了，”他说，“在教化方面，除了你刚刚带来的成果之外，其他都不太好。在你来之前，我一直觉得自己只是一个空有名号的君主，但是现在，我才知道自己已经变成了三国的皇帝。”

“奥克尼一族到底怎么了？”

“好了，为什么一定要在你刚回来、大家都高兴的时候说这件事呢？不过，我们的确应该好好聊聊。”

“是摩高丝。”王后说。

“问题并不完全在于她。现在，洛特死了，摩高丝无论看见谁，就和他上床。如果时间可以倒流，我宁愿派林诺国王没有杀死洛特，你知道吗，她现在的所作所为已经严重影响到了她的孩子。”

“怎么说？”

国王用手刮着墙面说：“如果那次你扮成凯伊时没有打败加文就好了，要是你没有从卡拉铎斯和特昆救他们的兄弟，

① 阿提拉（Attilathe Hun，406—453），古代欧亚大陆匈奴人最伟大的领袖和皇帝，史称“上帝之鞭”，曾数次率领大军入侵东罗马帝国和西罗马帝国，给当地人带来了灭顶之灾。在西欧，他被当作残暴和抢夺的象征。

那就更好了。”

“这是什么意思？”

“这圆桌，”年纪较长的国王慢吞吞地说，“当初，我们想到这个办法时，它还是挺不错的。我想，我们必须为那些总是争抢的人找到一种合理的方式，既能让他们表现自我，又不会伤害任何人。我想出来的办法，就像小孩子过家家一样，顶多只能流行一段时间。然后，我们和学校里的孩子一样，弄出了一个帮派，并要那些入帮的人发毒誓，坚决维护帮派的理念，目的就是吸引他们加入。你可以说这就是‘教化’，我最初发明这个观念的时候，只是想要人们不要恃强凌弱——不要侵犯少女、不要抢劫寡妇、不要杀害毫无还手之力的对手。我认为，人应该要文明、有教养。但是现在，这种理念已经演变成了一种运动精神。梅林老是说运动精神是这个世界的噩梦，事实的确像他说的那样。我的计划乱成了一锅粥。现在的情况是，这些骑士表现得过于热情，它因此成了一种竞赛。梅林说，我掀起了一阵比赛的狂潮。人们不厌其烦地散布谣言，不是暗示，就是猜测：最近谁打败了谁，谁拯救的少女最多，谁是最好的圆桌骑士。而我创立圆桌的目的，就是杜绝类似的事情，却没有任何作用。其中，奥克尼就是最狂热的一族，我猜，他们之所以会这样，根源就在于母亲给他们的不安全感。他们想当然地认为，成为第一名，占领一个安全地带至关重要。为了补偿她，他们必须赢，此外别无选择。我希望你没有打败加文就是这个原因。他的确很善良，但他一定会牢牢地记住这件事，日后与你为敌。再加上，你在长矛比试的平均分数上让他颜面扫地。因为这些东西是他们成就的一部分，而在我手下的骑士看来，这些成就比他们的灵魂还要重要。如果你稍有不慎，奥克尼一族就会找你报仇雪恨，可怜的派林诺是什么下场，应该知道吧？这是一种可耻的心态。为了他们心目中的荣誉，他们会不惜一切代价去做毫无意义的事。荣誉、运动精神或文明教化，我真希望它们只是一场梦。”

“简直太精彩了！”蓝斯洛说，“别伤心。就算他们一族要找我报仇，也奈何不了我。还有你的计划，别瞎说，它不是挺好的吗？在我看来，圆桌是历史上最棒的想法。”

仍把头埋在手里的亚瑟猛地抬起头，发现他的朋友和妻子正在深情地凝视着对方，眼睛里闪烁着孩子般的失控和疯狂，于是再次低下头，看着自己的盘子出神。

第十章

戴普大叔一边说话，一边用手转着一顶头盔。“你的披饰破了，也被磨损了一些。我们要去弄一个新的。记住，披饰被砍破是荣耀，但如果故意不换掉，就不是荣誉了，而是炫耀。”

此刻，他们坐在一个北面有窗的小房间里说话，房间里阴森森、冷冰冰的，青色的光线和冻结在铁制品上的油脂一样。

“好。”

“欢悦剑怎么样了？有没有变钝？拿起来平衡感有没有变差？”

顺便说一下，欢悦剑是中世纪最杰出的铁匠迦蓝的作品。

“好。”

“好！好！好！”戴普大叔生气地喊道，“你就没有其他的话说吗？蓝斯洛，我的灵魂眼看着就要踏进棺材了，但它还是想问你，是不是变成哑巴了？老实说，你到底是怎么回事？”

蓝斯洛正在细心地整理他头盔上的羽饰，这羽饰最初在戴普大叔手里的那顶头盔上，是一种识别标记，是活动的，可以取下来。电影和漫画里那些全副武装的骑士大多插着鸵鸟羽毛，和蒲苇茎干一样不停地点头。这里的羽饰并不是这样。举个简单的例子，凯伊的羽饰和坚硬的扁平扇子长得差不多，前后摊开，就连孔雀羽毛上的雀眼纹也排列得整整齐齐，远远看上去，就像是头顶上竖立着一把坚固的孔雀羽扇。这样的羽饰既不是一撮羽毛，也不会点头，和鱼的脂鳍有点儿像，虽然美，却比较俗气。这不是蓝斯洛喜欢的风格，所以他选择的是几根用银线绑起来的苍鹭颈羽，和他盾上的银色白很配。突然，他不再抚摸那些羽毛，用力地把它们扔到了角落里，站起来，焦躁地在狭小的房间里走来走去。

“戴普大叔，”他说，“你还记得我求你别再提的那件事吗？”

“是的。”

“桂妮薇爱我吗？”

“恐怕只有她自己才知道。”他叔叔以法式逻辑回答。

“我该怎么办才好？”他大叫道，“我该怎么办才好？”

如果桂妮薇为什么同时爱着两个男人的问题解释不清楚，蓝斯洛的情况就更不好说了。至少在当时那个年代说不通，因为我们不会被迷信和偏见所左右；对我们来说，做自己想做的事就行。那么，蓝斯洛为什么不学已经脱离蒙昧的现代人的样子，要么直接和桂妮薇上床，要么干脆和他最好兄弟的妻子远走高飞呢？

他是个基督徒，这是让他进退两难的原因之一。现代世界的我们往往会忘记古时候那些基督徒的存在；而在蓝斯洛的年代，约翰·史考特斯·艾利基纳是唯一的新教徒。教堂是蓝斯洛长大的地方——每个人都无法选择自己的出身，而他信仰的宗教决定了，他不可能做出引诱好朋友妻子的丑事。

此外，骑士精神也是阻碍他随心所欲的绊脚石，而所谓的骑士精神、骑士就是亚瑟所发明，而后在他那颗年轻的心灵中生根发芽的文明教化。如果换作一个信奉强权的恶领主，就算在教堂审议会现场，没准儿他也会光明正大地和桂妮薇私奔，因为夺人之妻原本就是一种欺凌弱小、证明自己的表现。但蓝斯洛的整个童年都是在思考骑士言行和亚瑟王的理论中度过的，他坚信这是一个有公理的世界，而且他和亚瑟王一样坚定，也和那些愚信的基督徒一样。最后一个原因则是他生下来就有的障碍。他的脑袋里一直有一个神秘的角落，那里有许多他印象深刻的没有答案的悲伤，其中就有一些我们解释不清的东西，所以男孩心中有障碍。别说是我们，就连他自己也不明白是怎么回事，因为那件事实在是太久远了。他爱亚瑟，也爱桂妮薇，但他恨自己，恨得要命。作为全世界最出色的骑士，蓝斯洛得到了众人既羡慕又嫉妒的目光，但蓝斯洛从来没有把自己当作好人。他是个高贵的丑八怪，和钟楼怪人有一拼，内心却充满了自幼就有的羞耻感和自我厌恶。至于他为什么会这样，已经无从查起，因为要一个小孩子相信自己不讨人喜欢实在是太容易了。

“我认为，”戴普大叔说，“这要看王后的想法。”

第十一章

这一次，蓝斯洛在宫廷里待了好几周。待的时间越长，他就觉得越难走开。他意识到自己陷入了各种各样的社交活动里，但除了那些基本的活动之外，他个人的困境是他最关心的问题（他和我们这个时代的人不一样，纯洁对他来说是非常重要的事。他坚信，只有心地纯净的人才能拥有“十人之力”，和丁尼生爵士笔下的那个男人一样），他一个人确实能抵得上十个人，而这个词在中世纪产生时的解释正是如此。而他由此推断出，如果他和王后在一起，那十倍于常人的神力就会消失。正是这个原因（当然，也可能有其他原因），他带着绝望的勇气保持着理智，拼命地抗拒着她。桂妮薇同样不好受。

一天，戴普大叔对他说：“你最好还是离开这儿，瞧瞧，你差不多瘦了两石。只有你走了，有些事才能画上句号。你越早离开越好。”

蓝斯洛说：“不行。”

亚瑟说：“请不要走。”

桂妮薇说：“你走吧。”

第二次远行探险彻底改变了他的人生轨迹。当时，卡美洛谣言四起，说的是一个名叫佩雷斯国王的人。他是个瘸子，住在柯宾堡里，那里经常闹鬼。他口口声声地说他和亚利马太的约瑟是亲戚，所以大家都认为他是疯子。在现代，他会成为不列颠以色列人，而且会把自己的时间全都浪费在测量大金字塔的甬道来预言世界末日。但是，佩雷斯国王只是有点儿疯，而且他的城堡闹鬼是真的，里面有一个闹鬼的房间，房里有非常多的门，书都数不清；一到晚上，就会有东西从外面跑进来和你对战。亚瑟觉得有必要派蓝斯洛去看看到底是怎么回事。

在去柯宾的途中，蓝斯洛经历了一次奇怪的冒险；在此后的很多年里，蓝斯洛每每想起这次冒险，内心就充满了懊悔。在他看来，那是他失去童贞的最后一次冒险，在此后漫长的二十年里他一直坚信，如果没有发生那件事，他会永远做上帝的臣民；但是从那件事开始，他变成了一个撒谎者。

柯宾城底下的一个村子看起来很繁荣，有鹅卵石街道、石造房子和历史悠久的桥梁。坐落在村中一侧的山坡上的，就是可怕的城堡，另一侧山坡上则是一座塔。村民们都聚集在街上，好像知道他要来；令人不可思议的是，空气中弥漫着梦幻的气息，仿佛阳光带来了一阵金雨。这一切实在是太奇怪了！蓝斯洛的身体里充满了能量，甚至能感受到每一面墙上的每一块石头、这村子里所有的色彩，还有战马轻快的步伐。这座村子似乎被施了魔法，每个人都知道蓝斯洛的大名。

“很高兴见到你，亲爱的湖上骑士蓝斯洛爵士，骑士中的老大！”他们欢呼道，“我们的性命就拜托给你了。”

他勒住马，亲切地和他们聊起了天。

“为什么你们要这么大声？”他问，脑子里却想着其他问题，“你们怎么会认识我？发生什么事了吗？”

他们郑重其事地同时给出了答案。

“嗯，亲爱的骑士，”他们说，“您看看那座山丘上的塔，那里有一位可怜的小姐，她被人施了魔法，被放在开水里煮了好几年。能救她的，必须是全世界最了不起的骑士。加文爵士上周来过，但是失败了。”

“连加文爵士都做不到，”他说，“我也无能为力。”

他非常讨厌这种竞赛。作为全世界最杰出的骑士，挑战自然必不可少，直到你担待不起这个头衔为止。

“我想，是时候离开了。”说完，他抖了一下马缰。

“求您了，千万不要走，”那些人严肃地说，“您是蓝斯洛爵士，只有您才能把那位小姐救出来。”

“我必须走了。”

“她非常痛苦。”

蓝斯洛靠在马肩上，右腿跨过马尾，跳到地上。“你们希望我怎么做？”他说。

那些人激动地围了上去。村长拉着他的手，所有人一起朝山丘走去。一路上，除了村长偶尔向他说明情况之外，谁都没有说话。

“我们领地的小姐曾经是这个国家最美丽的姑娘，”村长说，“所以摩根勒菲女王和北加里斯女王很嫉妒她，对她施了魔法。她们报复她的方式实在太残忍了，她已经在沸水里待了整五年。只有全世界最伟大的骑士才能救她。”

他们站在塔前闸门的时候发生了另一件怪事。那门以古老的方式闩着，石制大门上有一道狭窄而细长的缝隙，这样沉重的横闩就能在里面来回移动。闩非常重，就算遇到攻城锤，也会安然无恙。但现在，这些横闩自动移到了墙内，铁锁也自动转动，嘎吱嘎吱地叫着。接着，门开了，没有发出一丁点儿声音。

“进去吧。”村长说。人们聚集在塔外，眼睛一眨不眨地看着会发生什么事。

塔内的一楼有一座火炉，是用来维持魔法之水的温度的，蓝斯洛根本进不去。二楼像仙境一样，里面雾气腾腾的，什么都看不清。他把双手在前面交握，像盲人一样摸索着走进房间，听见短促而尖锐的叫声后就站在了原地。这道门已经关了很长时间，乍一开，来自外面的气流驱散了部分蒸汽，蓝斯洛一眼就看见了那个发出叫声的女孩。这位迷人的小姑娘坐在一个澡盆里，害羞地看着他。和马洛礼描述的一样，她赤身裸体，一件衣服都没穿。

“嗯。”他说。

那女孩的脸蛋红扑扑的，也可能是因为在沸水里太热了吧。她小声说：“请把您的手伸出来。”她知道怎样解除这个魔法。

蓝斯洛把手伸向女孩。她拉着蓝斯洛的手，从澡盆里走了出来，外面的人发出了热烈的欢呼声，就像他们了解里面的情况。他们给了她一件连衣裙和合适的内衣，女孩穿衣服时，被村里的妇女围在中间。

“上帝啊，穿上衣服的感觉真的棒极了！”她说。

“我的小宝贝！”一个胖胖的老妇人一边喊着，一边流下了喜悦的泪水。不用猜也知道，她是那女孩小时候的奶妈。

“蓝斯洛爵士成功了，”村民们欢呼雀跃，“为蓝斯洛爵士大叫三声万岁！”

欢呼声平息后，被蓝斯洛拯救的女孩走向他，把手放在他手里。

“谢谢您，”她说，“我们去教堂吧，好好地谢谢上帝和您。”

“没错。”

村里有一间小礼拜堂，里面非常整洁，他们就在这里感谢神的保佑。他们跪在两道墙之前，墙上有很多壁画，画的全都是重要的圣人：圣人们头顶上有一道蓝色的光环，踮着脚尖站着，这样就不会被画矮了。彩色的玻璃窗上鲜艳的图画投射在他们头上，顿时变得五彩斑斓，有钴蓝色、猛紫色、铜黄色、红色和铜绿色，好看极了。仪式进行到一半的时候他才意识到，上帝赐予了他创造奇迹的神力，而这正是他一直想做的事。

而在城堡的另一头，佩雷斯国王一瘸一拐地走过来，想知道发生了什么。他打量着蓝斯洛的盾牌，亲吻着刚刚被蓝斯洛救出来的女孩，他像一只顺从的鹳鸟一样侧过身去，让她轻轻地吻了他一下。然后他说：“天啊，您是蓝斯洛爵士！是您把我女儿从水壶魔咒中救出来的。您是个大好人！我这事早就有预言了。我是佩雷斯国王，和亚利马太的约瑟是近亲。至于您嘛，当然也是我主耶稣基督的亲戚，不过是要拐八道弯的亲戚。”

“天哪！”

“真的，我说的都是真的，”佩雷斯国王说，“这全都是以算术的方式写在史前石柱上了。而且我在卡波涅克的城堡里有很多宝贝，有圣盆之类的东西，还有一只嘴上带着一个黄金香炉的鸽子，它想飞到哪儿去，就能飞到哪儿去。但我不得不说，您确实是个大好人，谢谢您救了我女儿。”

“父亲，”那女孩说，“为什么没有人帮我们介绍一下？”

佩雷斯国王厌恶地挥了挥手，像赶虫子一样。

“伊莲，”他说。这个名字又出现了，“这是我的女儿，叫作伊莲。幸会幸会。这位是大名鼎鼎的圆桌骑士蓝斯洛爵士。幸会幸会。您的英雄事迹已经全部刻在石头上了。”

在蓝斯洛心里，除了桂妮薇之外，他从来没有见过比伊莲更漂亮的姑娘，这大概是因为他们第一次见面时她没穿衣服。想到这里，他居然有些脸红。

“无论如何，您要和我们住一阵子，”国王说，“这也刻在石头上了。找机会，我会让您见识一下圣盘和其他的东西，还要教你算术。天气真好啊！女儿用不着每天都在开水里泡着了。嗯，晚餐差不多好了。”

第十二章

蓝斯洛在柯宾堡待了几天，那些闹鬼的房间和预想的一样，所以他整天无所事事。对桂妮薇的爱像一块大石头一样压得他喘不过气来，筋疲力尽，根本没有多余的精力去想其他的事情。从爱上她开始，他就没过过一天舒坦日子，整天烦躁不安，所以他觉得只有四处走走、做做其他的事情，才能让自己解脱。现在，他已经失去了让自己忙碌的动力，他觉得，如果只是眼巴巴地等着看自己会不会心碎，那么在哪里都行。此外，他忘记了另一件重要的事：如果你是一个十八岁的姑娘，当全世界最了不起的骑士在你浑身光溜溜时将你从沸水里救出来，你爱上他的概率非常高。

一天晚上，佩雷斯没完没了地说着宗教族谱，令人厌烦不已，再加上男孩本来就很难受，所以一点儿胃口都没有，屁股像长了刺一样，每多坐一秒就多受一分折磨。总管总算是找到了机会。他已经在佩雷斯家族待了四十年，那位含泪欢迎伊莲的奶妈就是他的妻子。他并不反对恋爱，而且他对蓝斯洛这样的年轻人了如指掌——如果是在现在的英格兰，蓝斯洛没准儿是个大学生或喷气机驾驶员。至于总管，如果生活在现代，一定会是一个优秀的学院总监。

“先生，再喝点儿葡萄酒吗？”总管问。

“不用，谢谢！”

总管有礼地鞠躬，然后倒了一杯酒，蓝斯洛看都没看，就一饮而尽。

“先生，这可是好酒。”总管说，“这酒窖花费了我们国王不少的心血呢！”

这时，佩雷斯国王去图书馆处理预言的事了，只留下烦闷的客人在大厅里。

“没错。”

一阵窸窸窣窣的声音从藏酒室外面传了过来，总管走过去一看，原来是蓝斯洛正在喝另一杯酒。

“先生，这酒也不错。”总管说，“为了存放这些酒，国王专门建了一间很好的储藏室。内人刚从酒窖回来，给您带来了一瓶新酒。瞧瞧这些酒垢，先生，我敢保证，您一定会喜欢这瓶酒。”

“在我看来，所有的酒都是一样的。”

“您真的太谦虚了，”说完，总管换了一个更大的酒杯，“先生，你可真会开玩笑，但是品酒的行家，我一眼就能看出来——我这样说，希望您不会介意。”

蓝斯洛只想一个人待会儿，但总管像讨厌的苍蝇一样，不停地在他耳边嗡嗡地叫着，他意识到自己被打扰了。他忍不住回想，不知道自己是不是在无意中对这位总管做了无礼的行为。当然也有另外一个可能，那就是这总管真的非常喜欢酒，而且已经到了无法自拔的地步。

“很好，”他带着鼓励的口吻说，“绝对是佳酿。”

“先生，很荣幸得到您的赞赏。”

“你曾经……”蓝斯洛问了一个凡是年轻人都感兴趣的

问题，并没有意识到这是酒精在起作用，“你谈过恋爱吗？”

总管笑了笑，又倒了一杯酒。

还不到午夜，蓝斯洛和总管已经面对面地坐在桌上，脸上红彤彤的，中间放着一瓶香料酒，里面有红酒、蜂蜜、香料和总管妻子放进去的其他材料。

“所以我告诉你，”蓝斯洛瞪着眼睛的时候更像是一只人猿，“我不会告诉别人，但你真的是个好人，善解人意的好人。和你聊天很高兴，说什么都可以。来，再干一杯。”

“祝您身体健康。”总管说。

“我该怎么办才好？”他痛苦地大喊道，“我该怎么办才好？”

他把头埋进桌上的双臂里，失声痛哭。

“勇敢一点儿！”总管说，“不做到决不罢休！”

他用一只手拍着桌子，眼睛直直地看着贮酒室的门，另一只手又给蓝斯洛倒了一杯酒。

“喝吧，”他说，“想喝多少喝多少。请原谅我直话直说，先生，您一定要做个男子汉。好消息马上就会到来，放心吧，之后，您就会和那些吟游诗人一样，想紧紧地抓住这短暂的美好时光。”

“好家伙，”蓝斯洛说，“如果真是那样，傻瓜才不会那样做呢。”

“小男孩和他的主人一样出色。”

“当然了，”说着，那年轻人眨了眨眼睛，但他担心自己看上去更像一只野兽。“应该是更棒，你觉得呢，总管？”

他笑了起来，和傻子差不多。

“哦，”总管说，“我妻子布莱珊在贮酒室门口，她带来了一封信。那一定是给您的。上面写的是什么？”总管看着坐在那里瞪着信纸的男孩问。

“没什么。”说完，他把纸扔到桌上，跌跌撞撞地走到门边。

总管拿起了信。

“上面说桂妮薇王后在五英里之外的凯斯堡等您，是她一个人。纸上还有几个唇印。”

“是吗？”

“您肯定不敢去。”总管说。

“什么？”蓝斯洛咆哮着说完，摇摇晃晃地走进黑暗里，一边夸张地笑着，一边召唤他的马。

第二天早上，他在一间陌生的房间里惊醒过来。窗上挂着绣毯，所以房间里黑漆漆的；他的身体很好，所以他一点儿也不头疼。他跳到地上，走到窗户边，在他拉开窗帘的那一刻，他明白了昨晚发生的一切——那个总管、那些酒、可能掺在酒里的爱情魔药、桂妮薇的信，以及躺在他身边的躯体：黑暗、结实，带着已经变冷的热情。他把窗帘拉下来，额头靠在窗框冰冷的石头上，像泄了气的皮球一样。

“珍妮。”他说。这短短的几分钟，对他而言却和好几个小时差不多。

床上的人没有应答。

他转过身，赫然发现躺在床上的居然是伊莲，就是那个被他从沸水中救出来的女孩。她纤细的手臂裸露在外面，紧紧地夹住身边的床单，紫罗兰色的眼睛死死地盯着他的眼。

在感情上，蓝斯洛一直是殉道者，这是事实，我们用不着掩饰。就在他回头看伊莲的时候，他那张丑陋的脸上流露出了极度的愤怒和悲伤，那感情是那么简单、那么诚实。来自窗外的光线照在他的裸体上，显得神圣不可侵犯。他开始剧烈地颤抖起来。

伊莲动也不动，只用灵活的眼睛看着他，活像一只老鼠。

蓝斯洛走到一个箱子旁，他的剑就在里面。

“我应该杀了你。”

她看着他，什么话都没说。在那张宽大的床上，十八岁的她看起来小得可怜，而且她被吓坏了。

“这是为什么？”他怒吼道，“你到底做了什么？为什么要背叛我？”

“我只能这样做。”

“你是在背叛我。”

但他不敢相信这个事实。

“这是背叛！你背叛了我！”

“为什么？”

“你让我……你拿走了……偷走了……”

他愤怒地把剑扔到角落，一屁股坐在那个箱子上。他开始哭泣，脸上所有的线条交织在一起。他被伊莲偷走的是，是他的十人之力。即便是现在，孩子们仍然对这种事深信不疑：只要他们今天有好的表现，明天就一定能在板球赛中取得好成绩。

蓝斯洛不再哭泣，目不转睛地盯着地板，开始说话。

“还记得我小时候，”他说，“我向上帝祈祷，求它让我能创造奇迹。但是，只有童子之身才能做到。一直以来，我最大的梦想就是成为全世界最厉害的骑士。我是个丑八怪，而且总是孤零零的。村子里的人都说我是全世界最了不起的骑士，而我也确实救了你的命，创造了奇迹。但我万万没想到，我的第一次居然会变成最后一次。”

伊莲说：“嗯，蓝斯洛，还有更多的奇迹等着你呢！”

“怎么可能？从我的奇迹被你偷走的那一刻开始，我就再也不是全世界最伟大的骑士了。伊莲，你为什么要这样对我？”

她哭了起来。

他站起来用毛巾裹住身体，走到床边。

“没关系，”他安慰道，“都是我自己的错。如果不是喝醉酒，这些事就不会发生了。我觉得很伤心，所以才会喝醉。当然，也可能那个是总管故意把我灌醉的。如果真的是这样，那就太不公平了。好了，伊莲，我不怪你。”

“都怪我，都怪我。”

“也许你只是听你父亲的话而已，这样你们的族谱里就能出现一个耶稣基督的远亲了。要么就是总管的妻子——女巫布莱珊指使的。一切都过去了，别再自责了。来，让我吻你一下。”

“蓝斯洛，”她大声地哭喊道，“这都是因为我爱你。我不是也对你付出过吗？我是个处女，蓝斯洛。我没有抢走你的任何东西。啊，蓝斯洛，这就是我的错。我该死！为什么不一剑杀了我？但是请相信，我就是因为太爱你，控制不了自己。”

“好了，好了。”

“蓝斯洛，如果我怀孕了怎么办？”

他不再说话，再次走到窗边，好像要疯了。

“我想要有你的孩子，”伊莲说，“加拉罕，没错，就叫这个名字，和你的首名一样。”

她纤细的手臂裸露在外面，紧紧地夹着身边的床单。蓝斯洛回过头，生气地看着他。

“听好了，伊莲，”他说，“就算你怀孕了，也和我没有任何关系。别想着用同情来捆住我。我要离开这个鬼地方，再也不想见到你。”

第十三章

此时，桂妮薇正在一间阴暗的房间里做着她不喜欢的事——斜针绣之类的女红。她是在为亚瑟做盾牌护套，上面有一只后腿直立的红龙。伊莲只有十八岁，要解释一个孩子的感觉并不是什么难事，但桂妮薇已经二十二岁了，已经形成了某种个人特质。当王后还是个孩子时，曾接受过俘虏之礼，而曾经单纯的感受就是因此而改变的。

或许你听说过一种叫“人生知识”的东西，要等到步入中年后，你才会拥有。它没有任何逻辑可言，也从来不遵守那些永恒不变的法则，所以根本不可能把它传授给年轻人。它没有任何规则。只有在女人步入中年以后，这种调和感才会最终形成。举个简单的例子：你要教宝宝走路，用逻辑告诉她走路是怎么回事根本没有用，她必须亲身体验，才能真正地学会走路。同样，你也不要妄想用说教的方式告诉一名年轻女性，什么叫作人生知识，这简直就是白费力气。因为无论什么样的人生知识，都必须接受岁月的洗礼。等到她对自己老旧的身躯感到厌烦时，她才会豁然开朗。日子当然还是要继续过下去，但她依靠的不是原则、不是推理、不是是非，只是一种奇特而不断变化的调和感，这种调和感往往与原则、推理或是非背道而驰。她不再对寻求真理抱任何希望

（如果女人真的有过这种希望），从今往后，她会听从第七感的安排。她在学走路的时候学会了第六感，也就是我们刚刚提到过的调和感，而现在，她又有了第七感——人生知识。

男人和女人都利用第七感，想做充斥着战争、不贞、妥协、恐惧、愚弄和伪善的人生及其中的起伏的主人。第七感的发掘是一个极其缓慢的过程，而且即便是发掘出来了，也不意味着胜利。也许婴儿会骄傲得用哭声来告诉我们：我又有调和感了！但是，第七感并没有可供辨识的哭声，以一种僵化的习惯来控制这变幻莫测的起伏。因为我们已经进入一个僵持的阶段，没有更好的事可做了。

而在这个阶段，我们逐渐把那段我们拥有第七感之前的时光抛到了脑后。就在我们步履沉重地走向调和时，我们的遗忘开始了，甚至把我们的躯体曾拥有的闪耀着生命热情的时光也忘得一干二净。这样的感觉一直在我们的脑子里浮现，却不能获得抚慰，所以它在我们的意识中死去了。

但是，还记得，我们每个人都是一丝不挂地站在这个世界面前，眼前的人生其实是由各种各样的问题串在一起而形成的，对此，我们付出了高度的热情和关注。还记得，寻找上帝是否真的存在这个问题确实非常重要。对那些要面对现世的人而言，是否有来生至关重要，因为那是她此生的生活方式的决定因素。还记得，对我们火热的身躯而言，自由恋爱和天主教道德观水火不容的问题，就像有一把枪将我们的脑袋打成马蜂窝一样重要。

而在更早的时候，还记得，我们揣度世界、爱和我们自己真正的模样时，凭借的只是我们的灵魂。

在我们得到第七感时，这些问题和感觉最终会彻底消失。

而作为中年人，在信仰上帝与触犯戒律之间寻求平衡简直就是小菜一碟。事实上，第七感会在不知不觉中将其他的感觉全都杀死，所以最后戒律压根儿就算不上什么问题。它们永远地离开了我们，再也看不见、感觉不到，也听不见了。不管是我们曾喜爱的躯体，还是努力寻求的真理，或者遭到质疑的上帝，全都和我们划清了界限，和我们没有任何关系。而现在，我们正在最后一感的庇护之下，在潜意识的指引下，安全地走向那无可避免的结局——死亡。就像《感谢上帝赐我年老》这首诗中唱的一样：

感谢上帝赐我年老，
赐我生命、疾病和死亡。
体衰多变，而到踏进棺材之时，
终得随心所欲。

桂妮薇坐在那里做斜针绣，思念着蓝斯洛的时候，只有二十二岁，还没有步入中年，身体好好的，所以她只有第六感。我们很难揣度她的心思。

首先，是心智和身体的混乱——那是会为了日落与月光的魅惑而伤感和哭泣的时期；那是会对上帝、对真理、对爱情和永恒的信仰与希望产生信念和困惑的时期；那是醉心于追求形体之美的天性；那是会感觉到疼痛与鼓胀的心；那是无穷的快乐和永恒的悲伤，而它们之间隔着一片无法跨越的汪洋。其次，是毫不留情地暴露出的自私和任性，目的是平衡上述迷人的特质——心神不宁，总是控制不住自己，想去打扰中年人——在一些抽象话题（美就是其中一种）上争得面红耳赤，好像就是为了证明自己确实对这些感兴趣；至于什么时候应该出于对中年人的尊敬而压抑真理，则一无所知；唯一知道的，是一种笼统的兴奋和厌恶，哦，对了，还有与第七感格格不入的感觉。而这些，只是22岁的桂妮薇具有的部分特质，因为人人都有。在这个基础上，她的个人特质里还有一个宽广而不明确的地方，而这正是她区别于天真的伊莲的根本原因——她不那么悲情，更加真实。她之所以成为蓝斯洛亲爱的珍妮，就是这种力量的功劳。

“哦，蓝斯洛，”她一边缝着盾冠，一边唱起了歌，“哦，蓝斯，快回来吧。要么带着你那扭曲的微笑，或者你那独特的走路方式。你的脚步声会告诉我你的心情，是生气还是困惑。快回来吧，告诉我爱情到底是不是一种罪恶。快回来吧，告诉我只要我们爱着彼此，管别人说什么呢。”

没想到的是，他居然真的回来了。离开伊莲后，他怀着满腔热情，向心爱的珍妮狂奔而来。他已经在谎言中和桂妮薇有了肌肤之亲，他的十人之力已经离他远去了。现在，对上帝来说，他就是个不折不扣的大骗子，就连他自己也是这样想的。全世界最了不起的骑士，行驶奇迹与魔法对抗，获得丑陋与灵魂空虚的报偿……这一切都变成了奢望。当马儿的铁蹄在鹅卵石上发出的嗒嗒的声音响起时，王后立刻放下手上的女红，站起来，想看看是不是亚瑟打猎回来了。他腿上的锁子甲与阶梯碰撞时发出了响亮的铿锵声，和马刺敲击石头的声音很像。然后，还没弄清到底是怎么回事，她就又哭又笑地背叛了自己的丈夫，她早就知道自己总有一天会迈出这一步。

第十四章

亚瑟说:“蓝斯，你父亲给你写了一封信，说他遭到了克劳达斯王的攻击。我已经答应了他，需要时会帮他打败克劳达斯，就像他在毕德格连之战中帮我一样。我必须亲自去一趟。”

“好的。”

“你是怎么打算的？”

“我不明白你的意思。我是怎么打算的？”

“这个嘛，你是想陪我去，还是想留在这里。”

蓝斯洛清了清嗓子，说:“听你的，你想要我怎么做，我就怎么做。”

“你可能会很为难，”亚瑟说，“我不想为难你，但是如果我请你留在这儿，你愿意吗？”

蓝斯洛一时不知该怎么回答，生怕说错什么，就这样，他的沉默被国王理解成了误解。

“你当然可以选择回去见你的父母，”他说，“如果你想回去，我绝不会阻拦你。也许，我们可以把这个计划推迟一下。”

“你为什么要让我留在英格兰？”

“那些氏族，没有人盯着可不行。只有把这个重任交到一个可以解决问题的人手里，我才能放心地去法兰西。康瓦耳的崔斯坦和马克王之间的战争很快就会打响，还有奥克尼的宿怨。你了解这些问题的难点。另外，我需要一个信得过的人照顾桂妮薇。”

“也许，”蓝斯洛小心翼翼地说，“你应该信任别人。”

“说什么傻话？如果我连你都不相信，还能相信谁呢？你只要在狗舍外面晃一下，就能把那些小贼吓得屁滚尿流。”

“这可不是什么英俊的脸。”

“你这个杀人不眨眼的大魔王！”国王大声地开了个玩笑，用力地拍了拍蓝斯洛的后背，然后就去忙远征的事情了。

在亚瑟离开的那一整年里，他们每天都过得非常开心，就像在天堂一样。只可惜，这个天堂有十二个月的期限，而且躲藏在清澈见底的水下或沙砾河床上，只有鲑鱼才知道这个它的存在。他们的罪过总共持续了二十四年，但只有第一年看似充满了欢乐。当他们年华老去，回忆此时，却连这一年里下雨结霜的日子都记不清了。在他们眼中，四季绚烂多姿，染上了玫瑰花瓣边缘的美丽色彩。

“我不明白，”蓝斯洛说，“你怎么会爱上我？你真的我爱吗？你确定没有弄错？”

“亲爱的蓝斯。”

“可是我的脸，”他说，“我长得太可怕了。现在我才相信，不管什么时候，仁慈的神都会爱世人，因为这是他的本性。”

有时候，他的恐惧会让他们觉得很不安。桂妮薇从来没有因为自己的所作所为而后悔，但她的爱人有。

“我不敢想。别想了。珍妮，快吻我。”

“怎么了？”

“怎么可能不想？”

“亲爱的蓝斯。”

他们偶尔也会因为一些鸡毛蒜皮的小事儿争吵，但即便如此，也只能算是情人之间的拌嘴，回想起来往往觉得很甜蜜。

“瞧瞧你的脚趾头，和要到市场上去的小猪差不多。”

“请不要再开这样的玩笑了。你一点儿都不尊重我。”

“尊重？”

“没错，尊重！我是王后，应该是你尊重我才对啊！”

“要我尊重你，你真的想好了吗？那么，我吻你的手的时候，是不是要一直单膝下跪？”

“为什么不？”

“你能不能不这么自私？如果有人把我当作私有财产，我可受不了。”

“自私？哼！”

然后，王后会一直跺脚，整天都板着脸。但只要他认错，她就会原谅他。

后来，他们会分享自己的秘密感受，而他们互相倾诉的时候总是充满了某种纯真的惊奇。一天，蓝斯洛告诉王后一个秘密。

“珍妮，我年幼的时候非常讨厌自己。我不知道为什么会这样，这让我觉得很丢脸。那时，我是一个非常圣洁的男孩。”

“你现在可没那么纯洁了。”她一边说一边发出了咯咯的笑声。事实上，她并没有明白他在说什么。

“有一天，我哥哥找我借一支箭。我有两三支特别直的箭，我把它们看作宝贝，他的箭却有点儿弯。我假装那些直箭都丢了，所以没法借给他。”

“你这个撒谎的家伙。”

“没错。后来，我非常自责，觉得我对上帝不诚实。为了惩罚自己，我把袖子卷起来，把手伸进了一丛刺人的荨麻里，就在护城河边。”

“亲爱的蓝斯，你可真是个纯真的孩子。”

“但是珍妮，我一点儿事都没有。我记得非常清楚，我没被荨麻刺到。”

“这算是奇迹吗？”

“我确定。那时，我是一个爱做梦的孩子，总是活在想象的世界里。在那个世界里，我是亚瑟最看重的骑士。荨麻的事也许是我想象出来的，但我记得我没有被刺到的时候，确实吓得不轻。”

“那绝对是个奇迹。”王后坚定地说。

“珍妮，我这辈子最大的愿望就是创造奇迹。我一直努力地去做一个圣洁的人，我想那是一种野心，或者一种骄傲，或者根本不值一提。对我来说，我要征服的并不仅仅是这个世界，还有天堂。我是一个贪心的人，只做最强的骑士还远远不够，我的目标是成为最伟大的骑士。这就是做白日梦最麻烦的地方。我之所以离开你，就是这个原因。我清楚得很，如果我不再纯洁，就再也不可能创造奇迹了。但是你知道吗，我确实创造了一个奇迹，一个非常棒的奇迹。我救了一位被困在沸水里的女孩，她的名字叫伊莲。之后，我的力量就消失了。现在我们在一起了，创造奇迹彻底变成了幻想。”

关于伊莲的事，他并没有打算一五一十地告诉她，因为他觉得，如果她知道他的第一个女人不是她，可能会不太开心。

“为什么？”

“因为我们都是有罪之人。”

“我从来没有创造过奇迹，”王后冷淡地说，“所以我没什么好后悔的。”

“但是珍妮，我从来没有后悔过。你就是我的奇迹，为了你，我可以什么都不要。我只想和你聊聊我小时候的感觉。”

“这个嘛，我不确定我能体会。”

“你无法了解想取得某种成就的想法吗？没错，我看出来了，这对你来说完全没必要。只有那些有所缺憾的低等人才需要用成就去充实自己的人生。你是那么完美，根本用不着去想象。但我一直沉浸在美好的幻想中。从我知道自己再也不是最优秀的骑士的那一刻开始，我就总是觉得害怕，就算是现在，也是如此。”

“那我们还是分手吧。这样的话，你就会彻底解脱了，去创造更多的奇迹。”

“你知道的，我绝不会这样做。”

“对我来说，这整件事根本不存在，只是你的想象而已，”王后说，“我理解不了。这似乎不太切合实际，而且非常自私。”

“我承认我很自私，但我控制不了我自己。我努力让自己改掉自己毛病，但那是天性，我也实在无能为力。嗯，你是不是觉得我说的事难以理解？我小时候很寂寞，但我一直在锻炼自己，而且我已经尽力了。以前我曾发誓，我要么成为横越花剌子模沙漠的大英雄，要么成为和亚历山大或圣路易王一样伟大的国王；做一个伟大的疗愈师也不错，要是能发明一种治愈伤口的香膏，免费送给人们，那就再好不过了；或者成为圣人，只要摸一下，伤口就会自然痊愈；或者我会去寻找某种重要的东西，例如，真十字架、圣杯之类的圣物，或其他类似的东西。在梦里，我想的就是这些。亲爱的珍妮，我只是想告诉你，我做的是什么梦。它们就是我口口声声提到的奇迹，现在已经离我远去的奇迹。我把我的希望给了你，珍妮，当作爱的礼物。

第十五章

幸福的时光总是太短暂。一年很快就过去了，从亚瑟回家的那一刻开始，蓝斯洛和桂妮薇的美好生活就彻底画上了句号，而且差点儿立刻就毁了，但不关亚瑟的事。他回来的当天晚上，当他滔滔不绝地讲述打败克劳达斯的细节时，门房那儿吵吵嚷嚷的；晚餐时，波尔斯爵士走进了大厅。他和蓝斯洛是表亲，之前在柯宾堡度假，调查闹鬼的事。晚餐结束后，他凑到蓝斯洛耳边，告诉了他一个消息。不巧的是，他讨厌女人，而他也和大多数讨厌女人的一样，有一种女性共同的缺点——轻率；他还把这件事告诉了他的朋友。就这样，这个消息像插上了翅膀一样，很快就传遍了整个宫廷：柯宾的伊莲生了一个漂亮的儿子，名字叫加拉罕——你应该还记得，那就是蓝斯洛的首名。

“也就是说，”桂妮薇和她的爱人单独在一起时说，“你失去奇迹其实是因为她。你说你把希望给了我，根本就是在撒谎。”

“你在说什么？”

桂妮薇开始用鼻子呼吸，她仿佛看见眼球后面有两根充血的拇指，正在努力地想把她的眼球推出来，但她根本不想看他。她试着不去想象，觉得有些害怕。她可能会说出一些丢人又充满恨意的话，但她实在控制不了自己的情绪。她在痛苦中挣扎着，就像在大海里游泳的人一样。“你知道我在说什么。”她看着别处，伤心地说。

“珍妮，我不是有意隐瞒你的，但这不知道怎么解释。”

“我能理解。”

“但是请相信我，事情和你想的不一样。”

“我想的那样？”她大喊道，“你知道我是怎么想的吗？你就是一个诱骗女孩的无耻之徒，这一点我和其他人想的一样。见鬼去吧，你的奇迹，全都是谎言。我真是个大傻瓜，居然会相信你。”

她的指控每多一项，蓝斯洛就会转一次头，大概是不想让那些话戳中他。他看着地上，不想让任何人看见他的眼睛。他的大眼睛里，时常闪烁着恐惧或惊讶的光芒。

“伊莲对我来说什么都不是。”他说。

“怎么可能？再怎么说，她都为你生了孩子，是你孩子的母亲，这一点永远无法改变。你还想继续隐瞒我吗？不，我不想听了，离我远点儿。”

“这个时候我怎么能甩手离开呢？”

“如果你再碰我一下，我就去告诉国王。”

“桂妮薇，听我说。我在柯宾的时候被灌醉了，他们骗我说你在凯斯等我，却趁机把我带到了伊莲的房间。第二天一大早，我就回来了。”

“蹩脚的谎言。”

“我发誓，我说的全都是真的。”

“傻子才会相信呢！”

“如果你不相信，我也没办法。我发现真相时，差点儿一剑杀了伊莲。”

“放心，我会亲手要了她的小命。”

“她也是受害者。”

王后使劲儿地拉扯他的衣领，看起来就像是衣领太紧了。“你在替她说话，”她说，“你爱上她了，而且还为了她骗我。我一直都是这么觉得的。”

“我要怎么说，你才能相信我说的都是实话呢？”

她沉默了一会儿，然后哭了起来。“为什么不早点儿说？”她问，“为什么不告诉我你有个孩子？为什么要骗我？我想，你的奇迹是她才对，她就是你引以为豪的奇迹。”

蓝斯洛脑子里一团糟，也伤心地哭了起来，他伸出手臂环抱着她。

“我保证，我不知道这个孩子的存在，”他说，“我从来没想过要孩子。那不是我所追寻的东西。”

“如果你早点儿说实话，我一定会相信的。”

“我是想告诉你，但我做不到，因为我怕你伤心。”

“可是，现在我更伤心。”

“我明白。”

王后擦干眼泪，微笑着看着他，让人觉得如沐春风。不一会儿，他们就开始亲吻，就像被雨水冲洗干净的绿色大地。他们觉得更加了解对方，却不知，猜疑的种子已在他们心中生根发芽。在他们的爱变得更强烈的同时，憎恨、恐惧和猜忌的种子也开始疯长。因为爱与恨是一对矛盾体，它们可以并存，却也会互相折磨，而这让他们的爱情陷入了无尽的深渊。

第十六章

此时在柯宾堡，稚气未脱的伊莲正准备出发。她要从桂妮薇手中抢走蓝斯洛，几乎所有的人都认为这场远征毫无意义，当然不包括她本人在内。她只是一个弱女子，对作战方法也一无所知，她这么做简直可以说是尊严扫地。蓝斯洛并不爱她，但她毫不在乎，仍然全身心地爱着他。在她看来，自己唯一能和成熟的王后相抗衡的，就是她的不成熟和卑微的爱情，以及那个还没见过父亲的婴儿——但对孩子的父亲而言，这只是一次阴谋诡计而已。想象一下，赤手空拳的军队要攻下坚固的要塞，并且要把一只手绑在身后，这场远征的难度可想而知。伊莲大部分的时间都被独自困在魔法水壶里，所以个性朴实，但就是这样的她，居然想在桂妮薇的地盘和对方交战。为了这场较量，她特意定制了最精美华丽的衣袍，却变得既蠢笨又土气。

如果换成另一个人，她完全有可能把加拉罕当武器。要对付蓝斯洛这种人，要对症下药，同情和归属就能打动他，说不定还能成功地约束他。但伊莲不够聪明，也不知道怎样约束她的英雄。她之所以带着加拉罕，只是因为她爱他，不想和他分开，顺便在他父亲面前炫耀一番，比较他们的相貌也是原因之一。她最后一次看见自己心爱的男人，是一年前。

而在伊莲幻想着俘获蓝斯洛的时候，蓝斯洛正在宫廷和王后相亲相爱，但是现在，他再也不可能做到心安理得，就像国王出远门一样。国王不在的时候，他还能沉浸在对过去的美好回忆中，但国王现在和他抬头不见低头见，仿佛在指责他的背叛。虽然深爱着桂妮薇，但他对亚瑟的爱并没有消失，他仍然能够清楚地感觉到那份情感。生活在中世纪的人有一个致命的共同点，那就是面对高位者时会情不自禁地对其产生敬爱之心，这给他们带来了巨大的痛苦，蓝斯洛就是这样。而更让蓝斯洛忍受不了的是，这个弱点让他觉得他对桂妮薇的感情是低贱的、不道德的，却是他生命中最深刻的感情——然而现在，每一次幽会都让它显得更低贱。亚瑟回来后，这对情人只能匆匆相会、关门落锁，绞尽脑汁想出了各种卑劣的计谋和罪恶的花招，而这一切玷污了那些若不是非常美妙，则应该躲得远远的事物。而在这个污点中，最让他痛苦的是他深知亚瑟是一个仁慈、单纯而正直的人，知道他会给他亚瑟带来沉重的伤害，而他是爱他的。桂妮薇同样很痛苦。从他们第一次因为怀疑而争吵的那一刻开始，就已经在对方心里种下了（也可以说是见到了）痛苦的种子。对他而言，爱一个善妒而多疑的女人是一件痛苦的事。她没有第一时间就相信他对伊莲这件事的解释，这是个致命打击，但他控制不了自己爱她的心。最后，他骨子里的一些反抗因子起了作用，简单地说，就是他对纯洁、荣誉和性灵上的优越所怀的奇特欲望。这些事和他在潜意识里对伊莲要带着他的儿子来找他交织在一起，不仅把他的快乐击得粉碎，也不容许他逃避。他很少坐下，总是不安地徘徊着；把东西拿起来，却连正眼都没看一下就放下了；走到窗边往外看，却只是呆呆地站在那儿，什么都看不见。

在得知伊莲要来的消息的那一刻，桂妮薇就真切地感觉到了内心的恐惧。而在这方面，女性的恐惧甚至超过了男性。男人经常会这样指责女人，说他们之所以出轨，完全是被女人天生的嫉妒逼出来的。事实上，不忠的念头也许一开始就存在，但只有女人才能意识到、察觉出来而已。例如，渥伦斯基之所以被逼到某种地步，罪魁祸首就是伟大的安娜·卡列尼娜那狂热的无理嫉妒——虽然那是解决他们的问题的唯一办法，也是无奈之举。她预见未来的能力远远超过了他，为了迎接更好的未来，她毫不犹豫地毁灭了现在，因为她知道，未来总有一天会灰飞烟灭。

桂妮薇的情况就是这样。伊莲的问题已经火烧眉毛，但似乎并没有让她过度紧张，也许她从来没有真的怀疑过蓝斯洛，但她的先见之明已察觉到她的爱人看不见的不幸。更准确地说，让她做出这个判断的，并不是她的逻辑理性，而是这些事原本就隐藏在她更深层的意识中。但令人遗憾的是，语言是一种笨拙的工具，如果一个母亲“无意识地”听到她的孩子在隔壁房间里哭，我们就不能说她“没察觉”这码事。在这个层面上，桂妮薇下意识里感知到的事实，包括亚瑟与蓝斯洛的情形、宫廷里上演的大多数悲剧，还有她没有生下一儿半女的事——这些事实让她痛苦不已，却永远弥补不了。

她告诉自己，蓝斯洛已经背叛了她，这一切都是伊莲的诡计，而她的爱人一定还会背叛她。在她心里，类似的话重复了上千遍，但在内心未知的角落里，她的感受并不是这样。也许她的嫉妒是真的，但嫉妒的对象不是伊莲，而是那个婴儿；也许她害怕的不是自己对蓝斯洛的爱，而是蓝斯洛对亚瑟的爱；又或者，那是一种对整个局势的恐惧，因为局势动荡不安，而且这种不道德的关系终究会遭到报应。女人比男人清楚得多，上帝的律法总有彰显的一天。要明白这一点，她们有无数种理由。

如何解释桂妮薇的态度并不重要，因为最终都会为她的爱人带来痛苦。她慢慢地变了，变得和他一样心烦意乱，无理、残酷的程度更是远远超过了他。

亚瑟的感觉是这场宫廷悲剧的最后一场。他的成长过程堪称完美，这在某种程度上让他变得不幸。而老师在教导他的时候，完全把他当成了一个还在子宫里的胎儿，给了他最完美的保护。在老师营造的“子宫”里，他以从鱼类到哺乳类的姿态来体验人类历史，单纯而美好。而这种教育最大的弊端就是，他没有学会任何有用的生活技能——没有恶意和虚荣，没有怀疑和残酷，甚至连最自私都没有。对他来说，嫉妒算得上是最可耻的罪行。可悲的是，他既无法恨他的朋友，也狠不下心折磨他的妻子。他得到了非常多的爱和信任，所以他是对别人付出爱和信任的专家。

作为一个单纯而情感丰富的人，亚瑟的动机简直一眼就能看穿，因为梅林对爱与单纯深信不疑。

现在，他面对的是一个千古难题（非常难解，所以被人们叫作“永恒的三角习题”，简直和欧几里得的几何习题“驴桥定理”[①]有一拼），所以除了退开之外，亚瑟没有其他更好的选择。也只有那些信任别人又乐观进取的人才知道怎样退开，那些得不到爱情又忘恩负义的人，则会被仇恨和嫉妒冲

① 驴桥定理，即商高定理，也叫勾股定理和毕式定理，直角三角形两条短边的边长平方和等于斜边的边长平方。

昏头脑，对别人发起攻击。正是因为强壮和温柔，亚瑟仍然抱着一丝希望：如果他信任蓝斯洛和桂妮薇，事情总有一天会逆转。在他看来，这样做比一些极端的方式逼迫他们分手、回到正常的轨迹上来要好得多，比方说，以背叛国王的罪名将他们送上断头台。

亚瑟不知道蓝斯洛和桂妮薇正在相爱，他从来没有发现他们在一起的蛛丝马迹，也没有找出他们有罪的证据。在这种情况下，他那无畏的天性希望自己永远不会发现他们在一起，而不是想方设法报复他们、惩罚他们。他并不是一个纵容的丈夫，而是想用自欺欺人的方式让麻烦主动消失。直觉告诉他，他们睡在一起，而且如果他质问妻子，她肯定会承认。勇敢、慷慨和诚实是她的三个美德。因此，他没办法问她，或者说不敢问她。

国王并没有因为自己睁只眼闭只眼的态度而变得开心。他没有桂妮薇那么激动，也没有蓝斯洛那样不安，他变成了一个闷葫芦，更加不愿意说话了。在自己的宫廷里，他却只能像一只老鼠一样偷偷摸摸地生活，不过，他确实想过要挑出那根扎在肉里的刺。

“蓝斯洛，”一天下午，国王在玫瑰花园里对他说，“你最近看上去不太好，怎么了？”

蓝斯洛摘下一朵玫瑰，不安地掐着花萼。后人们给这种话起了一个名字——远古玫瑰，它的五玫花萼都从花瓣底下向外伸展，看上去和玫瑰纹章简直一模一样。

“这，”国王犹豫了好半天才问，“是关于那个口口声声地说有了你的孩子的女人吗？”

如果亚瑟问了第一个问题就停住了，说不定那件事就会在回应那个问题的沉默中浮出水面。但是紧接着，亚瑟就抛出了第二个问题，很明显，他在极力掩饰自己内心的不安，也不想听到任何不该说的事。

“没错。”蓝斯洛说。

“是因为，你没办法逼自己娶她吗？”

“我一点儿也不爱她。”

“嗯，你自己的事你最清楚。”

那时的蓝斯洛有一个非常强烈的想法——找人诉苦，好缓解他内心的痛苦，却无法对眼前这个现成的倾听者说一个字，只能把话题转移到伊莲身上。在那段冗长而琐碎的故事里，他对亚瑟保留了一些事实：他蒙受耻辱和失去创造奇迹的能力的经过。万般无奈之下，伊莲成了这场告解的主角，半小时后，他编造了一个可以采信的理由——如果亚瑟不想知道事情的真相，完全可以用这套说辞欺骗自己。对这个可怜的家伙来说，这部分事实发挥了非常重要的作用，在此后的几年里，他用这套说辞掩饰了可怕的真相。换作生活在文明社会下的我们，遇到这种情况时会毫不犹豫地采取诉讼离婚等各种补偿措施；我们总是能用轻蔑的态度看待那些戴绿帽子的懦弱丈夫。但作为中世纪的野蛮人，亚瑟对我们的文明制度一无所知，在嫉妒之类的恶德面前，他唯一能做的就是继续采取过度宽容的态度。

后来，桂妮薇在玫瑰花园里找到了蓝斯洛，她看起来和往常一样甜美而理性。

“蓝斯，你听说了吗？一个使者带来消息，说那个让你心烦的女孩要带着孩子来找你，今天晚上就会到。”

“我知道。”

“当然，我们应该好好招待她。可怜的孩子，我觉得她一点也不开心。”

“这又不是我的错。”

“这确实不是你的错。但是，这世界上总有不快乐的人，我们为什么不能在自己有能力的时候去为他们做点儿什么呢？”

“珍妮，非常感谢你的宽容，你真是个大好人。”

他转过头来看着她，想要抓住她的手。听了她的话，他的希望之火又开始燃烧起来，以为一切都过去了。但没想到的是，珍妮用力地抽回了自己的手。

“听我说，亲爱的，”她说，“如果她不走，我们就再也不可能在一起了。你必须是自由的。”

“自由的？”

“她是你孩子的母亲，又没有结婚。我俩永远不可能结婚。如果你没什么意见，我宁愿你和她结婚，我能做的也就只有这一件事了。”

“但是，珍妮……”

“不，蓝斯，我的意思是，她在这里时，你就离我远一点儿，这样你才能确定自己到底爱不爱她。至少这是我能为你做的。”

第十七章

伊莲站在城门塔楼的人口时，桂妮薇给了她一个礼貌的亲吻。“欢迎来到卡美洛，”她冷冷地说，“非常欢迎。”

“谢谢。”伊莲说。

她们强忍着内心的敌意，微笑地看着对方。

“蓝斯洛一定很想见到你。”

“哦！”

“亲爱的，孩子的事我已经听说了。没什么大不了的！我和国王都很好奇，已经迫不及待地想看看他和他爸爸像不像。”

“你真是个好人。”伊莲浑身不自在地说。

“我想第一个看他。他叫加拉罕，对吗？他强壮吗？会认东西了吗？”

“他有 15 磅重，”那女孩得意地说，“只要你愿意，现在就可以看他。”

桂妮薇不动声色地克制着自己的愤怒，然后开始摆弄伊莲的围巾。

“不了，亲爱的，”她说，“这样的话我就太自私了。你远道而来，还是先好好休息吧，至少要把孩子先安顿好。今天晚上，我可以趁他睡着的时候来看他。时间还长，机会多得是。”

但不管怎么样，她最后都要去看那个孩子。

蓝斯洛再次看见王后时，她的甜美和理想消失得无影无踪，像变了个人似的。她看起来冷酷而骄傲，说话的时候简直就像是在发表演讲。

“蓝斯洛，”她说，“你还是去看看你儿子吧。你到现在都不去看他，伊莲该多伤心啊！”

“你已经看过他了吗？”

“没错。”

“他丑吗？”

“不，他长得像妈妈。”

“谢天谢地！我马上就去。”

王后把他叫了回来。

“蓝斯洛，”说完，她深吸了一口气，“你应该不会在我的眼皮子底下和伊莲睡在一起吧？只要没到我俩分手的那一天，你都不能和她睡在一起，这样才公平。”

“我才不想和伊莲睡在一起呢！”

“说得好听！但是，我相信你。有一点你要记住，如果这次你再说话不算话，我们就彻底拜拜了。没错，彻底拜拜！”

“我说的都是实话。”

“蓝斯洛，我已经被骗过一次，我不确定你会不会再骗我。伊莲就在我隔壁，如果你去，肯定逃不过我的眼睛。我要你老老实实地待在自己的房间里。”

“没问题。”

“如果今晚我能离开亚瑟，会给你传信，但是具体的时间暂时保密。如果我给你送信的时候你不在，那就证明你和伊莲在一起。”

布莱珊夫人为小男婴准备摇篮时，伊莲正在房间里抹眼泪。

“我在射箭场碰到他，他也看到我了。但是他转过身子，找了个借口就走了。他连我们的孩子都没有看一眼。”

“行了，行了，”布莱珊夫人说，“别再说了，简直乱套了。”

“我为什么要来这儿？来了只会让我觉得自己更可怜，他也是这样想的。”

“这都是因为王后。”

“她是个大美人，是吗？”

夫人用低沉的嗓音回答道：“一个心地善良的人才是最美丽的。”

伊莲像个孤苦无依的孩子一样哭泣着，她鼻子红彤彤的，显得很抗拒，和那些要放弃荣华富贵的人一样。

“我想要他快快乐乐的。”

敲门声响起，蓝斯洛走了进来——她的眼泪立马就干了。他们互相行了礼，看起来却非常尴尬。

“在卡美洛见到你很高兴，”他说，“你还好吗？”

“是的，谢谢关心！”

“孩子……怎么样？”

“喏，看看您的儿子。”布莱珊夫人故意加重了语气。

为了让他看到孩子，她把摇篮转向他，并且往后挪了挪。

“我的儿子。”

他们站在那里，仔细地打量着这个可爱的小家伙；他是那么无助，而且一动不动，看起来没精打采的。和诗人吟咏的一样，他们现在很强壮，这孩子却很羸弱，但是总有一天，他们会变得羸弱，他却变得健壮如牛。

“加拉罕。”伊莲说，她弯腰凑近襄毯，一边做着蠢笨的手势，一边发出毫无意义的声音——母亲在婴儿有反应时都是这样。加拉罕的小拳头捏得紧紧的，朝自己的眼睛挥拳，这个小动作却让她的母亲非常高兴。蓝斯洛惊讶地注视着他们母子。“我的儿子，”他想，“他的我的亲骨肉，幸好他不像我，长得很漂亮。怎么才能分辨那些婴儿呢？”他把右手手指伸到加拉罕面前，放进他那胖乎乎的手掌中让他握住。乍一看，那只手简直就是由一个精巧的娃娃工匠装上去的，手腕处有一道褶皱。

“哦，蓝斯洛！”伊莲叫着。

她想一头扎进蓝斯洛的怀里，却被她推开了。越过她的肩膀，他注视着布莱珊，眼神中充满了恐惧和愤怒；然后，他痛苦地大叫一声，逃出了房间。伊莲的希望彻底破灭了，她站在床边，哭得更伤心了。布莱珊却保持着刚才与蓝斯洛对视的姿势，一动不动地站在那儿，久久地盯着那扇关上的门，脸上流露出的是一种高深莫测的表情。

第十八章

第二天早上，蓝斯洛和伊莲被带到了王后的房间里。蓝斯洛简直乐开了花，正沉浸在和桂妮薇的浪漫夜晚里：她假装身体不舒服，离开亚瑟国王，和自己的情人幽会。那双经常为他们幽会指路的手领着他的手指，像做贼一样来到了指定的床上。亚瑟和他们仅有一墙之隔，所以他们不能发出一丁点儿声音，却照样尽情地释放着自己的热情。自从伊莲的事发生后，这绝对算得上是蓝斯洛最快乐的一天了。在他看来，只要他能说服亲爱的桂妮薇和国王一刀两断，并且让整件事公开，就仍然可能保住荣誉。

桂妮薇看起来僵硬而严肃，面无血色——不过她的鼻翼两侧都有一个红色斑点,和晕船的感觉差不多。她独自一人。

“原来如此。”王后说。

伊莲死死地盯着他的蓝眼睛，蓝斯洛却突然停了下来，就像被人射中一样。

“原来如此。”

他们站在原地不动，想看看桂妮薇接下来会怎么做——开口说话还是就此死去。

“你昨晚去哪儿了？”

“我……”

“行了。”王后歇斯底里地叫着。她舞动双手的时候，他们一眼就看见她手里攥着一块手帕，已经变成了碎片。“叛徒！你这个该死的叛徒！立刻和你的姘头一起从我的城堡滚出去。”

“昨晚……”蓝斯洛说。蓝斯洛的心中充满了绝望，但令人遗憾的是，这两个女人都没有察觉到。

“我要你闭嘴。别再妄想我会上你的当。滚！立刻滚！”

“昨晚，蓝斯洛爵士和我在一起，是我的侍女布莱珊带他来的。”伊莲看起来非常平静，好像这件事和她没什么关系似的。

王后指着门，用手指做出了戳刺的动作。她的身体开始剧烈地颤抖着，头发开始往下滑，简直太恐怖了。

“滚出去！滚出去！还有你！你这个畜生！你居然敢在我的城堡里说这样的话！你居然敢当着我的面承认这种事！滚，快滚，和你的情夫一起滚！”

蓝斯洛呼吸加重，瞪着王后出神。他没准儿已经失去意识了。

“他以为他是要去找你。”伊莲双手交叉，恭敬地看着王后。

“还能编点儿新鲜的谎言吗？”

“我发誓，我没有撒谎，”伊莲说，“如果没有他，我一天也活不下去，所以布莱珊才帮我伪装的。”

王后摇摇晃晃地冲上去，想要打伊莲的耳光，但她没有躲闪，像是希望桂妮薇打她。

“骗子！”王后尖叫道。

她跑向蓝斯洛，只见，他双手抱头坐在一个箱子上，呆呆地看着地板。她用力地揪住他的披肩，又拖又拉，想把他拽出去，他却一动不动。

“也就是说，她说的这些都是你教的？你怎么不想个新的故事呢？这些老掉牙的说法，你觉得我会相信吗？”

“珍妮……”说话的时候，他始终低着头。

王后气得想向他吐口水，但她从来没学过这个。

“闭嘴，再也不许叫我珍妮！你身上沾满了她的气味，这让我觉得太恶心了！记住了，从现在开始，我是王后，英格兰的王后！我可不是你的娼妓！”

“珍妮……”

“从我的城堡滚出去！”王后愤怒地大叫着，“我永远不想再见到你！让你那张比丑八怪还要丑的脸永远从我面前消失。”

突然，蓝斯洛大声地对着地板说：“加拉罕！”

说完，他把手放下来，抬起头，将她刚才说的那张脸展现在旁人面前。那张脸上流露出的是一种惊讶的表情，一只眼睛的视线歪斜，确实十分丑陋。

王后的嘴巴动了动，最终却什么都没说。

“亚瑟。”说完，他尖叫着跳到了窗外——幸好是一楼。她们听见他冲进了灌木丛，树枝断裂时发出的噼噼啪啪的声音传到了她们的耳朵里；接着，他跑进了树林和灌木丛，发出某种颤抖而响亮的叫声，简直和出猎的猎犬一模一样。和嘈杂声一起消失的，是他的身影，只留下两个女人在房间里沉默着。

伊莲现在的脸色和王后之前一样，面无血色，但仍然骄傲地站在那儿，“是你把他逼疯的。他的心原本就非常脆弱。”

桂妮薇一言不发。

“你为什么要这样对他？”伊莲指责道，“你已经拥有了这块土地上最好的男人，是尊贵无比的王后，过的也是最幸福的生活。而我只是一个没有家、没有丈夫，甚至连尊严也没有的女人，你为什么还不放过他呢？”

王后仍然一句话都没说。

“我爱他，”伊莲说，“我们有一个帅气的儿子，他长大后一定会和他父亲一样，成为全世界最了不起的骑士。”

“伊莲，”桂妮薇说，“你走吧，离开这儿。”

“放心，我一分钟也不想待在这儿。”

桂妮薇突然抓住她的裙子。

“请一定要替我保密，”她着急地说，“刚刚发生的事，谁都不能告诉。如果被别人知道了，他就没命了。”

伊莲用力地把裙子拉了回去。

“你觉得我是这样的人？”

“不然，我能该怎么做呢？”王后嚷嚷道，“他真的疯了吗？他会好起来吗？接下来会怎样？我们能做点儿什么吗？如果有人问，我们要怎么说呢？”

伊莲没有搭理她，但走到门口的时候，她转过头来，嘴唇哆嗦着。

“没错，他是疯了，”她说，“你赢了，你得到了他，却也毁了他。你想对他怎样？”

房门关上，桂妮薇坐了下来。那条烂成碎布片的手帕掉到了地上。然后，她哭了起来——心里的委屈和痛苦终于可以好好地发泄一下了。她用双手捂着脸，悔恨地颤抖起来。（一位对王后视而不见的波尔斯爵士曾对她说过：你的眼泪是最可耻的，因为你只有在于事无补的情况下才会流眼泪。）

第十九章

两年后，佩雷斯国王和布利昂爵士坐在城顶房间里聊天。在那个温暖的冬日早晨，野地里还结着一层薄薄的霜，一丝风也没有，不会挡着鸽子的视线。在这里住了一晚的布利昂爵士穿着镶貂皮的绯红色衣服，他的马和侍从正在庭院里等他，想带他回布利昂城堡，但是出发之前，他俩吃了一顿早茶。他们坐在暖烘烘的房间里，品尝着美味的香料酒和酥饼，谈论着那个疯子。

“我敢说，他以前是个贵族，”布利昂爵士说，“他做的都是贵族才会做的事情，而且他非常喜欢纹章。”

“他现在人在哪里？”佩雷斯国王问。

“鬼才知道呢！那些猎犬到布利昂堡的那天早上，他就不见了踪迹。但是我敢肯定，他以前是个贵族。”

他们小口地抿着热酒，目不转睛地盯着火焰。

“依我看，”布利昂爵士小声地补充了一句，“他就是蓝斯洛爵士。”

“简直一派胡言。”国王说。

“他长得人高马大。”

“蓝斯洛爵士不是死了吗？”国王说，“上帝保佑他。每个人都知道这件事。”

“又没有证据。”

“如果他是蓝斯洛爵士，那么你一定能认出来。我见了那么多人，他绝对是最丑的一个。”

“我根本不认识他。”布利昂爵士说。

“有人曾亲眼看见，蓝斯洛穿着衬衫和长裤四处疯跑，被野猪刺伤后死在修道院里了。”

“什么时候？”

“应该就是那个疯子跟着狩猎队跑掉的时候，我们正好也在猎野猪。”

“这个不好说，”佩雷斯国王说，“也许他就是蓝斯洛爵士。如果真的是这样，事情就有意思了。那个人是怎么跑来的？”

“前年夏季远行探险的时候，我和往常一样，把帐篷搭在一片绿油油的草地上，静静地坐在里面看接下来会发生什么事。还记得，那时我在玩西洋棋，外面突然闹哄哄的，我出去一看，原来是一个赤身裸体的疯子正在击打我的盾牌，我家的矮人则坐在地上揉着自己的脖子大喊救命，他的脖子差点儿就被拧断了。我走到那疯子面前说：‘看这里，好伙计。你应该不会和我对打的。听话，快过来，把剑放下。’他手里握着我的一把剑，明眼人一眼就能看出他已经疯了。所以我说：‘好伙计，为什么要打架呢？你还是吃点儿东西，好好地睡上一觉吧。’他眼睛通红，就像连续三个晚上盯梢的那只幼鹰，实在是太可怜了。”

“他说了什么？”

“他只说：‘丑话说在前头，不要靠近我，不然的话，休怪我不客气。’”

“确实很奇怪。”

“你也觉得很怪吧？我的意思是，他居然会说上位语。”

“那他做了什么？”

“嗯，我那时只穿了一件袍子，但是那个人看起来很危险，所以我回到帐篷里，穿上了铠甲。”

佩雷斯国王又给了他一块酥饼，布利昂爵士点点头接了过去。

“我穿上铠甲后，”他的腮帮子胀得鼓鼓的，接着说，“拿了把剑出去，想吓唬吓唬那个家伙，让他放弃武器。我并不想攻击或打他，但是他是个疯子，随时都可能会杀人，而且我也不知道怎样才能夺下他的剑。我走到他面前，友好地伸出手，把他当成了一条狗，说：‘可怜的伙计，快过来。’我以为事情很快就会解决。”

“然后呢？”

“他看见我穿着铠甲，就又举着剑，像老虎一样扑了上去。这是第一次见识这种攻击法。我想挡下他，而且我敢发誓，只要他露出一丝破绽，我一定会因为自卫而杀死他。我万万没想到，事情会发展到这个地步——我坐在地上，鼻子和耳朵血流不止。就是他的一击，我的脑袋都受伤了。”

“我的上帝呀！”佩雷斯惊讶地说。

“后来，他把剑扔到地上，径直冲进帐篷里。当时，我的老婆正在床上睡觉，一件衣服都没穿。他跳到床上，躺在她身边，用床单把自己裹得紧紧的，然后就呼呼大睡起来。”

“他肯定结过婚。”佩雷斯国王说。

“我可怜的老婆拼命地尖叫着，从另一边跳到地上，套了一件衣服就跑到了外面。那时我还躺在地上不省人事，所以她以为我死了。不瞒你说，为此我们还吵闹了一番，这实在没什么可大惊小怪的。”

“他还在继续睡吗？”

“没错，睡得跟死人一样。我们好不容易才从这突如其来的混乱中清醒过来，为了帮我止血，我老婆把我的一只臂铠放到我的脖子底下，然后商量对策。我家矮人非常聪明，他觉得我们不应该伤害他，因为他受到了上天的庇护。其实，说他可能是蓝斯洛爵士的就是这个小矮人。关于蓝斯洛的下落，当年有各种各样的传言。”

布利昂爵士停下来，又吃了一口酥饼。

“后来，”他说，“我们把床和其他东西全都搬上马，用轿子把他抬到了布利昂堡。他仍然一动未动。回到城堡后，为了防止他突然醒来，我们捆住了他的手脚。现在我们觉得挺后悔的，但在当时的情况下，我实在不能拿我们的性命开玩笑。他的房间非常舒适，我们特意为他准备了干净的衣服，我老婆甚至还给了他很多营养品，让他补补身体，快点儿醒来。但为了保险起见，我们觉得最好不要松开他。他在我们那儿待了一年半。”

“他是怎么逃走的？”

“别着急啊，听我慢慢说，整个故事最精华的地方就在这儿。一天下午，我在森林里转悠了半个小时，两个骑士突然从背后攻击我。”

“两个骑士？”国王问，“从背后？”

“没错，两个，从背后。其中一个是布鲁斯·索恩斯·匹帖爵士，另一个是他的朋友。”

佩雷斯国王用力地拍了拍膝盖。

“所有的人都知道他是个无耻之徒，”他大声地说，“真想不通，为什么没有杀死他。”

“但问题是，我们必须先抓到他才行。言归正传，我们还是说那个疯子的事吧。布鲁斯爵士和另一个家伙明显占上风，你一定会认同我的观点，而我十分遗憾地告诉你，最后是我落荒而逃。”

布利昂爵士再次停下来，注视着火光。不一会儿，他又开始侃侃而谈。

“嗯，不过，”他说，“怎么可能每个人都是英雄呢？”

“没错！”佩雷斯国王说。

“我那时受了很重的伤，”布利昂爵士说，觉得情节有些熟悉，“我觉得自己马上就要晕倒了。”

“是。”

“那两个人紧紧地跟在我屁股后面。我拼命地跑，终于抢先一步，跑到了城堡里。说真的，我到今天还没搞清楚自己到底是怎么逃掉的，就像做梦一样。”

“这些石柱都已经有了。”国王说。

“我们拼命地骑，骑过城门塔楼的炮眼洞，那疯子一定就是在那里看到他们的。我说过，他的房间就在城门塔楼上。所以，事情的经过他全都看见了，后来我们才发现，他把脚镣弄断了。铁镣是用铁做的，就扣在他的脚踝上。为了挣脱铁镣，他伤得非常严重。不一会儿，他从后门冲了出来，双手血淋淋的，后面还拖着沉甸甸的铁链。他把布鲁斯的同伙儿拉下马，用那人的剑狠狠地打了布鲁斯的头一下，正好打中了他的鼻子，所以摔到了地上。第二个骑士想要从背后刺杀那疯子（他两手空空），但就在那家伙挥剑的一瞬间，我砍断了他的手腕。之后，那两个人拉着他们的马逃走了。他们跑得像闪电一样快，我保证，我一点儿也不夸张。”

“这就是布鲁斯的下场。”

“那一年，我兄弟在我家里。我对他说：‘我们为什么不放了这个好家伙？’他的手是因为我而受伤的，这让我觉得非常愧疚，‘他是那么快乐、那么亲切，’我说，‘关键是，他救了我一命。我们不仅要放了他，还要竭尽所能去帮他。’嗯，佩雷斯，我觉得那个疯子挺好的。他性格温和，又受欢迎，总是一口一个‘大人’地叫我。一想到我们不仅把这个伟大的湖上骑士绑了起来，还让他叫我大人，我就觉得恐怖极了。”

“后来呢？”

“他老老实实地待了几个月。有一天，城堡里来了一群猎野猪的猎犬，一个跟在后面的家伙把他的马和长矛留在一棵树旁边；那疯子拿了矛，骑着马一溜儿烟跑了。上流社会的狩猎似乎引起了他的兴趣，铠甲、较量或者打猎，这些事情触动了他那可怜的脑袋，他也想参与。”

“可怜的孩子，”国王说，“真是太可怜了！说不定，他真的是蓝斯洛爵士。也有人说，去年圣诞节时他被一只野猪杀了。”

“可以讲得再具体一点儿吗？”

“如果你说的那个人就是蓝斯洛，那么他们打猎的时候，他正好在那只野猪的正后方。那只大名鼎鼎的野猪非常厉害，那些猎犬用了好几年都没抓到他，所以很少有人徒步走进这处猎场。蓝斯洛是这场杀戮唯一的参与者和见证人，那只野猪杀了他的马，撕裂了他的踝骨，还在他的大腿上抓了一个很深的口子，但后来还是被他砍掉了脑袋。故事发生的地点是一座修道院附近，他只用了一下，那野猪就断气了。一位隐士从那座修道院里跑了出来，他的伤口和整件事情的经过让蓝斯洛发起疯来，拿起剑就扔到了隐士身上。这件事，是当时在场的一个骑士告诉我的。他说，他非常肯定那个人就是蓝斯洛爵士，他是从那丑陋的外表和其他事情得出这个结论的。他说，那个人昏倒后，把他弄到修道院的就是他和隐士。他还说，只要受了那种伤，任何人都不可能活下去；而且不管怎么样，他亲眼看见人死了。他说，他百分之百确定这个疯子就是全世界最伟大的骑士——蓝斯洛，因为在那个人奄奄一息地躺在野猪的尸体旁时，他站在旁边，清楚地听见那人叫隐士'兄弟'。所以我认为，也许他最后清醒过来了。"

"可怜的蓝斯洛。"布利昂爵士说。

"愿上帝保佑他！"佩雷斯国王说。

"阿门！"

"阿门！"布利昂爵士看着跳跃着的火焰，也说了一遍。然后，他站起来，遗憾地抖了抖肩膀。

"是时候离开了，"他说，"对了，你女儿还好吗？"

佩雷斯国王深深地叹了一口气，也站了起来。

"她一直待在女修道院里，"他说，"大概明年就会正式地成为其中的一员了。但是，她下星期六会回家待几天，陪陪我们。"

第二十章

布利昂爵士离开后，佩雷斯国王拖着脚步走上楼，沉浸在对圣经家谱学的研究中。他一直在关注与蓝斯洛有关的事，这完全是为了他的外孙加拉罕。每个人都有几乎被我们的妻子和亲密爱人逼疯的经历，但佩雷斯国王觉得，人类天性之中有种倾向，往往能让我们不至于发狂。而他认为，这种倾向在蓝斯洛身上不太正常——无论如何，和情人发生口角就发疯，并不多见。他翻看着班恩家的家谱，想把这个家族里应该为这件事负责的家伙揪出来。如果有，说不定会遗传给加拉罕。这样的话，就必须赶紧把他送去伯礼恒医院[①]，也就是我们现在常说的精神病院，否则会引起一大堆麻烦。

"班恩的父亲，"佩雷斯国王自言自语道。他擦亮眼镜，吹掉沉淀在纹章学、家谱学、招魂问卜术、神秘数学等众多文献上的灰尘。"是班威克的蓝斯洛王，他的妻子是爱尔兰王之女。而蓝斯洛王的父亲是乔纳斯，他的妻子是高卢曼纽尔之女。那么，乔纳斯的父亲是谁呢？"

仔细思考，也许真的能找到蓝斯洛的心智脆弱的根源。十年前，当这个小男孩坐在班威克城堡的兵器库里翻转壶盔

① 伯礼恒医院，全名为伯礼恒皇家医院，位于英国伦敦，是全世界历史最悠久的精神病院之一。

时，我们就已经察觉到，他的内心深处有一块别人无法触及的阴暗地带。

“纳西安，”佩雷斯国王说，“该死的纳西安，好像有两个人都叫这鬼名字。”他回头从利赛斯、哈里艾勒葛罗斯、隐士纳西安（蓝斯洛爱幻想的天性也许就来自于他）、纳帕斯，再到第二个纳西安（要是他活到现在，一定会认为佩雷斯国王把蓝斯洛当作耶稣基督的八等亲是在瞎说八道）。事实上，那个年代的隐士几乎都叫纳西安。

“真该死！”国王重复了一遍。说完，他看了看窗外，想知道窗外的吵闹嘈杂声是怎么回事。

事情原来是这样的：曾迎接过蓝斯洛的村民正在追赶一个疯子（今天早上突然冒出了很多疯子），一群人四处乱窜。疯子一丝不挂，瘦得只剩下一把骨头，一边跑一边用手护着头。几个小男孩把他围在中间，争抢着朝他身上丢泥巴，他不时停下来，抓起一个男孩，把他扔进灌木丛。他之所以这样做，只是想让那些男孩朝他丢石块。只见，殷红的鲜血从他高高的颧骨往下流，他凹陷的脸颊、布满恐惧的眼睛和肋骨之间的蓝色阴影清晰可见。他看得很清楚，这个男人正在向城堡走来。

佩雷斯国王摇摇晃晃地走下楼。这时，一大群城堡的人站在城堡中庭，把那疯子围在中间，眼神中写满了钦佩。他们放下铁闸门，把村里的孩子挡在外面，明显是想善待这个可怜的家伙。

“看他身上的伤，”一个侍从说，“那道伤疤真大。说不定，他发疯以前是个行侠仗义的骑士，所以我们应该对他好点儿。”

女士们咯咯地笑，见习骑士在一旁议论纷纷，那疯子却视而不见、充耳不闻，只是低着头，静静地站在圈子中央，等待着命运的安排。

“说不定他就是蓝斯洛爵士。”

话音刚落，人们就开始哄堂大笑。

“我可不是在开玩笑。毕竟，没有人亲眼看见蓝斯洛死了。”

佩雷斯国王径直向那疯子走去，仔细地打量着他的脸。他必须站在那人身边，才能看清楚。“你是蓝斯洛爵士吗？”他问。

那张骨瘦如柴的脸脏兮兮的，胡子拉碴，却连眼皮都没有抬一下。

“你是吗？”国王又问。

这哑巴还是一言不发。

“他又聋又哑，”国王说，“我们把他留下来玩玩，怎么样？瞧瞧，他那张脸多滑稽啊！去，给他找身衣服，越滑稽越好，就让他睡在鸽舍里。对了，给他弄点儿干净的稻草。”

那个哑巴突然举起双手，大吼一声，人们吓得连连后退，国王的眼镜也掉了。之后，他又放下手，老老实实地站着，于是人群中爆发出了响亮的神经质的笑声。

“最好把他锁在里面，”国王建议道，“安全第一。给他食物的时候，直接丢过去，千万不要用手递给他。不管怎么样，小心总是没错的。”

于是，蓝斯洛爵士被带到鸽舍，做了佩雷斯国王的弄臣。他只能待在那个巴掌大的地方，吃丢过来的事物，睡在干净的稻草上。

卡斯特是佩雷斯国王的侄子，下周六就要被封为骑士了，因此城堡里整天欢声笑语。伊莲也会回来参加这场盛典。国王一直热衷于各种庆典仪式，这次他是以王室的名义来庆祝的，领地里的男子们都得到了一件新袍子，人手一件。但令人遗憾的是，为了这场典礼，他在使用布莱珊夫人的丈夫管理的酒窖时表现得过于慷慨。

“祝你们健康！”国王喊道。

“为健康干杯！”卡斯特爵士回应道，这已经是他最好的表现了。

“还有人没有拿到袍子吗？”国王嚷嚷道。

“没有，谢谢您，陛下！”

“确定吗？”

“是的，尊敬的陛下。”

“好的。袍子万岁！”

国王兴高采烈地披上自己的袍子。一遇到这种场合，他就会像变了个人一样。

“陛下，非常感谢您的礼物。”

“不用客气。”

“让我们为佩雷斯国王高呼三声万岁！”

“万岁！万岁！万岁！”

“咦，那个傻子呢？”国王突然问，“他有袍子吗？那可怜的傻子在哪儿？”

人们陷入了沉默，因为没有一个人记得给蓝斯洛爵士袍子。

“什么，他没有袍子？”国王气冲冲地喊道，“把傻子带过来！”

就这样，蓝斯洛爵士被带到了大厅，负责为这场庆典助兴。他穿着一件东拼西凑而来的弄臣衣服，在火光中站得笔直，胡子上还沾着稻草，看起来可怜极了。

“可怜的傻子，”国王难过地说，“可怜的傻子，快过来，把我的袍子穿上。”

于是，佩雷斯国王不顾大臣们的忠告，把那件价值连城的长袍盖在了蓝斯洛头上。

“放了他，”国王大喊道，“今天就让他高兴高兴。不管怎么样，我们不能一辈子把他锁起来啊！”

蓝斯洛穿着那年光鲜亮丽的衣服，像一棵高大挺拔的树一样站着，在大厅里萌生了一种奇特的庄严感。如果他能好好修剪一下胡子（把脸上弄得干干净净的现代人，恐怕早就不记得刮胡子前和之后的差别到底有多大）；如果他在那场野猪追猎之后，没有在那可怜隐士的小房子里饿到皮包骨；如果没有说他死了的谣言——就算是这样，大厅里的人仍然能嗅到某种令人敬畏的气味。只是国王没有察觉到而已。而当蓝斯洛爵士踏着正步回到他的鸽舍去时，屋子里的乡巴佬们不约而同地给他让出了一条路。

第二十一章

伊莲的做事方式还是和以前一样，和优雅沾不上边。如果换个地方，桂妮薇肯定会因为日渐消瘦而更加引人注目，伊莲却越来越丰满。当她穿着见习修女的白衣裳，和几个女朋友一起走进城堡花园的时候，走路的样子显得可笑极了。陪在她身边的是小加拉罕，当时只有三岁，他们手拉着手。

伊莲想成为修女，是因为绝望吗？当然不是。而且，她从来没有想过和电影里的修女一样生活。两年的时间说长不长，说短不短，对一个女人来说，完全足够把很多与爱情有关的事情忘得一干二净；即便不能如此，起码也能将它打包好，并且很快就适应这种变化。一个生意人会永远把自己因为运气不好而与某项可以让他成为百万富翁的投资牢记于心，和他相比，她对这份爱的记忆简直无足轻重。

伊莲之所以下定决心抛下自己的亲生儿子去陪伴耶稣，原因在于她以为除此之外，她没有别的选择。这件事既不戏剧化，也并非完全是因为虔诚；只是因为她非常清楚，这世界上再也不可能有任何人比得上那死去的骑士。因此，她决定放弃，她已经失去了逆流而上的勇气。

从那以后，她再也没有为蓝斯洛流过一滴眼泪，也不再哀叹。渐渐地，她几乎把他抛到了九霄云外。他就像一个不断钻磨着岩石的贝壳，已经把她心里他专属的角落给磨损了。对她来说，虽然过程充满了痛苦，但现在贝壳已经稳稳当当地镶嵌进了岩石里，再也不会对岩石造成任何损坏。此时，伊莲和几个女孩子一起在花园里散步，满脑子想的都是卡斯特爵士被封为骑士的典礼、宴会上的蛋糕够不够吃，以及帮加拉罕缝补袜子的事。

为了让自己暖和一些，陪在伊莲身边的一个女孩子玩的是某种球戏（尤里西斯和瑙西卡[①]相遇时，她玩的就是这种游戏）。她跟在那颗球的后面，朝井边灌木丛的方向跑去，却很快就回到了伊莲身边。

“有个男人，”她小声地说，就像她所说的不是人，而是一条响尾蛇，“有个男人在井边睡觉。”

这引起了伊莲的好奇——既不是因为那是个男人，也不是因为那女孩被吓得不轻，而是因为在寒冷的一月，居然有人会睡在外面，这实在是太奇怪了。

“嘘！”伊莲说，“我们去瞧瞧。”

这位身材丰满的白衣见习修女小心翼翼地靠近蓝斯洛——这个平凡的女孩从容地向他走去，圆乎乎的脸蛋上没有流露出一丝高贵的神色；她只是一个想着要给加拉罕缝补袜子的年轻母亲，对人性的脆弱和需求一无所知。她平静而天真地走向他，心里装的却是其他的事情，像只无忧无虑的兔子一样，一边津津有味地啃食着青草，一边欢快地穿过常走的小路。突然，脖子上的项圈拉紧了。

---

① 来源于希腊神话。尤里西斯（即奥德赛）得罪了海神波塞冬，所以在特洛伊战争结束后返乡途中，在海上漂流了二十年，后来多亏了雅典娜，被阿尔凯诺奥斯国王的小女婿玛瑙西卡所救。

伊莲的心只跳了两下，就认出了蓝斯洛。她的心一下子就升到了顶端，颤抖了一会儿，第二下心跳就赶了上来，将波顶推到了更高的地方。很快，这两下心跳就像是直立的马儿，重重地摔到了地上。

蓝斯洛穿着一身骑士的袍子，舒展筋骨。布利昂爵士口口声声说那些上流人士的活动激发了他的灵感，确实如此。在那件长袍及关于貂皮和色彩的奇特记忆的驱使下，这可怜的疯子离开国王的餐桌，来到了井边。他孤零零地行走在无边的黑暗中，用那皮包骨头的指节清洗眼窝，并试着用马厩的马梳和大剪刀整理头发。

伊莲支开身边的女伴，并让她们带走了加拉罕，他没有哭闹，听话地跟着她们走了。他真是个神秘的孩子。

伊莲跪在蓝斯洛爵士旁边看着他，既没有碰他，也没有哭，显得非常平静。她轻轻地抚摸着他瘦骨嶙峋的手，先前那只模样完好的手瞬间浮现在脑海里。她蹲了好一会儿，才放声大哭起来——她的眼泪是为了蓝斯洛而流，为了他在睡梦中放松的疲倦双眼而流，也为了他手上的那些清晰可见的白色伤疤而流。

“父亲，”伊莲说，“只有您能帮我了。”

“慢慢说，亲爱的。”国王问，“你把我弄糊涂了。”

但伊莲什么都没有说。

“父亲，我找到蓝斯洛爵士了。”

“谁？”

“蓝斯洛爵士。”

“你在说什么梦话呢？”国王说，“蓝斯洛不是被野猪杀死了吗？”

“不，他只是在花园里睡着了。”

国王大吃一惊，猛然从王座上跳了起来，“我就说嘛，他怎么可能那么容易就死去？”他说，“都怪我太笨了，所以不了解。那个疯子就是他吧？好了，不用说了，肯定是。”

他觉得有些头晕，举起一只手放在头上。

“让我来处理吧，”国王说，“放心吧，我知道怎么做。总管！布莱珊！该死，你们去哪儿了？啊，原来你们在这里！听着，总管，赶紧去找你的妻子布莱珊夫人，再找两个可以信任的人，把他们一起带来。等等，就要赫伯特和葛根吧。你知道他在哪里吗？”

“在井边睡觉。”伊莲不假思索地回答道。

“没睡。从现在开始，谁都不能靠近玫瑰花园一步。明白了吗，总管？国王要来了，要他们全都躲开，谁都不能挡国王的路。哦，对了，记得带一条床单，一定要结实。必要的时候，我们可以用床单四角接住他。另外，准备好一个房间，就在塔楼，让布莱珊把床单晒干，如果能弄张羽毛床就再好不过了。生上火，然后把医生找来，要他看看巴托罗谬·安格李克斯[①]的书，其中有关于疯病的内容。还有，准备点儿果冻之类的东西。他睡得正熟，我们去帮他换一身干净衣服吧。”

他再次醒来时，他们发现虽然他的目光澄澈，但心智状况并没有好转，需要他们去拯救。

又一次醒来时，他说：“哦，上帝啊，我为什么会在这里？”

---

① 巴托罗谬·安格李克斯：英国作家，代表作为《事物的本质》，是当时所有科学的百科全书，内容全面，包括神学、哲学、医学、天文学、编年学、动物学、植物学、地理学、矿物学等，共十九册。

在当时的情况下，他们只聊了一些普通的话题，比如，要他好好休息，一切等他恢复后再说。医生对皇家交响乐挥了挥手，他们就演奏起了《耶稣基督那温柔的母亲》——因为巴托罗谬博士在书中写道，疯子往往比较喜欢音乐。人们期待着蓝斯洛的变化，但他只是用力地抓着国王的手，痛苦地大喊道："看到上帝的分上，大人，请告诉我，我为什么会在这里？"

伊莲用手轻轻地抚摸着他的额头，要他躺下。

"你来的时候简直和疯子一样，"她说，"谁都没有认出你来。你之前彻底崩溃了。"

蓝斯洛用疑惑的目光看着她，露出了不安的笑容。

"我把自己弄成了一个傻瓜。"他说。

之后他又问："是不是有很多人看到了我发疯的鬼样子？"

第二十二章

蓝斯洛的身体对他的心智的报复正式开始了。他在一间通风良好的房间里整整躺了两个礼拜，身上的每一根骨头都在痛，其间伊莲并没有一直陪着他。他像个木偶一样听任她摆布，而她不眠不休地照顾他，但她心里的某个东西给了他安慰——或许是礼仪、骄傲、慷慨、谦卑，也可能只是一股不想把他连皮带骨头地吞下去的决心而已。她每天来一次，而且从来没有责怪过他。

一天，她正要离开，他开口说话了。他穿着一件日袍，坐得端端正正的，双手放在大腿上。

“伊莲，”他说，“我想，是时候计划一下了。”

她静静地聆听着，不知道迎接她的将是什么样的判决。

“我不可能一辈子留在这里。”他说。

“我知道，你什么时候想走就走吧。”

“宫廷也回不去了。”

“只要你愿意，我父亲会送我们一座城堡，我们……我们在一起生活。”伊莲迟疑着，不知道该不该说。

他看了看她，扭头看向别处。

“当然，你可以只要那座城堡。”

蓝斯洛激动地抓住了她的手，“伊莲，我实在不知道说什么好。我心里有很多很多话，却不知道从何说起。”

“我非常清楚，你根本不爱我。”

“那你觉得我们这样会快乐吗？”

“我只知道，什么时候我会觉得不快乐。”

“我不想要你不快乐，但不快乐有很多种。你有没有觉得，我们在一起的话，以后你会更不快乐吗？”

“不，我将是全世界最快乐的女人。”

“听我说，伊莲，尽管实话总是很伤人，但我们总得面对现实，只有这样我们才有希望。你知道我不爱你，也知道我深爱着王后。之前发生的事只是一场意外而已，也已经无法挽回。事已至此，说什么都没用。你设计骗了我两次。如果不是因为你，我现在应该还在宫廷里。现在，你还是觉得我们住在一起会快乐吗？”

“在你和王后相爱之前，”伊莲得意地说，“你就已经是我的人了。”

他用一只手捂着眼睛。

“你想和你的丈夫保持这样的关系吗？”

“不是有加拉罕在吗？”伊莲说。

他们并肩而坐，目不转睛地看着火焰。她没有哭泣，也没有祈求怜悯；他也知道，她没用这些事情为难他。

虽然难以开口，但他最后还是说了：“伊莲，如果你想要我留下来，我就听你的。但我实在不明白，你为什么要那么做。我喜欢你，真的非常喜欢你。尤其是发生了那么多事情后，我不知道自己为什么还要喜欢你。我不希望你受伤害。但是请原谅，伊莲，我不能和你结婚。”

“无所谓。”

“因为……因为婚姻只是一种契约，而我……我一直把说到做到当作自己最大的荣耀，如果我违背了自己的承诺……如果我对你没有那种感觉……听着，伊莲，你骗了我，我还有什么义务和你结婚呢？”

“确实没有义务。”

“义务！”蓝斯洛大吼道，面孔扭曲得有些可怕。他看着火，恶狠狠地吐出了那个字眼，就像尝到了某种糟糕的味道。“我必须告诉你，我从来没有欺骗过你。我不爱你，所以我不会和你结婚。这不是我的错，我不能给你我的自由，更加无法保证自己会永远和你在一起。我知道，这些条件很苛刻，伊莲，我希望你不要接受。这是无奈之举。如果我不告诉你这些，那我就是在说谎，只会让事情变得更糟……”

他停了下来，把头埋进双手中。

“我不明白，”他说，“我总是想把所有的事情做到最好。”

伊莲说：“无论什么条件，你都是我善良仁慈的主人。”

佩雷斯国王给他们的是一座蓝斯洛爵士去过的城堡。布利昂爵士是那里的租客，必须尽快搬出去，给他们挪地方；如果布利昂爵士得知这是为了向他的救命恩人，也就是那个疯子表达谢意，肯定会更加乐意。

“他是蓝斯洛爵士吗？”布利昂问。

“不是，”佩雷斯国王说，“他来自法国，自称‘残缺骑士’。我说过，蓝斯洛爵士早就死了，千真万确。”

按照计划，蓝斯洛爵士将过着隐姓埋名的生活，因为如果被人发现他没死，还住在布利昂堡，一定会把宫廷搅得天翻地覆。

布利昂堡有一条护城河，看起来非常不错，但它其实是一座岛。要想进城，唯一的办法就是去陆地那边的城门塔楼坐船。城堡四周竖立着一道铁制的魔法栅栏，大概是为了不让马跑出去。有十名骑士奉命服侍蓝斯洛，服侍伊莲的则是二十名女士。

她乐得简直合不拢嘴。

“不如，我们叫它欢乐岛吧！”她说，“我们会快乐地生活在这里。而且，蓝斯……”听到小名的时候，蓝斯洛明显哆嗦了一下，“你可以做你喜欢的任何事。我们要举办比武大会、放鹰，还有很多事。你一定要邀请别人来做客，这样我们就不会孤单了。蓝斯，我发誓，我绝不会因为任何事而嫉妒，也不会花你的钱。只要我们小心行事，我们就一定会快乐，你觉得呢？欢乐岛，这名字可真好听！你觉得呢？”

蓝斯洛清了清嗓子说：“没错。”

“你必须有一面新的盾牌，这样参加比武大会的时候就不会被认出来。你想要什么样的盾牌徽呢？”

“都可以，”蓝斯洛说，“以后再说。”

“残缺骑士。这名字可真浪漫啊！是什么意思呢？”

“它有好几种意思。其中一种就是‘不幸的骑士’，也可以说是‘被诅咒的骑士’。”

“我从来没觉得你丑，也不认为你做错了什么。”

蓝斯洛重新打起精神。他知道，如果他看起来不情不愿的，或者干脆彻底退隐，那他留下来和伊莲在一起对她来说是一种伤害；但是，话说回来，伪装可不是一件容易的事。

“那是因为他们喜欢你。”一说完，他就笨拙地亲了她一下，生怕她听出来他是在开玩笑。但是没有用，伊莲已经有所察觉。

“你为什么不亲自教育加拉罕呢？”她说，“只要学会你的全部本事，他就一定会成为全世界最伟大的骑士。”

他又亲了他一下。她说，“只要我们小心点儿”，而且她也尝试着要谨慎小心。他对她的努力同情不已，却对她高尚的心感激不尽。他心里同时装着两件事，一件重要，一件不重要，但他固执地认为自己对那件不重要的事有着不可推卸的责任。但是，被人爱总是令人困窘。他深知自己是个什么样的人，所以不想接受伊莲的谦卑。

他们出发去布利昂的那天早上，刚刚被封为骑士的卡斯特爵士在大厅里拦住了蓝斯洛。他年仅 17 岁。

“很荣幸见到你，残缺骑士，”卡斯特爵士说，“但我觉得你是蓝斯洛爵士，是吗？”

蓝斯洛抓着男孩的手臂。

“卡斯特爵士，”他说，“这确实是一个充满骑士精神的问题。如果我是蓝斯洛爵士，却声称自己是残缺骑士，其中必定有不得已的苦衷，作为一位高贵的绅士，你是不是应该对我的苦衷有起码的尊重？”

卡斯特爵士满脸通红，不好意思地单膝跪地。

“我保证，我不会告诉任何人。”他说，而且他的确做到了。

第二十三章

春天姗姗来迟，新家也安顿好了；伊莲特意为他的异乡骑士举办了一场比武大会，胜利者会得到一名美丽的女仆和一只矛隼。

参加这场比武大会的骑士一共有五百名，他们来自全国各地,但残缺骑士以一种心不在焉的凶残打败了所有的对手，这导致了许多麻烦。离去的骑士从来没有见过这种情况，既困惑又惊讶，因为那位胜利者没有杀死任何一个人，只是满不在乎地饶对方一命；更奇怪的是，不管发生什么事，这位异乡骑士都没有说过一句话。那些受伤的骑士慢跑回家，并没有出现在比武大会之夜举行的盛宴现场，而是一边猜测那位像哑巴一样的冠军到底是谁，一边以迷信的口吻对这件事议论纷纷。伊莲勇敢地微笑着，直到最后一位骑士离开后，她终于忍不住在房间里失声痛哭。之后，她擦干眼泪，去找她的主人。比试一结束，他就不见了，因为他已经习惯，每天太阳落山的时候都要独自去一个地方，至于他去了哪里，伊莲并不清楚。

后来，她是在城垛上找到他的。金色的阳光洒在他们身上，他们的影子、脚下那座高塔的影子以及所有好像正在燃烧的树木底下阴暗的幽影，在绿地上投下了一条条靛蓝色的宽带。他看向卡美洛的眼神中写满了绝望。那面新盾牌竖立在他面前，上面的盾徽主要是用来掩饰身份的，是个站在黑色原野上的银色女子身形，她的脚边跪着一名骑士。

伊莲是个单纯的女孩子，对这面盾牌呈现出来的敬意欢喜不已。她并不聪明，但直到现在她才看出来那银色女子戴着王冠。她无助地站在那儿，不知道能做什么，却什么都不能做。她的武器不仅钝，而且还是质地柔软的金属。她能用的武器只有两种——耐性和自制，然而，如果你要对付的是内心的痴情和狂热，这两样武器一点儿用都没有。在历史上，人们甘愿为爱而死的事例比比皆是。

一天早上，他们坐在湖边的绿地上，伊莲正在刺绣，蓝斯洛的任务则是看着儿子。加拉罕正在和他的娃娃玩某种秘密游戏，他几乎很少说话，总是一本正经的。其他男孩子老早就开始玩玩具兵了，他却仍然痴迷于这些娃娃。蓝斯洛专门用木头给他刻了两个披着铠甲的骑士，它们骑在带有轮子的马上，可以随意拆卸，而且用托子拿着矛。两匹马面对着彼此，只要拉动系在它们脚下两个平台上的线，这两个骑士就会用长矛开始较量，可以让双方都掉到地上。但加拉罕连正眼都不看它一眼，却对一个叫大圣人的破布娃娃爱不释手。

“关妮丝会要了那只雀鹰的命。”蓝斯洛说。

他们老远就看见一名仕女飞快地跑向他们，手上拿着一只雀鹰。她的匆忙刺激了那只雀鹰，它不断地扑棱着翅膀，但关妮丝满不在乎，只是偶尔生气地摇一下它。

“发生什么了，关妮丝？”

“夫人，对岸来了两个骑士，他们是来和异乡骑士单挑的。”

“让他们走，”蓝斯洛说，“就说我不在家。”

“但是大人，守卫已经让他们搭船过来了，一次来一个。他们说他们不会一起来，如果您打败了第一位，第二位再过来。现在，第一人已经上船了。”

他站起来，拍了拍膝上灰尘。

“好吧，带他去比试场，”他说，“我二十分钟后就到。”

事实上，比试场只是一块铺了沙子、夹在两道墙之间的长形空地，两端分别有一座高塔。墙上有可以俯瞰的看台，和壁球的球场差不多，不过是露天的。伊莲和仆人们坐在看台上，目不转睛地观看着两位骑士的较量，他们打得难解难分。这场竞技两人难分高下，各自落马一次，而长剑比试已经进行了两个小时。两小时后，那陌生骑士大喊一声：“停！”

蓝斯洛立刻停手，看起来就像是一个获准休工吃晚饭的农夫。他把剑直直地插进地里，然后耐心地站在一旁等候。他的所作所为确实和农夫的缄默耐性有得一拼。

“你是谁？”那陌生人问，“你叫什么名字？你是我遇到的最厉害的人。”

蓝斯洛猛地将两只臂铠举到头盔上，大概是想用手把脸挡住，他痛苦地说：“我是湖上的蓝斯洛爵士。”

“什么！”

“德加里斯，我是蓝斯洛。”

德加里斯用力地扔下手里的剑，撒腿向护城河旁的高塔跑去，铁鞋与比试场的地面撞击出了响亮的回音。他一边跑，一边解开头盔，扔到一旁。当他跑到门房铁闸边时，他把两手圈在嘴边，扯着嗓子喊道：“艾克特！艾克特！真的是蓝斯洛！赶紧过来！”

说完，他又回头朝他的朋友狂奔。

“蓝斯洛！我最最亲爱的朋友！我就知道是你，真的太好了！”

他摸索着系绳，手指因为过度激动而不停地颤抖，他想把蓝斯洛的头盔摘下来。他取下自己的臂铠，也用力地往墙上扔，发出了巨大的声音。他迫不及待地想看蓝斯洛爵士的脸。蓝斯洛一动不动地站在那儿，像个玩累的孩子，任由大人给他脱下衣服。

“可是，你这段时间去哪儿了？你怎么会在这里？大家都很担心你，生怕你死了。”

头盔也摘下来了，和其他甲具一起被当作垃圾扔到了旁边。

“蓝斯洛！”

“你是说艾克特也来了？”

“没错，就是你的兄弟艾克特。我们找了你两年。蓝斯洛，见到你真是太高兴了！”

“你们一定要进来休息一下。”他说。

“但是，这么久了，你到底去哪儿了？发生了什么？一开始，王后派出三位骑士到处找你，后来找你的人变成了二十三个。为了找你，她起码花了两万英镑。”

“我去了很多地方。”

“连奥克尼一族也来帮忙了。加文爵士也在四处找你。”

就在这时候，艾克特爵士坐船来了（这位是艾克特·德马瑞斯爵士，和亚瑟王的监护人不是同一人），闸门升起，让他过来。他箭一般地冲向异乡骑士，乍一看，还以为他在足球场上想要铲对方的球呢！

“兄弟！”

伊莲走下看台，在比试场一端等候。她非常清楚，她现在欢迎的人将把她的心揉成碎片。但她没有打扰他们，只是安静地看着他们，活脱脱一个被排除在游戏之外的小孩。她站在那里，集中她所有的气力。此时，她一声令下，她所有的力量和心墙上的全部护卫，立马在她心中的那座要塞集合。

“这是伊莲。”

他们转向她，鞠躬行礼。

“欢迎来到布利昂堡。”

第二十四章

“我绝不会丢下伊莲。”他说。

艾克特·德马瑞斯说：“为什么？你一点儿也不爱她，对她也没有任何义务，为什么还要留在这里和她在一起呢？那样的话，你会变得更加悲惨。”

“不，我对她有义务，虽然解释不清，但确实有。”

“王后很绝望，”德加里斯说，“为了找到你，她花了一大笔钱。”

“这我无能为力。”

“有什么可生气的？”艾克特说，“我看出来了，你在生气。无论王后做错了什么，既然她后悔了，你为什么不大方一点儿，原谅她呢？”

“谈不上原谅不原谅的。”

“没错，我就是想说这个。你应该回到属于你的地方，在宫廷里做你该做的事。其他的先不说，这是你欠亚瑟的，要知道，你曾向他发誓要一辈子效忠于他。他现在非常需要你。”

“怎么回事？”

“老麻烦，关于奥克尼一族的。”

“奥克尼发生了什么事？嗯，德加里斯，你知道我听到这些熟悉的名字有多高兴吗？来吧，把流言蜚语通通告诉我。凯伊还是经常做蠢事吗？迪纳丹仍然那么搞笑吗？有没有崔斯坦和马克王的消息？”

“如果你真的想知道这些事，那就和我一起回宫廷吧。”

“我难道没听清吗，我死都不回去。”

“蓝斯洛，你为什么不能务实一点儿呢？你以为，隐姓埋名和这个乡下姑娘躲在这里，就能做你自己吗？你以为，你在一场比武大会上打败五百名骑士后不会被认出来吗？别开玩笑了！”

“我们一听说那场比武大会，就立刻跑过来了，”艾克特说，“德加里斯说：‘如果他不是蓝斯洛，我就承认自己是荷兰人。’”

“也就是说，”德加里斯说，“如果你继续留在这里，就不能再参加任何战斗。再交战一次，你的事就会传到全国人民的耳朵里。在我看来，这件事早就传出去了。”

“如果你坚持和伊莲在一起，就得放弃一切，从此和长矛竞技、比武大会、荣誉、爱情再无瓜葛，说不定还要一辈子像缩头乌龟那样躲在屋子里。你也知道，忘记你的长相并不容易。”

“不得不承认，伊莲是一个善良的好女人。艾克特，如果有一个人信任你、依赖你，你会伤害她吗？即便是对一条狗，我们也绝不能那样残忍。”

“可是，人永远不能和狗结婚。”

“去你的，那女孩爱我啊。”

“王后同样很爱你。”

蓝斯洛把帽子拿在手上转来转去。“我和王后最后一次见面时，”他说，“她叫我滚得远远的，越远越好。”

“为了找你，她花了两万英镑。”

他沉默了片刻，然后用一种粗哑的声音问：“她还好吗？”

“不好，糟糕极了！”

艾克特说：“她知道她错了。她没日没夜地哭，就连波尔斯说她是个笨蛋，她都懒得反驳。亚瑟也是，因为圆桌彻底乱套了。”

蓝斯洛把帽子扔到地上，站了起来。

“我对伊莲说过，我一定会留下来和她在一起，”他说，“所以我必须留下来。”

“你爱她吗？”德加里斯打破砂锅问到底。

“没错。她一直对我很好，所以我很喜欢她。”

他似乎意识到了什么，立刻换了一个词。“我爱她。”他明显是在辩护。

两位骑士停留了一星期，蓝斯洛如饥似渴地聆听着和圆桌有关的消息，却越来越消沉。晚餐时间的高桌子上，伊莲坐在蓝斯洛身边，耳边回响的都是一些她从来没有听过的人名和她听不懂的事。她唯一能做的就是再端上一份餐点，艾克特接过餐点，继续聊着各种奇闻逸事，像上了发条一样，根本停不下来。她傻傻地坐在那儿，看着他们谈笑风生，她的脸上也堆满了笑。每天日落时分，蓝斯洛都会去他的塔楼，压根儿没有意识到这个地方已经暴露了，因为她第一次在这里看到他时什么都没说，转身蹑手蹑脚地离开了。

“蓝斯洛，”一天早上，“有人在护城河的那边等你，是一个骑着马、穿着铠甲的人。”

“是骑士吗？”

“不，看样子是侍从。”

“我倒想看看是哪个不要命的家伙，让守卫把他带过来吧。”

“守卫说那个人不想过来，因为他想在那里等蓝斯洛爵士。”

“好吧，我去瞧瞧。”

就在他要下楼搭船的时候，伊莲一把拉住了他。

“蓝斯洛，”她说，“如果你要走，你希望我把加拉罕教育成什么样的人？”

“走？你听谁说的？”

“没有人说，只是我想知道。”

“你到底在说什么？”

“请告诉我，你想要加拉罕接受什么样的教育？”

“嗯，像普通人那样就行。我希望他能做一个好骑士。但是，这个问题根本就不存在啊！”

“我就是想知道。”

然而，她又拦住了他。

“蓝斯洛，我可以再问你一个问题吗？如果你要走，如果你必须走……你还会再回来吗？”

“我已经说过，我没有想走。”

她一边说话，一边想着要如何准确地表达自己的意思，就像正在慢慢地穿越沼泽地的人，边走边试探着前方的路。

“这对加拉罕以后的教育非常重要……对我要怎么活下去非常重要……如果我知道未来我会遇到什么……如果我知道总有一天……如果我知道你会回来……”

“伊莲，到底发生了什么，你为什么要说这些？”

“我不是想要阻止你，蓝斯。也许对你来说，离开这里是最好的选择；也许这件事早晚会发生，但是，我想知道我们还能不能再见面……因为这对我来说非常重要。”

他拉着她的手。

“别担心，如果我走了，”他说，“我一定会回来。”

护城河另一边的人是戴普大叔。他站在蓝斯洛老了两岁的战马旁，蓝斯洛惯用的铠甲整整齐齐地摆放在马鞍上，就像在做工具检阅一样。所有的东西都叠放得端端正正，用皮带扣在适当的战斗位置上。无袖短铠卷成一束，头盔、护肩甲和臂甲已经被打磨得闪闪发亮，戴普大叔足足忙活了好几个星期，所以它们散发出了光亮的色泽，只有刚从店里买来的全新商品才会有那样的色泽。空气中弥漫着马鞍皂的气味，铠甲独有的味道掺杂其中，和走进高尔夫球场的专卖店闻到的味道一样独特，而对骑士而言，这股气味足以令人兴奋。

蓝斯洛浑身的每个毛孔都回想起了他穿着那副铠甲的感觉，离开卡美洛之后，他一次也没见过它。他全都想起来了，握柄时用的是食指，并且以它为支点；拇指得在这个支点的近侧用力时，要用几盎司的力道；手掌内侧的肌肉想要紧紧握住剑柄；他的整只手臂清楚地记得欢悦剑的平衡感，已经等不及想要和它来个亲密接触。

戴普大叔看起来比原来老了一些，他拉着缰绳，排出马具，静静地等待着骑士上马驰骋，一句话都没说。他严肃地盯着蓝斯洛，默默地拿出一顶巨大的顶盔，盔上有个很眼熟的羽饰，是鹭鸟的颈羽和银线。

蓝斯洛伸出双手，郑重地接过了戴普大叔手中的头盔，拿在手上不停地转着。他的手对这盔的重量熟悉得不能再熟悉了，正好 22.5 磅。他一眼就看出，头盔的打磨非常出色、衬里和后面的披饰都是新的。披饰是天青色的薄绸，上面有很多漂亮的远古法兰西百合，是用金线一针一线缝上去的。他很快就猜出了这刺激了头盔的主人。他用鼻子轻轻地嗅了嗅那顶头盔，对着久别重逢的披饰吸了一口气。

瞬间，她从天而降——不是他在城垛上日思夜想的桂妮薇，而是变换着各种不同的姿态、真实的珍妮；她眼睑上的每一根睫毛、皮肤上的每一个毛孔、声音里的每一种语调和她微笑时所牵动的每一块肌肉，对他来说是那样熟悉。

蓝斯洛毫不犹豫地离开了布利昂堡，伊莲站在城门塔楼上，眼睁睁地看着他的身影渐渐模糊，却没有挥手送他。她目不转睛地看着他，简直和遭遇船难后，拼命往小船上载运清水的人一模一样。她还有几秒钟的时间，可以用来储存与蓝斯洛有关的信息，陪她度过余生。除了这些回忆、他们的儿子和一大笔钱之外，她一无所有。他把钱全都给了她，只要她活着，每年都会有一千英镑的收入——要知道，在那个年代，这可是一笔巨款。

第二十五章

和伊莲分开十五年后，蓝斯洛仍然留在宫廷。而国王与桂妮薇和她的爱人之间的关系一直没变，唯一不同的是所有人都老了。蓝斯洛发疯后第一次回来时只有二十六岁，头发刚刚变成獾灰色，现在却已经变成了耀眼的白色。亚瑟也是少白头，但被两人那柔细的胡子遮住的嘴唇仍然红润。只有桂妮薇想了很多办法，才让自己的头发乌黑发亮。她的身材保持得非常好，四十岁时仍然曼妙多姿。

另一个区别是，新时代进入了宫廷。圆桌的这几位主角仍然满腔热情，但他们逐渐沦为一种空洞的形象，而不再是有血有肉的人了。对周围的年轻食客而言，亚瑟不是未来的十字军战士，而被一致看作过去的一个征服者；蓝斯洛是百战百胜的大英雄，桂妮薇则是倾国倾城的大美人。对这些年轻人而言，看到亚瑟在辽阔的林地中狩猎，简直就像是见证了王者风范。他们看到的不是人，而是英格兰。而当蓝斯洛骑马走过，与王后一起因为某个不能为人知的笑话笑出声时，这些平民会大吃一惊，因为“他也会笑”。“瞧，”他们会彼此议论，“他在笑！和我们这些粗人一样笑！蓝斯洛爵士笑了，这说明他很亲民，和普通人没什么两样。说不定，他也会吃喝，晚上也会睡觉。”但是，在这些新时代人们看来，伟大的湖上骑士根本不可能做这种事。

没错，二十一年的时光，源源不断的河水从卡美洛的桥墩上流过，建筑物也有相同的岁数了。最初那几年，投石器和攻城射石机在布满车轮印的大路上来来去去，城堡石墙经历了一场又一场围城战事，直至摧毁；可以在轮上移动的木制高塔，笨拙地在那些害怕战争的要塞之间来去，这样一来，上面的弓箭手就能往下射出箭矢，将死亡之神送进那些背叛的堡垒；技师匠人结伴走在夏日的飞尘之中，肩上扛着鹤嘴锄和铲子，在那些已经叛变的望台下使劲儿地挖，让巨石塌落。如果用正攻方式不能攻下一座坚固的城堡，亚瑟会在墙上特定的地方挖一条通道，这些通道会先用梁柱支撑，一旦找到合适的时机，就会把梁木烧毁，通道就会崩塌，很快，通道上方那些填满粗砾石的外墙就会坍塌。

早些年，战事频繁，那些因剑而生的人，最终因剑而死。在那些岁月里，整座塔里的战士都在烧烤食物，火光冲天，不知道的人还以为是盖伊·福克斯[①]来了呢！他们并没有把这座塔当作要塞，而是把它搞成了一根顶级的烟囱；在那些岁月里，战斧砍在防斧门板上，发出锵锵的声音，防斧门的第一层木板是平行钉上的，第二层则是垂直的；长剑绕着头盔和肘甲轻快地敲击，如果状况比较激烈，还会溅起一阵火花，让那些浴血奋战的骑士显得更加夺人眼球。

早些年，无论你去哪儿，都会在路的尽头发现一些东西：

---

① 盖伊·福克斯（Guy Fawkes），于1605年11月5日密谋炸毁伦敦西敏宫（今国会大厦），杀害国王詹姆士一世及英格兰上下议院的议员，但计划还没开始就被捕了，并被处死。如今，伦敦每年都会在11月5日放烟火庆祝，即“盖伊·福克斯日”。

或许是佣兵的行进队伍、抢劫或苏格兰与英格兰边境上的木桩；或许是某个新秩序的骑士正在和某个保守派决一死战，因为他不想让对方杀害农奴；或许是有人将某个金发少女从高高的要塞里用皮绳救了出来；或许是军医正在医治疗某个不幸的战士，并让他吃下洋葱和大蒜，这样就能通过伤口的味道来判断肠子有没有被刺穿。检查伤口的时候，他们会要伤者穿上一件带有羊脂的毛衣，是用羊乳房旁边的生羊毛做成的。这里是坐在对手胸膛上的加文爵士，他用一把尖利的匕首插进了对手面甲下方的通气孔，瞬间就让其丧命，那把匕首则因此得到了“上帝恩典”的赞誉。有几个骑士是被自己的头盔活活憋死的，在那个年代从事这种激烈的活动，加上通气孔小得可怜，发生这样的意外一点儿也不稀奇。战场这一头，为了吊死亚瑟王的骑士和信赖他们的撒克逊平民，一些地位低下的老派贵族架设了宽大的绞刑台；那座绞刑台完全可以用华丽来形容，和隼丘[①]搭建的那座不相上下，可以在十六根石柱中同时吊六十具尸体，就像是一座土褐色的倒吊金钟。绞架比较简陋，上面装了横木，和电线杆上的塔脚处非常像，刽子手爬上爬下的时候就更加方便。战场的另一头有一个地方，四周都是篱笆，里面的灌木丛里到处都是陷阱，谁都不敢靠近方圆一英里之内。前面也许会有个笨蛋骑士掉进抓鹿的陷阱里，而这个陷阱会弹开一根粗大的树枝，让他倒挂金钩，挂在树枝末端，任由他摇来晃去。后面或许正在进行一场惨烈的比武大会或派系战争，传令官们对着试图冲锋的骑士团大声嚷嚷道：“见好就收！”现在，“别追了”

① 隼丘（Mont faucon），巴黎近郊的山丘，在古代是行刑的地方。在法国大革命期间设满了绞刑台。

这句话仍然能在英国大马赛中听到，这两句话的意思其实差不多。

按理说，早在一千年前，这个世界就要结束，得到缓刑之后却变本加厉，更加暴虐无道，毒害整个欧洲数个世纪之久，罪魁祸首就是被圆桌当作敌人的强权教条。在没有开发的林地里，经常能看到那些强权派的好斗领主狩猎的身影（当然，这并不是绝对的，比方说，野森林城堡的艾克特爵士就是个大好人），所以索尔兹伯里的约翰[①]不得不告诉他的读者：如果这些无所不能的猎人即将经过你的居所，别犹豫了，赶紧带着你家里所有能吃的东西，或是能立刻向邻居购买或借用的食物逃跑吧，否则就要遭殃了，甚至可能被当成叛国贼。迪律伊[②]告诉我们，他们会把孩子的大腿绑住，然后吊在树上。如果你看到一个全副武装的人，脸红彤彤的，就像是一团黏糊糊的燕麦粥，那也没什么可惊讶的，他只是在围城战事的时候，被人用滚烫的古糠皮浇在了脑袋上。乔叟还提到过一些更可笑的情景：人们表面上看起来笑嘻嘻的，斗篷底下却藏着明晃晃的尖刀；死尸被随意地遗弃在树丛里，喉咙被割了一道口子；冷冰冰的尸体嘴巴长得大大的，仰躺在地上[③]。各地的刀剑血迹斑斑，天空都能看得到黑烟，权力不受任何约束；而在这个普遍混乱的年代，加文终于杀死了我们的老朋友派林诺国王，为他的父亲洛特王报仇了。

---

① 索尔兹伯里的约翰（Johnof Salisbury），中古世纪的英国哲学家，也是当时最伟大的拉丁文学者。

② 迪律伊（Duruy），法国历史学家和政治家。相传，他编写的法国史被怀特珍藏。

③ 来自《坎特伯雷故事》中《骑士的故事》第三部分。

亚瑟所继承的英格兰就是这样，这也是他在追求文明教化的过程中经历的阵痛期。经过二十一年的励精图治，这个岛发生了翻天覆地的变化，呈现出了不同的风貌。

那些黑骑士曾狂躁而易怒，在某个浅滩边守株待兔，向那些冒冒失失地往那条路走的人收取过路费，但是现在少女们可以放心大胆地佩戴金银首饰，在整个国境里走来走去，绝对不会受到一丁点儿伤害。而那些麻风病人（当时人们称其为麻疹）以前常穿着白色的蒙头斗篷在林间穿梭，如果听到了悲伤的响板声，就说明他们是在提出警告；如果他们不想警告你，就会冷不丁地冲上来抓住你。现在有了专门的医院，在宗教骑士团的管辖之下，那里可以照顾这些从十字军东征回来的得了麻风病的人。暴虐的巨人全都死了，危险的飞龙也都没法再伤人了（以前，它们会发出粗浊的声音，像游隼一样朝下猛扑）。成群结队的强盗会挥舞着三角旗在路上走来走去，但是现在，快乐的朝圣者三五成群，在前往坎特伯雷的路上聊着低俗的故事。那些一本正经的神职人员到沃辛汉的圣母那儿去做一日游，欢快地哼唱着《哈利路亚喜乐颂》；不太正经的神职人员，则即兴唱着动听的中世纪饮酒歌——《我想死在客栈里》。谦逊有礼的修道院长不安地骑在驯马上，走得非常慢，戴着毛皮做成的兜帽（这可违反了他们教团的戒律）；装备时髦的侍从让鹰停在拳头上；为了争抢新斗篷，体格健壮的农夫和老婆吵得不可开交；还有，一伙儿快乐的家伙连铠甲都没穿，就出去打猎了。一些人骑着马去了市集，和特鲁瓦差不多大；另一些人去的则是与巴黎不相上下的大学，那里的学者多达两万名，最终成为教宗的总共有七人。修道院里，僧侣们都兴高采烈地描绘着手稿上的首字母，既精致又复杂，连第一页就很难得要命。而那些现在忘记在手稿开头画基督标记“XP”的人，正在认真地抄写图尔的格列高利主教的《法兰克人史》《黄金传奇》[①]《西洋棋戏》[②]，或是某本放鹰专论——但是有一个前提，他们没有被神奇的路尔那本《伟大艺术》[③]或最最了不起的那位魔术师的代表作《巨鉴》[④]迷住。

与此同时，几个大厨正在厨房里准备菜肴，其中一轮菜有牛睾丸汤、甜酒汤、八目鳗冻、牡蛎炖洋葱、酱烧鳗鱼、烤鳟鱼、腌猪肉配芥末、雄鹿内脏、填料烤猪、熏鸡、酒酱鹅肉、野鹿麦粥、清炖母鸡、烤松鼠、香羊肚、阉鸡脖子布丁、内脏、牛胃、杏仁凝乳白肉、甘蓝菜、牛油煮蔬菜、苹果慕斯、姜糖面包、水果塔、牛奶冻、榅桲蜜饯、斯第尔顿奶酪等。用餐的大厅里，那些味觉被酒损坏的年长绅士正在享用中世纪的美味佳肴——调味很重的鲸肉和海豚肉。美丽的女士在盘子里放了一些玫瑰和紫罗兰，烤过的金盏花让面包牛油布丁更加美味，侍从们却更加喜欢羊奶酪。育儿室里，小男孩们都在拼命说服他们的母亲，把硬梨子、蜂蜜糖浆和醋放在一起炖煮，再配上发泡奶油，美味的晚餐就搞

① 《黄金传奇》（Legenda Aurea），13世纪时以拉丁文写就，曾在欧洲风靡一时，被翻译成多种欧陆语言，主要讲述的是圣途的行迹，圣乔治屠龙的故事就出自此处。

② 《西洋棋戏》（Jeud’Echece Moralise），盛行于14世纪欧洲宫廷，内容为西洋棋在中世纪时所代表的象征寓意与社会意涵。

③ 《伟大艺术》（Ars Magna），其作者瑞门·路尔为13世纪著名的哲学家，能以阿拉伯语、拉丁语、西班牙寓等多种语言写作，展现了其逻辑体系。

④ 《巨鉴》（Speculum Majus），字面意思为巨大的镜子，作者为博韦的樊尚，是一部百科全书，共有80本、9885章，是十八世纪欧洲最大部头的百科全书。

定了。

餐桌礼仪也远远超过我们的文明程度。现在，他们不再用面包当盘子，取而代之的是有盖的盘子、加了香料的洗手钵、华丽的桌布和用不完的餐巾。用餐者的衣着打扮讲究得多，戴着花环、服饰优雅，侍从们上菜时用的居然是标准的芭蕾动作。葡萄酒放在桌上，不太体面的麦酒则只能放在桌子底下。音乐家们拼凑成奇特的乐团，在人们用餐时演奏各种乐器，有铃、大号角、竖琴、维奥尔琴[①]、奇特琴[②]和风琴。在亚瑟王建立他的骑士之道以前，塔中骑士兰德里必须警告他女儿，晚上绝对不能单独去自家的餐室，就是因为担心暗处会有什么危险；但是现在，餐厅里变得亮堂堂的，还有美妙的音乐。而在烟雾缭绕的拱形大厅里，原本只有邋里邋遢的贵族在那里啃骨头，手指上血迹斑斑的；而现在，人们无论吃什么东西，手指都很干净，因为木碗里有带有药草香味的肥皂，可以把手洗得干干净净。在修道院的地窖里，总管从桶子里取出了麦酒、蜂蜜酒、波特酒、波尔多红酒、干雪莉酒、莱茵白酒、啤酒、加了香料的蜂蜜酒、洋梨酒、香料甜酒和上好的白威士忌，有新酿的，也有陈酿的。

法官在法院里执行的是国王的新法令，而不是强权恶法。农家的好妻子正在烘烤铁盘面包，香喷喷、热腾腾的，闻得人口水直流。他们使用的是上好的泥炭，平时饲养的肥鹅让二十个家庭吃二十年都没问题。亚瑟在位的时候，撒克逊人

① 维奥而琴（Viol），中世纪的六弦提亲，是现代小、中、大提琴的前身。

② 奇特琴（zither），一种类似古琴、古筝的乐器，上有数十条弦，也是这类扁平型拨弦乐器的总称。

和诺曼人开始认同自己是英格兰人。

也难怪，欧洲所有野心勃勃的年轻骑士都聚集在这个伟大的宫廷里。难怪他们会把亚瑟当作王，却把蓝斯洛当作征服者。

在这段时间里，年轻人纷纷涌进宫廷，其中就包括加瑞斯和莫桀。

第二十六章

“我们已经有好多年没看到箭在人的心脏里颤动了。”一天下午，蓝斯洛在弓箭靶场里声称。

“颤动！”亚瑟大声地重复道，“用这个词来形容箭射中之后产生的振动再合适不过了。”

蓝斯洛说：“我是从一首歌里听到的。”

他们离开靶场，坐在凉亭里，正在认真地练习射靶的年轻人随处可见。

“的确如此，”国王低沉地说，“这在这个衰颓的年头，我们熟悉的征战确实不多了。”

“衰颓！”他的最高司令官大声地反驳道，“你口口声声念叨的不就是这样的日子吗？为什么不高兴呢？”

亚瑟岔开了话题。

“加瑞斯前途不可限量，”他看着那男孩说，“他比你小不了几岁，但对我来说，他总也长不大，一直是个孩子。”

“加瑞斯是个大好人。”

国王伸出手，轻轻地放在蓝斯洛的膝盖上，看起来非常亲密。

“但是，你才是那个公认的大好人，”他说，“这件事已经变成传奇了。一个男孩改名换姓来到宫廷，藏在厨房里干活，甚至骗过了自己的亲兄弟。有一次，凯伊恶作剧，给他取了个‘大小姐’的绰号。在他完成伟大的冒险成为骑士之前，只有你对他很亲切。”

“这个嘛，”蓝斯洛并不赞同，“这不是加文的错，要知道，他们已经15年没见了。”

“我谁都不怪，我其实是想夸你。你不仅关心一个厨房的见习骑士，帮了他很多忙，最后还授予他骑士勋位，这难道不是一件大好事吗？但是说真的，你对谁都很好。”

“奇怪的是，他们之所以一直来这里，”他朋友说，“大概是因为他们必须要来。凡是有想法的孩子，都会把去亚瑟的宫廷体验一番当作巨大的荣耀，即便在厨房工作也无所谓。原因非常简单：这里是新世界的中心。这也是加瑞里离开他父亲的原因。她不肯让他来，所以他才会离家出走、隐姓埋名。”

“简直是一派胡言！摩高丝是个恶毒的老女人——这是对她最好的‘赞美’！她恨你，所以不让他来找你，但不管怎么样，他做到了。”

“摩高丝和我是同母异父的姐妹，但我曾经做了很多伤害她的事。对一个女人来说，儿子们全部离开他，跑去追随她讨厌的人，其中的滋味并不好受。就连他最小的儿子莫桀也来了。”

蓝斯洛显得有些尴尬，他打心眼里讨厌莫桀，也不喜欢心里有这样的芥蒂。有一点他并不清楚——莫桀其实是亚瑟的亲生儿子，因为这件事在他或桂妮薇；来到宫廷之前就被封存了，亚瑟的身世同样如此。但他确实察觉到，这个年轻人和国王之间有些什么。他对莫桀的厌恶毫无来由，和狗天生就不喜欢猫一样；但他对自己的偏见感到羞愧不已，原因再明显不过——这和年轻骑士的原则背道而驰。

“莫桀到这里来，最伤心的绝对是她，”国王继续说，“女人往往最疼爱小儿子。”

“我听说，她不偏爱任何一个。说她会因为他们来宫廷找你而伤心，原因只有一个，那就是她恨你。可是，她为什么恨你？你到底做了什么？”

“那可不是什么好事，不提也罢。”

国王又补充了一句：“摩高丝是一个……非常有主见的女人。”

蓝斯洛意味深长地笑了。

“这一点，从她做事的风格中就可以看出来，”他说，“据我所知，她虽然已经有孙子了，却死死地缠住派林诺的儿子拉莫瑞克不放。”

“你听谁说的？”

“在宫廷里，这已经是公开的秘密。”

亚瑟站起身，烦躁不安地往前迈了三步。

“老天啊！”他大叫道，“拉莫瑞克的父亲是她的杀夫仇人！她的儿子又杀了拉莫瑞克的父亲！那么，拉莫瑞克多大？”

他再次坐下来，注视着蓝斯洛，生怕他又问什么稀奇古怪的问题。

“都一样！她这个人就这样！”

突然，国王激动地问：“加文干吗去了？阿格凡呢？还有莫桀呢？”

“大概是去远行探险了吧！”

“该不是……该不是去北方了吧？”

“我不清楚。”

“那拉莫瑞克呢？”

“他应该还在奥克尼。”

“蓝斯洛，我多希望你认识我姐姐啊！要是你真的了解奥克尼一族，那就好了。他们的家族观念十分狂热。万一加文……万一拉莫瑞克……上帝啊，请原谅我的罪过，请原谅所有人的罪过，请原谅这纷扰的世间！”

蓝斯洛惊恐地瞪着他。

“你在担心什么？”

亚瑟再次站起来，声音有些急促。

“我担心的事太多了，比如，我的圆桌、接下来要发生的事，还有，我担心圆桌一开始就是个错误。”

“胡说八道。”

“我之所以设立圆桌，为的是终结无政府的混乱状态。它给那些崇尚暴力的人指出了一个新的方向，让那些动不动就用武力解决问题的人，可以用一种有益的方式来行使武力。但我现在才知道，我错了。不，请让我说完。它之所以错，是因为它原本是建立在武力的基础之上的。建立正义唯一能倚靠的只有正义，强权恶霸的行径根本行不通。但那就是我一直以来的梦想。现在，是时候咽下我自己酿的苦酒了。蓝斯洛，我恐怕要遭到恶报了。”

“我不明白你的意思。”

“加瑞斯来了，”国王平静地说，仿佛一切都过去了，“你很快就会明白的。”

他们说话的时候，一个裹着皮绑腿的信差来到靶场。国王用余光扫了一眼，发现他正在四处寻找加瑞斯爵士，并给了他一封信。只见，那男孩连着把信看了三遍，然后一脸困惑地和来人说起话来。加瑞斯下意识地朝那信差鞠了一个躬后，慢慢地朝他们走了过来。

“加瑞斯。”国王说。

这个年轻人跪着握住国王的手，仿佛把他当成了栏杆或救生稻草。他看着亚瑟，眼神空洞，一滴眼泪都没有流。

“我母亲死了。”加瑞斯问。

“凶手是谁？”国王随口问道，仿佛对早就预料到了这件事。

“我哥哥阿格凡。”

“天哪！”

惊叫声是从蓝斯洛口中传出来的。

“我哥哥发现她和一个男人睡在一起，一气之下就杀了她。”

“蓝斯洛，麻烦你安静一点儿，”国王回过头，对加瑞斯说，“拉莫瑞克怎么样了？”

不过，故事的前半段只讲了一部分。

“阿格凡砍掉了她的脑袋，”他说，“就像那只独角兽一样。”

“独角兽？”

“拜托，蓝斯洛。”

“他杀了他的亲生母亲。”

“我早就知道他会这样做。”加瑞斯说。

“你确定消息属实吗？”

“我保证！独角兽就是阿格凡杀的。”

“拉莫瑞克就是独角兽吗？”国王温和地问。他不知道外甥是什么意思，但他急切地想帮帮他，“拉莫瑞克也死了吗？”

“是的，舅舅！阿格凡看见她脱得光溜溜的，和拉莫瑞克爵士睡在一起，当场就叫她人头落地了。然后，他们抓住了拉莫瑞克。”

蓝斯洛表现得有些不耐烦，因为他对过去的悲剧了解得并不多。

“‘他们’指的是谁？”他问。

“莫桀、阿格凡和加文。”

“所以事情是这样的，”蓝斯洛爵士说，“只因为在一场比武大会上失手杀死了你们的父亲，你们三兄弟就残忍地杀死了连蚂蚁都不忍心踩死的派林诺国王；然后，你们不仅杀死了熟睡的亲生母亲，还杀死了派林诺的小儿子拉莫瑞克，原因是你们那比他年龄大三倍的母亲勾引他。我猜，他们是三个打一个吧？”

加瑞斯把国王的手抓得更紧了，脑袋垂得更低了。

“他们把他围在中间，”他面无表情地说，“莫桀捅了他的后背一刀。”

第二十七章

加文和莫桀在原住民地区肆意掠夺，然后直接回到卡美洛，但阿格凡没有和他们同行。拉莫瑞克才刚断气，准确地说，应该是，他们刚弄清事情的始末，争吵就开始了。摩高丝王后的死完全是一场意外；用阿格凡自己的话说，他之所以这样做，是因为受了极大的刺激。但事实上，他们自己也知道，嫉妒才是真正的原因。所以，他们用常用的那个罪名指控他，说他只是一个肥胖的恶霸，而他最拿手的事情就是杀死毫无还手能之力的男人或女人。那场意外发生后，他们一边哭，一边头也不回地离开了他。加文现在回忆起他对那位特立独行的母亲时的恋慕之情，和那位巫后期望她那几个儿子能怀抱的感情一样。他悔恨无比地骑马走向过往的宫廷，心里清楚得很，他们杀死小拉莫瑞克的方式会彻底激怒亚瑟，因为那孩子是排名第三的圆桌骑士，但是他并不后悔杀了他。对他而言，拉莫瑞克和他的父亲都伤害过奥克尼一族，所以他死有余辜，和重罪犯就必须处死是一样的道理。他明白，宫里的人一定会因为他杀了亲生母亲的事而谴责他，他年轻时失手杀死一名女人的旧事也会被人翻出来。但是，他不会因为这些而沮丧，最让他悔恨的，是他亲爱的奥克尼族母亲的去世（直到现在，他才把这件事彻底弄清楚），他再次给了亚瑟的理念沉重一击，而他其实是一个宽厚的人。他希望国王把他吊死，将他放逐。他走进王室会客厅，看上去阴郁而羞愧。

莫桀面无表情地跟在加文后面走进房内，像什么都没发生似的。他身材瘦削，头发是浅金色的，看起来就像个白化病者，眼睛闪烁着蓝色的光芒，是褪尽了色彩的浅蓝，所以你根本看不见他的眼底深处。另外，他的胡子也剃得非常干净。不管是他身上的哪个部分，都令人难以捉摸，头发、眼睛、胡子都一样，似乎连颜色都褪尽了。在那张粉红色的瘦削的脸上，只有明亮的蓝眼睛周围有一些鱼尾纹——只要你喜欢，完全可以想象他的双眼中闪烁着幽默，或者讥讽，或者只是纯粹地强调天蓝色的瞳孔，这样能让它看起来更加幽远深邃。他身板挺得笔直地走进来，浑身上下散发着一股迎合和叛逆的味道，但是肩膀一边高一边低。他生下来就略微驼背，和理查三世一样，这都是接生婆的错。

亚瑟正在等他们，桂妮薇和蓝斯洛分别站在国王的两边。

体格壮硕的红发加文笨拙地单膝跪地，两眼直愣愣地盯着地板，而不是国王。

“请饶了我吧！”

“请饶了我吧！”莫桀也跟着说，他跪在同母异父的兄弟身边，却直直地盯着国王的眉心。他的声音高深莫测，句句优雅，话里的意思却可能正好与表面的意思相反。

“我饶了你们，”亚瑟说，“去吧。”

“去？”加文问。他不知道自己是不是被驱逐出境了。

“没错，去吧。我们晚餐时再见，但是现在，你可以走了。拜托你们离开！”

加文粗鲁地说："那件事之所以失败，有一半是因为运气不好。"

"滚！"亚瑟的声音非常响亮，一扫之前的疲倦和哀伤。

他像战马一样跺着脚，愤怒地用手指着门，好像要把他们扔出去。他的眼睛闪闪发亮，仿佛灰绿色的火焰从天而降，所以就算是莫桀，也很快就站起来了。加文吓了一大跳，困惑不已，像喝醉酒一样歪歪倒倒地走出门去，但在离开之前就恢复镇定了。他行了一个演员式的礼：腰弯得很低，所以显得非常谦卑——然后他直起身子，和国王相视一笑，之后便离开了。

亚瑟颤颤巍巍地坐了下来，蓝斯洛和桂妮薇越过他的头顶，互相使了个眼色。他们想知道，他原谅自己外甥的理由；他们也想抗议，因为原谅杀母之罪，对圆桌绝对是威胁。但他们是第一次看见亚瑟如此生气，这其中说不定有什么隐情，所以没有张口。

不一会儿，国王打破了沉默："蓝斯，在这件事发生之前，我曾对你说过一些事。"

"是的。"

"我一直在对你们两个讲圆桌的事，但愿你们能听懂。"

"尽力而为。"

"很久以前，梅林还在我身边帮助我的时候，曾想要教会我如何思考。因为他知道他早晚有一天会离开，所以他不得不逼我自己去思考。蓝斯，记住一点，千万不要让任何人教你如何思考，因为思考是这世界的诅咒。"

国王坐在那里望着他的手指，曾经的想法像螃蟹一样在指缝间穿梭，而他们唯一能做的只有等待。

“梅林赞同圆桌的想法，”他说，“在当时，它绝对算得上是个好主意。它肯定是个过渡阶段。现在我们得好好盘算盘算，接下来该怎么办。”

桂妮薇说：“我没觉得圆桌有什么问题，是因为奥克尼一族杀了自己的亲人吗？”

“我对蓝斯洛解释过。圆桌的初衷是：公理比强权更重要。但令人遗憾的是，要建立公理，就必须使用强权，那明显是错误的。”

“为什么？”

“我想要为强权挖一条发泄的管道，这样它就能有效地排泄出去。这概念对那些好战分子而言应该是制约，鼓励他们为了正义而战；我以为这样就可以解决问题，但其实并没有。”

“怎么回事？”

“因为我们已经得到了正义。我们已经实现了我们奋战的目标，但那些战士仍然存在。你不知道发生什么事了吗？我们为之奋斗的目标已经被消耗得一干二净，所以圆桌所有的战士会慢慢腐化。比如加文和他的兄弟，在还有巨人、飞龙和邪恶骑士的时候，他们还有事可做，让他们遵守规则并不是什么难事。但是现在，这条路已经走到了尽头，他们没有展现身手的机会，派林诺、拉莫瑞克和我姐姐就成了可怜的牺牲品——愿上帝慈悲。腐化的第一个征兆，就是我们的骑士精神彻底沦为一种对竞赛的狂热，长矛比试平均分最高之类的话也变成了一句空话。杀戮再次拉开帷幕，这就是腐化的第二个征兆。我之所以说，要是亲爱的梅林还在这里帮我，肯定会要我再另外想办法，就是这个原因。”

“那是因为安逸和奢华的生活让我们变成了胆小鬼，那根弦松了，弹出来的音调变调也是理所当然的。”

“不，并不是这样。一切只是因为我把强权收起来放在背后，这样的话，什么时候想用，就可以随时拿出来。虽然我不知道怎么样做才能把强权连根拔起，但我应该这么做，而不是试着去适应它。这样做的结果就是，强权留了下来却无处发泄，逐渐变成了一条邪恶的管道。”

“你应该严惩这件事。”蓝斯洛说，“当初，贝第维爵士杀妻，你让他带着她的头去找教宗。所以现在，你应该让加文去找教宗。”

国王摊开双手，第一次抬头往上看。

“我要带你们所有的人去找教宗。”他说。

“什么？”

“并不是真的送到教宗那里。瞧，和我说的一样，问题在于我们的强权已经失去了世俗目标，只剩下心灵目标了。这个问题我想了一整夜，如果我的斗士已经把可以较量的现世事物消耗完了，那么为了避免他们沉沦，只能让他们转而与心灵对抗。”

蓝斯洛的眼睛开始闪闪发光，热切地注视着亚瑟。与此同时，桂妮薇一句话都没说，她先是迅速地偷偷看了她的爱人一眼，然后回过头，以一种从未有过的保留态度面对丈夫。

“有些事如果我们不去做，整个圆桌就会毁于一旦，”国王继续说，“不仅仇恨会越来越深，人开始在大白天里杀人，一些难听的下流话也会四处蔓延。就拿崔斯坦和马克王后的事来说吧，人们似乎一边倒地站在崔斯坦那边。议论道德可没那么容易，但是事实如此，我们自己先弄出一种道德感，但这股道德感现在正在腐化，我们却无计可施。如果道德感腐化，甚至比完全没有甚至更糟。我想，所有纯粹追求世俗目标的努力，都有堕落的一面，我那著名的文明教化就是如此。”

“这和送我们到教宗那里有关吗？”

“我只是作个比喻。我是想说，我的圆桌理念是一种暂时的理想。要想救它,就必须把它转化成一种精神上的理想。哦，该死，我忘了还有上帝。”

“蓝斯洛他，”王后的声音很奇怪，“一直牢牢地记在心上。”

不过，她的爱人在这个话题上太专注了，压根儿没有察觉到她的语调有什么变化。

“你想怎么做？”他问。

“如果你明白我的意思，我想我们可以尝试着做一些对灵性有益的事。我们的实质目标是和平与繁盛，目前已经实现，所以无事可做了。如果再找个新的实质目标，一个暂时的目标，比如扩张版图，一旦目标达成，我们就会再一次面临同样的问题，甚至可能更糟。但是，为什么我们不能把圆桌的力量转向灵性层面呢，再次把所有的能量凝聚起来呢？灵性是什么意思，你一定明白。如果我们的强权已经开辟了一条通道，让力量能为上帝服务，而不是服务于人的权力，那当然可以起到阻止腐化的作用，而且值得一试，你说呢？”

“十字军！”蓝斯洛大喊道，“你想要我们去拯救圣墓！”

“为什么不试试呢？”国王说，“我还没有认真地考虑过这个问题，但说不定会是个不错的选择。”

“或者我们可以去寻找圣徒遗物，”这位司令官兴致勃勃地说，“如果所有的骑士都去寻找真十字架的碎片，也许他们压根儿就不用和任何人对战。也就是说，一旦我们发动十字军东征，动用武力几乎在所难免，我们会把强权运用到对抗异教徒上。不过，要是我们真的凝聚整个圆桌的力量，去寻找某个上帝的所有物，啊，这绝对可以试试。而且，我们到时候会忙得四脚朝天，哪里还有时间整天和别人争强斗狠呢？如果是这样，我们完全没必要把要找的东西局限为一种。试想一下，我们一共有一百五十名骑士，全都是探险专家，和侦探没什么区别；如果我们所有的骑士都把精力用在寻找属于上帝的东西上，说不定会找到好几百件价值不菲的物品呢！没准儿圆桌就是为此而生的，为了要朝这个目标前进。找到新的福音书也是大有可能的，到那时，整个基督教世界都可能因为我们的作为而受益。想想，那可是一百五十名受过搜索训练的人啊！如果从现在就开始去做，一点儿也不晚。真十字架是在 326 年发现的，圣尸衣[①]却是 1360 年才在雷内发现的。运气好的话，我们还可能找到那支杀死了我主的长矛[②]！”

“让我好好想想。”

“无论如何，我们必须找到圣经手稿。”

“没错。”

“我们要去很多地方，去圣地，去所有的地方！和尊贵的德·儒安维尔[③]一样！”

---

① 圣尸衣（Holy Shroud），耶稣受难之后，用来包裹他尸体的裹尸布，现存于意大利都灵。

② 指的是罗马士兵隆基努斯刺伤耶稣侧腹的那柄长矛。

③ 德·儒安维尔（Jean de Joinville），中世纪法国编年史家，参加过第七次十字军东征，代表作为《圣路易史》。

“没错。”

“我想，”蓝斯洛爵士说，“到目前为止，这恐怕是你最了不起的想法了。”

“恐怕不行，”国王的声音变了调，“夜深人静时，我常常在想，这个想法是不是有点儿不切实际。你应该知道，人如果达到了完美的境界，肯定会像肥皂泡一样消失得无影无踪。这样的话，圆桌或许就彻底完蛋了。如果有人想去寻找上帝呢？”

然而，蓝斯洛对这种形而上的理论一无所知。他没察觉到亚瑟语调里的变化，开始对着自己哼唱十字军的圣歌：

木十字的碎片啊，
是领袖的象征，
人民将一生追随……

“我们可以去寻找圣杯。”他兴奋地喊道。

就在这时，佩雷斯国王的信使来了。他说，有人要蓝斯洛去修道院为一名年轻人授予骑士勋位。听说，那个年轻小伙子温顺有礼，而且英俊潇洒，从小在一座女修道院受教长大。信使还说，他的名字叫加拉罕。

桂妮薇王后惊愕地站了起来，然后又坐下，松开手掌后又握得紧紧的。她非常清楚，蓝斯洛爵士就要和另一个女人为他们生的儿子团聚了——但他似乎并不在意。

第二十八章

如果你想知道圆桌骑士寻找圣杯的过程，想了解加拉罕抵达的惊奇场面，想看桂妮薇因为好奇、嫉妒和恐惧，居然半认真地想勾引他；想见识一下宫廷最后的晚餐，那时雷声轰鸣，再加上日光、覆盖的器皿和充斥着整个大厅的香甜气息——如果你对这些感兴趣，可以去看看马洛礼的描述。那种说故事的方式只能用一次。重点是，圣灵降临节结束后，圆桌骑士踏上了冒险之旅，他们最重要的任务就是找到圣杯。

直到两年后，蓝斯洛才再次回到宫廷。对留守的人而言，两年非常漫长，更令人难熬的是寂寞。劫后余生的骑士陆续回来，和他们一起回来的是死伤或胜利的消息。他们有的拄着拐杖一瘸一拐的，有的牵着再也不能载人的倦马；那些在战争中失去肢体的人，回来时则只能用另一只手拿着断肢。侥幸脱险的人显得既憔悴又困惑，脸上闪烁着狂热的光芒，喃喃地说着一些梦境，带回了各种稀奇古怪的玩意儿，有自动航行的船、奇异弥撒中的银桌、在空中飞过的矛、公牛与带刺树木的幻象、古老墓穴中的魔鬼、活了四百年的国王和隐士——这些都成了宫中流言的素材。贝第维爵士计算后得出了这样的结论：有一半的骑士失踪了，情况不容乐观，说不定已经全都死了。而蓝斯洛爵士始终没有回来。

第一个回来，为人们带来可靠消息的证人是加文，他回到宫廷时，头缠着绷带，情绪很糟糕。作为奥克尼一族的成员中唯一一个拒绝正确学习英语的人，他说话时有明显的北方口音。不过，那口音应该是他装出来的，他的心还有一半是用盖尔语思考问题的。加文一直对南方的英格兰人有戒心，并且觉得他的种族是最好的。

“这场远行探险无异于大海捞针，”加文说，“如果你要问我执行过什么毫无意义的任务，那么这就是。”

“怎么回事？”

亚瑟和桂妮薇像幼儿园里的小朋友一样，手放在大腿上，听得非常认真。而他们也像孩子一样伶俐，迫不及待地想揭开真相。

“是不是有什么事发生？嗯，就是我浪费了十八个月，一直像无头苍蝇一样到处乱撞，最后带着这个被你说成‘脑震荡’的东西，搞得只剩下半条命。不管怎么样，愿上帝在这场圣杯探险之旅中保佑我。”

“从头开始讲吧。”

“从头开始？”

他叔叔对这件事非常感兴趣，这让他有些意外。

“嗯，一定有什么可说的，对吗？”

“不就是那些事吗？”

“给加文爵士来点儿喝的，”王后说，“快坐下，我们都欢迎你回家。别紧张，给我们讲故事啊——当然，如果你不太累的话。”

“累倒不累，就是有点儿头疼。我可以讲讲这个故事。谢谢你，夫人，我要威士忌。让我想想，那些乱七八糟的事要从哪儿说起呢？”

奥克尼的族长坐下来，努力地回忆起来。

“我们离开瓦庚堡的时候……你们知道吗？第一天，我们一群人骑马来到瓦庚，但第二天早上解散后再也没有看到过彼此。我们离开那里时，我往西北方搜索。走哪个方向倒无所谓。就在我们分开的前一晚，蓝斯洛告诉了所有人一件事，那就是老佩雷斯国王曾说起过一个圣盘，就在他的一座大城堡里。他倒没说它到底有多重要，只是告诉了大家它的价值。我们当中最优秀的一半往那个方向去了，但没有管那些。我去了西北方。”

他喝了一大口酒。

“我最先碰到的是加拉罕，”他说，“他是个自大而冷漠的野蛮人，我对那个小家伙的印象好极了。”

“那个小家伙，”加文爵士一仰头，又喝了一大口酒，身子瞬间暖和多了。他继续说，我真是太倒霉了，碰上了这个世界上最恶心的东西——就是他。”

“你被他打败了？”

“没有，没有，那是后话。我一开始就遇到了他。”

“他在修女院里，生活在一群母鸡的羽翼之下。”他气愤地继续说，“和他交过手的人都说，他是个圣洁的懦夫，像鹞子一样冷酷无情……但是那孩子是英格兰人，如果他去苏格兰，绝对会被砍成八块。”

“除非他在那之前就已经被砍死了。”他下了结论，被自己的这个念头吓了一大跳。

“加拉罕爵士做错什么了吗？”

“没有，他不喝酒，也不吃肉，还以自己是处子为傲。

不过，我碰到了梅里亚斯爵士——你们或许还不知道吧，他残废了。他告诉我那个可恶的加拉罕到底做了什么。因为一些事，梅里亚斯爵士被带到那个蛮人面前，求那个男孩和他同行。我不知道他这样做的原因，因为最先去找加拉罕的人是尤文，加拉罕爵士却拒绝了。尤文爵士对他还不够好！好吧，好吧，不管怎么样，最后他还是让梅里亚斯爵士一起去了，而且还册封他为骑士。上帝啊，把我的灵魂卖给恶魔吧！册封你为骑士的，居然是一个十八岁的傻蛋。他册封梅里亚斯时是这样说的：'现在，这位好先生，你是国王和王后的后裔，如今正式册封你为骑士，你要成为所有骑士的榜样！'你说，这是什么意思？嗨，这个势利眼的英格兰人！后来，他们一起去探险，走到一个十字路口时，梅里亚斯说，他想去左边。加拉罕说：'你还是别走那条路，因为我觉得走那条路的人应该是我。'瞧，漂亮的加拉罕总是那样直接，从来不会假装谦虚，对吧？总之，梅里亚斯还是去了左边，后来发生的事情和加拉罕的预言一样，一个神秘骑士向他袭来，一出手就把他打成了重伤。他马上就要断气了，而那根折断的棍子就在他旁边。当伟大的加拉罕找到重伤的他时，只是说：'我早就告诉过你，最好还是走另一条路。'这个帅气的小伙子对一个垂死的人说'我早就告诉过你'之类的话，能帮到他什么呢？"

"梅里亚斯爵士后来怎么样了？"

"他对加拉罕说：'爵士，如果我的死能让他高兴，那就让它快点儿来吧。'他把那根棍子举到面前。梅里亚斯是个好骑士，我很高兴能告诉大家，他其实活得好好的。"

亚瑟说："不管怎么说，加拉罕都是个孩子。也许他的成长过程也充满了艰辛。我认为，不该因为这些细微的社交错误就毫不留情地批评他。”

“你听说过他攻击他的父亲、让他落马的事吗？你听说过他让自己的亲生父亲跪在面前，请他赐福的事吗？你有没有听说过，有人苦苦地哀求加拉罕，说要死在他怀里，他大发慈悲，答应了他们的请求这件事吗？”

“嗯，也许真的算是大发慈悲吧。”

“简直是魔鬼！”加文大声嚷嚷道，把鼻子埋进酒杯当中。

“你还没说，你到底发生了什么事。”

“我遇到的第一个冒险，准确地说连冒险都不算，那就是闯进了少女堡。这件事最好不要告诉王后。”

亚瑟的语气有些冷峻：“加文爵士，我的妻子不是孩子，更不是傻瓜。那座城堡的风俗人尽皆知。”

桂妮薇非常礼貌地说：“在法文里，这叫作‘领主权’。”

“好吧，那么，我和尤文及加瑞斯爵士一起来到了少女堡，这座城有七位骑士，这个规矩历史悠久。我们在城外找到这七位全副武装的骑士，和他们打打杀杀，最后把他们全都杀死了。等一切都安顿好后，我却发现加拉罕已经抢先一步。起初，他只是把那些骑士赶出来，但是没杀任何人，而我们扭打成一团的时候，他就在城堡里。事实上，我们只是做了屠夫，替不属于我们的功绩收尾。”

“运气真糟！”

“加拉罕骑着马走了，连话都懒得和我们说。我的意思是，我们是有罪之人，他却是被上帝祝福的人。从那以后，我就不管了。”

“你没有和尤文及加瑞斯一起吗？”

“没有，离开少女堡之后我们就分手了。我去了很多地方，最后来到了一座修道院，在那里碰到了很多宗教人士。你应该听说过那种人，和救世军[①]差不多。我问他能不能让我住一晚，他提出了第一个要求：‘请告诉我，为什么上帝和你之间存在障碍？’嗯，此时，他既是主人，也是教士，他强迫我告解，我也不能直接说不。针对那七个骑士的事，他叽里呱啦地啰唆了半天。他说，这是七件死罪。然后又说，我只不过是个杀人凶手，语气平静得没有一丝情感。”

“他有没有说过，”国王兴奋地问，“不管是因为什么，杀人都是不对的，更何况是在你寻找圣杯的时候？”

“他一定是把我的灵魂卖给了恶魔。他一直说教，说加拉罕赶走了那七个骑士，却一个人都没杀，又说，圣杯不该和流血事件扯上关系。”

“还有吗？”

“我记不清了。我只记得，这家伙讲了一大堆好话，还劝我应该苦修赎罪。他说，一个人要好好告解，而且要百分之百坦诚，不然的话，就算找到圣杯也没用。那孩子是个傻瓜，一个浪游骑士怎么可能苦修呢？他和那些劳动公认一样，四旬斋[②]从来不斋戒——我不就是最好的榜样吗？我骗了那个人，继续前进，然后碰上了阿格洛法和葛里菲特……后来呢？后来，我和他们一起度过了四天，让我想想……之后再

① 救世军（Salvationist），指基督教救世军成员。救世军成立于1865年，总部设于伦敦，现为国际慈善组织。

② 四旬斋（Lent），又叫“大斋期”，时间从复活节前40天开始算，到复活节前一天结束（周日不算），是基督徒缅怀基督受难的日子，期间教徒会斋戒祷告。

次分手。在米迦勒节[1]到来之前，幸好有那些冒险，否则我恐怕要无聊死了，什么做不了。”

“其实，”加文又补充了一句，“最近几年来，英格兰似乎已经没有什么值得探险了，这地方完蛋了。”

“给加文爵士再来一杯酒。”

“米迦勒节之后，我遇到了艾克特·德马瑞斯。他和我一样，运气糟糕得要命。我们骑到一座位于森林里的小礼拜堂，当晚就在那里睡了一晚并做了一个梦，令人不可思议的是，我俩做的梦居然是一样的。在梦里，我们看见了一只膀子和手连在一起，穿着织金缎子，拿着一幅马缰绳和一根蜡烛。有个声音对我们说,这个东西会对我们有所帮助。后来，我碰到了第二个教士，他说马缰的意思是克己，蜡烛则象征着信仰，也就是说，我和艾克特都缺少这两样。瞧，人居然可以帮梦境扭曲成这样。之后,我们遭遇了一个沉重的不幸，就像一直笼罩在我们头顶上一样。我俩遇到了我的表亲尤文，他的盾外面多了一层罩子，所以我们没认出他的盾徽。艾克特把第一次和尤文较量的机会让给我，可不管怎么样，他是我的表亲、我的族人啊。我的矛准确无误地刺中了他的胸口，那里正好是他那件锁子甲上最薄弱的地方。”

“尤文死了吗？”

“嗯，那老家伙确实死了。对我来说，这简直太可怕了。”

亚瑟清了清嗓子。

“我想，这对尤文来说更加糟糕。”他说，“愿他能安息！假如他按照开头那位教士的话做，这么惨的事或许就不会发生了。”

---

① 米迦勒节（Michaelmas），纪念大天使米迦勒的节日，为9月28日。

“我从来没想过要杀他！他是奥克尼一族的表亲！你想，那个从南方来的道学先生拿着白色盾牌，他之前还拒绝和尤文共骑呢！”

“你说的是加拉罕？他是不是拿着一个素面盾？”

“没错，就是加拉罕。那不是素面盾，他经常拿着一面盾牌，听他说，那是亚利马太的约瑟的盾牌。徽纹是银底，上面印着的是一个红色的 T 形十字。我们后来才搞清楚，银底代表的是处子的纯洁，红色十字代表的则是圣杯……抱歉，我跑题了。”

“你刚刚说，你杀了尤文。”亚瑟强忍着不耐烦说。

“我和艾克特继续赶往另一座修道院，我们给那里的修士描述了梦里出现的马缰绳。我的天哪，那修士是吃素的！他激动地讲了一个杀人的老故事，想要我们悔改。我们胡编了一些借口，逃之夭夭。”

“他有没有说，你们运气不好，其实是因为你们只寻求杀戮？”

“有，他确实是这样说的。他告诉我们，蓝斯洛比我们善良多了，因为他很少要敌人的性命，特别是他压根儿就没参与这次探险。他还说，和我们一样倒霉的骑士不在少数，他们的罪行各种各样，艾克特了解的就有二十个。他说，杀人违背了这次远行探险的宗旨。我们只和他简单地聊了几句，趁他喋喋不休的时候就溜走了。”

“然后呢？”

“我们，就是艾克特和我，来到一座城堡，那里正在举行激烈的竞赛。我们加入了攻击方，打了一场漂亮的胜仗。就在我们强行加入、大家都兴致勃勃的时候，加拉罕来了。

恐怕只有无所不知的上帝才知道，到底是什么风把这小子吹来的。看样子，他不是来玩玩的，因为他加入了另一方阵营，把我们逼出城堡，然后把这个交给了我。”

加文碰了碰他身上的绷带。

“艾克特和他们是亲戚，所以没和他打，”加文解释道，“我可管不了那些，就和他打了，但就算在意那些又有什么用呢？他给了我一击，劈裂了我的头盔，铁制的防护帽粉身碎骨，没错，然后长矛擦了过去，我的马倒在了血泊里。我以基督的名义发誓，我就是这么玩完的。后来，我在床上躺了一个多月。”

“然后，你就回来了？”

“是的，回来了。”

“你的运气好像真的很差。”王后说。

“简直糟透了。”

加文注视着他手上的空杯子，过了好一会儿又高兴起来。

“我杀了巴德马格斯王，”他说，“我还没告诉你们那件事，刚刚讲故事的时候忘了。”

亚瑟一边认真地聆听，脑子则在飞速地运转。他看起来有些不耐烦。

“好了，该睡觉了，”他说，“你一定累极了。去睡吧，顺便好好想想。”

第二十九章

紧接着回家的是莱诺爵士，蓝斯洛是他的表哥。蓝斯洛有个叫艾克特的兄弟，还有两个表兄弟——莱诺和波尔斯。莱诺和加文有点儿像，脾气都很差，但他讨厌的并不是加拉罕，而是他自己的哥哥波尔斯。

“天杀的道德真是可笑，”莱诺说，“如果你能找到一个善良而固执的人，我就让你见识一下连天使也插翅难逃的麻烦到底是什么样。”

国王和王后和往常一样并肩而坐，认真地聆听这些旅人的故事。每当有骑士回来时，他们都会亲自送来点心和饮料，趁他吃东西时了解最新的消息。阳光穿过高处的彩绘玻璃，停留在他们之间的桌面，当他们的手在杯盘之间移动时，那些餐具就像是红宝石、翡翠或成簇的火焰。他们仿佛处在一个宝石的魔法世界，置身于一座连树叶都是珠宝的森林中。

“波尔斯是不是对道德感兴趣？”

“波尔斯一直是这样，该死的家伙，”莱诺说，“看来，这是我们家族的遗传。最开始是蓝斯洛，这已经很糟了，但波尔斯迟早会把自己逼疯的。波尔斯只发生过一次性行为，这件事你们知道吗？”

“是的。”

“的确是真的。而且，在这次寻找圣杯的探险过程中，他好像一直在学某种天主教义的进阶课程。”

“你的意思是，他在读经？”

莱诺的态度有些缓和。他是发自内心地喜欢他哥哥，但他也遇到了一场大危机，他们的兄弟情差点儿毁于一旦。现在他可以聊这件事，也有时间思考这件事，他渐渐明白了这场争执的另一面。

“不，你们千万别把我的话当真，”他说，“波尔斯是个好人，他是我们家族里最有希望成为圣人的人。他并不是很聪明，也有点儿虚伪，但他总有一些非常有价值的想法。在这次探险中，我确信上帝在试探他，但我不知道他能不能赢。以前，我甚至想杀了他。”

“还是从头开始说吧，”亚瑟说，“否则我们根本就听不懂。”

“我的故事没什么好说的。我和加文一样乱转，而且被几个修士当成了杀人凶手。我要告诉你们的是波尔斯的故事，因为我也是其中一员。”

“依我看，”莱诺说，“上帝是在考验波尔斯。看样子，他很快就要担任神职，所以他们要调查清楚，他是不是循规蹈矩。你们知道吗？在我看来，加文、我、艾克特和其他所有人都脱离了原来的轨道，因为一开始我们没办法告解。波尔斯第一天就去了，而且还进行苦修。他当着上帝的面发誓，只吃面包和水，穿衬衣、睡到地上，自然也不能和女士们上床——但他只做过一次。这就是他的问题。嗯，自从他把自己的生活变得有规矩后，奇迹发生了：首先，他开始看见幻象。他看到用血喂养幼儿鸟的鹈鹕，以及大鹅、渡鸦、腐木和一些花。这些东西都和他的神学有莫大的关系，他向我解释过，但我想不起来了。再者，有位女士求他救自己，因为她想逃离那名叫普里丹的爵士，他是位骑士。救出那位女士根本不是事儿，他可以趁机杀了普里丹爵士。有必要告诉你们一下，他是在我们较量结束后才告诉我这个故事，他，他本人坚决地把他当成了人生中的第一项考验。他打了个非常形象的比方，说自己好像在参加障碍马赛，栅栏一次比一次高。他的一颗心一直揪着，生怕搞砸后被送回马厩。如果他真的杀了普里丹爵士，那就完了，他们还会把他丢到场外的草地上，就像加文和其他人一样。他说自己没有把这件事告诉任何人，但这些栅栏就像雨后春笋一样，几乎在一夜之间出现在他面前，好像有人在监视他，但那个家伙无动于衷，不会说话，也不会给他任何提示，只是在一旁等着看他的笑话。所以，他没杀普里丹，只是尖声叫他认输，并且用剑身拍打他的脸，直到他连连求饶为止。就这样，他顺利地跳过了这些栅栏。尊敬的国王啊，你是不是觉得在这场探险当中，有东西在阻止我们杀人？没错，就是某种超自然的东西。是不是？”

“莱诺，就算之前你真的想杀死自己的亲哥哥，但我还是觉得你是个聪明人，”国王说，“请继续说吧。”

“嗯，接下来的考验和我有很大的关系，也就是我想杀他的原因。现在我觉得很抱歉，准确地说应该是刚刚才觉得抱歉。但是在当时，我并不明白。”

“第二项考验是什么？”

“你知道，波尔斯和我的感情一直很好。这次吵架其实是为了一件小事。在表达自己的爱意时，我们都坚持用自己的方式。波尔斯穿过森林的时候，正好遇到了两件事。其中一件是我，那时我赤条条地被人绑在马上，两个骑士骑在马上，一左一右用荆条没命地鞭打我。另一件则与一个少女有关，她被一个骑士追得骑着马疯狂逃窜，他想夺取她的贞操。这两件事发生的地方正好在相反的方向，波尔斯却只有一个人。”

“想想看，”莱诺爵士伤心地说，“有人用荆条抽打我，简直倒霉透顶。特昆爵士之前也打过我。”

“波尔斯最后的选择是什么？”

“波尔斯决定去救那位少女。后来，我和他交手时，问他天杀的是怎么想的，为什么丢下自己的兄弟不管。他的回答是，他确实很喜欢我，但那时我就像是一条脏狗，少女却还是少女。所以他觉得，他应该先救比较好的一方。我之所以想杀他，就是这个原因。”

“现在好了，我可以明白他的想法了，”莱诺又说，“据我所知，这是他的第二项考验，他必须做出一个艰难的决定。”

“我可怜的波尔斯，但愿他没有在这件事情上表现得过于虚伪？”

“他非常谦和。当时，这些考验经常突然从天而降，他会瞎猜一通，老是觉得自己猜错了——等他走出迷阵的时候才发现自己猜对了。他一直诚惶诚恐，想尽力把事情做到最好。”

“那么，第三项考验呢？”

“这些考验越来越糟糕。在第三项考验中，有个打扮成神父的男人来找他，说附近的城堡里有位少女，如果波尔斯不和她发生关系，她就会死。这个像神父的家伙还说，波尔斯之前已经选错了，去拯救那个少女，置自己的兄弟于不顾，不管我的死活；所以，现在他必须和这位少女触犯戒律，否则就会内疚而死。顺便提一句，那两个骑士把我扔在那里等死；后来，波尔斯以为我死了，于是把我的尸体埋在了修道院里。当然，我后来活过来了。”

“就像那个伪神父说的那样，城堡里确实有一位少女，那个故事也得到了她的证实。她说，如果我哥哥对她不好，魔法就会让她为爱而死。于是波尔斯发现自己只有两个选择，一个是犯下道德上的罪行，来拯救这位少女；另一个则是拒绝犯罪，眼睁睁地看着她丧命。他后来告诉我，他回忆起天主教义问答入门的一些内容，以及之前在卡美洛执行任务时提到的布道，最终得出了这样的结论：他只能对自己的行为负责，却无法为这位少女的行为埋单。于是，他拒绝了那位少女。”

桂妮薇开心地笑了起来。

“请接着往下听。那位少女貌若天仙，她带着十二位可爱的仕女，爬到城堡最高的塔楼上，口口声声说如果波尔斯不答应，她们就一起跳下来。她说她会逼她们跳，还说他只需要和她共度一晚就行了，既可以享乐，又可以救那些仕女，为什么要拒绝这样的好事呢？那十二位仕女惊恐地对着波尔斯大叫，让他可怜可怜他们。”

“我敢说，我哥哥非常矛盾。那些可怜的人害怕极了，又都那么美丽，而他只要不那么固执，她们的命就保住了。”

“接着呢？”

“她们全都跳楼了。”

“我的上帝啊，他应该感到羞耻！”王后嚷嚷道。

“话说回来，她们只是一群魔物而已。那座塔上下颠倒，瞬间消失得无影无踪，事实证明他们的确是魔物，包括那个神父。”

“我想，这件事是想说，”亚瑟说，“无论什么时候，违反道德的事绝不能碰，哪怕有十二条人命会因此而得救也不行。从教义的角度来看，我认为这是合理的。”

“我不知道教义是什么东西，我知道的是，就因为这件事，我哥哥的头发几乎变灰了。”

“这是好事。那么，第四项考验是什么？还有吗？”

“第四项考验是我，障碍到此结束。他把我留在修道院里等着下葬，却没想到我醒过来了；等我康复得差不多了，立刻骑马去找他。现在，对这件事感到非常抱歉——顺便说一下，我之前做了一些事，也想祈求你们的赦免。但是换位思考，如果是你们被亲兄弟丢下不管而被人打死，是不是太过分了？我之所以会那样做，原因很复杂，一部分是因为从壁炉上拿了某人的食物，一部分是因为不知道波尔斯到底有哪些经历，还有一部分则是因为在我失去知觉之前，正好知道他丢下我，让我听天由命——说真的，我痛苦极了，恨不得杀人。”

“我在森林里的一座礼拜堂找到波尔斯，就直截了当地告诉他，我是要来杀他的。我说：‘说你是重犯或叛贼一点儿也不过分，因为你是我们尊贵的骑士世家中最道貌岸然的一个。’波尔斯不想和我交手，所以我告诉他：‘如果你不出手，哪怕站在原地不动，我也会杀了你。’波尔斯说，他可以和任何人对战，但决不会和自家兄弟动手。他还说，在圣杯探险的途中他很少杀人，更别说亲兄弟了。我说：‘废话少说，我不管你能不能杀人，如果你要防守，我就和你决战；但如果你不还手，我也不会心软，总之我要杀了你。’我那时被愤怒冲昏了头。而波尔斯只是跪在我面前，求我原谅他。”

“现在我才知道，波尔斯做得对，”他继续说，“他寻找圣杯，反对杀戮，而我们是亲兄弟。他也非常勇敢。但是，当时我没办法了解这些事，只是觉得他很固执，所以当他跪在我面前时，我把他打得四脚朝天，还拔出剑来，要把他的脑袋砍下来。”

莱诺沉默了一分钟，看着身前的盘子，彩色玻璃在那里留下了一团明亮的宝石红，和一颗蛋的形状差不多。

“知道吗，”他说，“如果沉迷于道德和教条的只有你自己一个人，那还是挺不错的，但是，如果有别人掺和进来，应该如何应对呢？我想，在波尔斯跪下来让我杀他的那一刻，我就有了主意。不过，后来有个隐士突然冲出礼拜堂，挡在了我哥哥前面。他说，他一定会尽全力保护我哥哥。就这样，我杀了那个隐士。”

“什么，你杀了一个毫无还手之力的人？”

“国王，我非常抱歉，但这是真的。要知道，当时我正在气头儿上，怎么可能让这家伙阻止我杀波尔斯呢？在我力所能及之处，我也只是一个普通人罢了。既然他们用某种道德武器来阻拦我，我除了用武器去对抗之外，还有其他的选择吗？在我看来，波尔斯是以一种不公平的方式和我对战，而这隐士明显是在维护他。我觉得，他是在用自己的意志和我的意志对抗，如果他要救那个隐士，很简单，抛弃他的固执、站起来和我对决就行。我不确定他们明白我的意思，总之一句话，那个隐士是死应该算在他头上，与我无关。”

“当时，我可能只是一时之气，”过了一会儿，莱诺承认，“不管是谁，当然知道自己应该怎么搞。我想打，而且肯定会竭尽全力地打。我说，如果那个隐士不死，死的就是波尔斯，而我确实是这样打算的。你们应该能想到当时的情况吧？最准确的说法就是怒不可遏。”

大厅里变得静悄悄的，令人忐忑不安。

“还是让我把故事讲完吧。”他说，看起来有些尴尬。

“好吧。”

“嗯，波尔斯让我杀了那个隐士。他只是躺在地上要我饶了他一命。我更加生气了，一部分是因为羞愧。我举起剑，刚要砍掉我兄弟的脑袋时，高尔的卡格凡斯爵士来了。他站在我们之间，对我吐口水，指责我不该杀害自己的亲兄弟。这时，我看见自己脚下沾满了那个隐士的血，他的话点醒了我，于是我丢下波尔斯，找上卡格凡斯爵士。我三两下就解决了他。”

“波尔斯在做什么？”

“我可怜的波尔斯。我实在不愿去想，他那时到底是什么感觉。他再一次留在自己的围墙里，瞧，你只要放下固执，另一个人就会得救。他已经亲手杀死了那个隐士，很明显是因为他的固执；而我现在就要杀了无辜的卡格凡斯，谁让他想帮助波尔斯呢？卡格凡斯也一直哭着对他说：‘起来啊，为什么要我做你的替死鬼？’”

“这是消极抵抗，”亚瑟看起来非常感兴趣，“这是一种新式武器，但用起来不太容易，请继续吧。”

“嗯，我在一场公平的对决中杀了卡格凡斯。我很抱歉，但这的确是事实。然后，我回头找波尔斯，想解决这件事。他用盾遮住自己的头，但是并没有挣扎。”

“然后呢？”

“上帝出现了，”男孩严肃地说，“他站在我们中间，吓了我们一大跳，我们的盾牌再次燃烧起来。”

随之而来的是很长一段静默。亚瑟早就期待着某些事，并且一直对那些事怀着恐惧之情；现在，他消化着这些食物掀起的第一波浪潮。

“嘿，听过了吗，”莱诺说，“波尔斯祈祷了。”

“然后上帝就现身了？”

“我不知道到底发生了什么事，但是异象确实出现了，阳光撒在我们的盾牌上时燃起了熊熊烈火。我们不再争执，开始哈哈大笑起来。我看着波尔斯，觉得他是个大傻瓜；他亲了我一下，所以我们就和好了。接着，他把自己的故事告诉我，和我刚刚告诉你们的一样；说完，他坐上一艘蒙着白色绸缎的魔法船走了。所以我觉得，能找到圣杯的人，只有波尔斯。我的故事讲完了。”

他们一言不发地坐在那里，意识到要谈论属灵的事并没有那么容易，最后，莱诺爵士来了一段结束语。

“在波尔斯看来，这一切好极了，”他发着牢骚，“但是那隐士呢？卡格凡斯爵士呢？为什么上帝没有救他们呢？”

“神的旨意，谁能明白呢？”亚瑟说。

桂妮薇说：“没有人知道他们过去是怎么回事。这些杀戮对他们的灵魂没有任何损害，说不定，这样的死法会对他们的灵魂有所帮助。上帝之所以让他们这样死去，或许是因为对他们而言，这是最好的安排。”

第三十章

回来的人当中，第三位重要人物是阿格洛法爵士。直到午后，他才来到宫廷，此时，宝石红的彩光已经离开桌面，倾泻到了墙上。这个年轻的小伙子长得不仅漂亮，而且非常高贵，幽默感十足，目前只度过了他生命中的第十九个夏天。

“加文在吗？”阿格洛法问，“莫桀和阿格凡去哪儿了？”

他在大厅里东张西望，期望看到他们的身影。在他头顶上方，那些彩色光束最终在一块小而朴素的绣毯上聚集，毯上绣的是几位穿着锁子甲的骑士。他们头上戴着上漆头盔，连着鼻甲，正在拼命地追一只熊。

亚瑟说：“阿格洛法，他们确实在这里。我的快乐完全取决于你。”

“我知道。”

“你是不是想杀死他们？”

“我要先杀了加文。在寻找圣杯之后这么做，是不是很奇怪？”

“没什么，阿格洛法，对你来说，向奥克尼一族复仇是天经地义的。如果你这样做，我保证不会说一个‘不’字。但我想说的是，你要知道自己在做什么。你父亲杀了他们的父亲，而你的弟弟和他们的母亲同床共枕——嘘，先别着急说话，让我提醒你事实是什么。后来，奥克尼一族杀了你父亲和你弟弟，而现在你要找奥克尼族人报仇雪恨，这样延续下去，以后加文的儿子一定会去杀你的儿子。北方的律法就是这样。

“但是，阿格洛法，我正在为在不列颠建立新的律法而努力，目的就是彻底消灭屠杀下一代的残忍行为。你有没有想过，这对我来说多么艰难？不是有那么一句俗话吗？以牙还牙，于事无补。我可以给他们安一个谋杀你弟弟的罪名，然后处死奥克尼一族，但是你确定要这样做吗？”

“确定。”

“也许我该这么做。”

亚瑟习惯性地盯着他的手，因为他一遇到麻烦，就会这样做。

然后他说：“可是，你了解奥克尼一族在家里的样子吗？他们可没你们好运，有一个幸福快乐的家庭。”

阿格洛法说：“你觉得我过得很快乐吗？你难道不知道，我母亲几个月前去世了吗？还有，我父亲从来没有叫过她的名字，只会叫她小猪。”

“对不起，阿格洛法。我并不知道这些事。”

“国王，大家总是嘲笑我的父亲。我清楚得很，我父亲没什么太大的本事，但他绝对是个好丈夫，是这样吧？不然的话，在我父亲去世后，我母亲怎么可能孤独而死呢？国王，我母亲原本是一个热情外向的人，但自从我父亲和拉莫瑞克被奥克尼一族杀死后，她就渐渐失去了活力。现在，她终于和我父亲团聚了。”

“阿格洛法，你必须做你认为对的事。根据我的了解，你是个地地道道的派林诺汉子，你绝对会这样做。我不会强迫你同意我的看法，但是你答应我三个条件吗？第一，我没有处罚加文，但这并不妨碍我打心眼儿里敬佩你父亲，他是位了不起的骑士；第二，奥克尼一族都非常仰慕自己的母亲，深爱着她，但她爱的只有她自己；第三，我亲爱的阿格洛法，说实话，在利用手边最好的人才方面，国王只能尽最大的努力。”

“抱歉，我不太明白你所说的第三件事。”

“你认为世仇是件好事吗？”亚瑟问，“你们两家会因此而快乐吗？”

“并不全是。”

“如果我想遏止彻底改变世仇这种规则，你觉得加文等人会乖乖地服从吗？”

“我懂了。”

“如果我将奥克尼一族全都杀死，又有什么用呢？阿格洛法，我们会失去三个朝夕相处的骑士，而他们一直过得很不快乐。所以，你明白了吧？你就是我全部的希望。”

“让我好好想想。”

“你是要好好想想。无论发生什么事，三思而后行总不会错。去做你认为对的事情吧，不用考虑我。你是派林诺家的人，所以我知道，最后的结局一定是一个圆满的大结局。现在，可以讲讲你的圣杯探险故事吗？今天晚上，让奥克尼一族的事见鬼去吧！”

阿格洛法重重地叹了口气说：“我听说，到目前为止，所谓的圣杯探险压根儿就是一个骗局。不过，我已经失去了一个妹妹，也许还少了一个弟弟。”

“你妹妹死了吗？我可怜的孩子。我还以为，她在修女院好好的呢！”

“他们在某艘船上发现了她的尸体。”

“在船上？”

“没错，那是一艘魔法船。她手里捏着一封长信，里面讲的都是圣杯探险和我弟弟帕西的事。”

“我们的问题会让你觉得痛苦吗？”

“不会，我正好想找人聊聊这件事。我还有多拿尔。再说，帕西一直是个大名人。”

“帕西爵士做什么了吗？”

“还是从头开始吧，先说说那封信的事。”

“你们都知道，”阿格洛法爵士说，“在我们整个家族中，帕西和我父亲最像。他个性温和而谦卑，是个小迷糊，还动不动就害羞。他在信中写道，他在那艘魔法船上碰到波尔斯时觉得心里七上八下的。你知道，他是位处子骑士[①]，和加拉罕一样。以前，每次看见他和父亲在一起时，我都会觉得他们真是一对好父子。比方说，他们都很喜欢动物，并且和动物相处得非常和谐愉快。之前，父亲有寻水兽，而帕西离家后，接触最多的就是狮子。帕西和父亲一样仁厚朴实，有一天，他们想要将一把神圣的剑从鞘里拔出来——我说的是那艘圣船上的三个人。第一个尝试的是帕西。当然，他最后失败了——风光的事情总是会留给加拉罕。但令人意外的是，他失败后显得非常淡定，高仰着头看了看四周，然后说：‘我承认，我失败了！’不过，这是后话。

① 处子骑士（Virgin Knight；maiden knight），指的是无罪的骑士，只有这样的骑士才有可能找到圣杯。

“信上提到的是帕西在离开瓦庚后的第一次冒险，他和蓝斯洛爵士结伴而行，后来又碰到了加拉罕爵士。他们和他用长矛较量了一番，结果却都被加拉罕打下了马。后来，帕西和蓝斯洛分手，到一个隐士的住处告解。隐士提了一个建议，让他和加拉罕一起去古斯或卡波涅克，但绝不能惹他。事实上，那时候帕西疯狂地崇拜着加拉罕，所以欣然接受了建议。他飞快地骑向卡波涅克，在那里穿越森林的时候，修道院的钟声传了过来，他正是在那里碰见四百多岁的艾弗列王[①]的。我对艾弗列的事了解得不多，所以就不多说了。我觉得，只有圣杯重见天日，这个老人才会死。后来，在卡波涅克，帕西遭到了八个骑士和二十个武装的男人的围攻，在危急关头，加拉罕从天而降，救了他一命。他的马却死了，但没等到天黑，加拉罕就骑马走了。”

“你知道，”莱诺犹豫地说，“做一个圣洁的常胜将军确实不赖，加拉罕当个处子骑士也没什么错，但你们有没有觉得这家伙太冷酷吗？他不想说恶毒的话，但他的行为让我毛骨悚然。他救了帕西，然后一声不吭地骑着马高傲地离开，说句‘早安’之类的又能怎么样呢？”

亚瑟一言不发，那个年轻人还在继续讲他的故事。

“帕西打算听老人的话，和加拉罕同行。但加拉罕已经骑马走了，这可怜的老家伙只能跟在屁股后面叫喊着：‘嘿！’他想借一匹马，却四处碰钉子，好不容易才弄到，拼命地追加拉罕。后来，他被一个骑士打下马，所以只能步行，离加拉罕越来越远。说到这里，我不得不承认，我们家族真的没

① 艾弗列王（King Evelake），即亚法隆之王，克尔特传说中的冥神，后来将重伤而死的亚瑟带到了塞尔特传说中的天堂亚法隆。

有大英雄。这时候，一位女士出现了，他们后来才知道她是个精灵，而且是个坏精灵。她热情地问他要去做什么，帕西说：‘我不是要做好事，但也不是去做什么坏事。怎么样？’于是，那位女士借给了他一匹黑马，但他后来才发现她有魔法。那天晚上，帕西恰好对着自己画了个十字，然后那匹马就奇迹般地消失了。当时，他在某个沙漠里行走，从一条大蛇口中救了一只狮子，并和它做了朋友。我早就说过，帕西一直很喜欢这些不会说话的朋友。

“后来，一位非常漂亮的仕女带着一整套野餐用具出现，热情地邀请帕西共进晚餐。当时正好在沙漠里，再加上其他原因，他饿得肚子咕咕直叫，而且他不太会喝酒，所以他在那场晚宴上玩得非常开心，我觉得他有点儿激动。结果，他开怀大笑，有点儿兴奋过度，所以要求那位女士——呃，你们应该能猜到我要说什么吧？那位女士答应了，但随后事情就有了好转，因为帕西把剑放在地上，他看到剑柄末端的十字架时又对自己画了个十字，却不小心把帐篷弄翻了。只见，那位女士身后的水开始熊熊燃烧，她吼叫着爬到一艘船上，逃走了。

“帕西觉得羞愧不已，而且第二天早上头疼得快要爆炸了，所以他把剑扎进大腿，当作是对自己的惩罚。接着，那艘圣船登场了，而且波尔斯就在船上。他俩一起航行，船去哪里，他们就去哪里。”

桂妮薇说：“如果这艘船的目的地是圣杯所在之处，那波尔斯在船上的事就很好解释了，因为我们知道他通过了一些可怕的考验。但我不明白的是，为什么帕西爵士也行呢？抱歉，阿格洛法爵士，请原谅我的无礼，但是你弟弟确实什么都没做呀。”

“他保住了自己的童贞，”亚瑟说，“他和波尔斯一样纯净，哦，不，应该是更纯净。他是个纯真的小伙子，上帝说过，会把受苦的孩子送到他面前。”

“这个糊涂的家伙。”

亚瑟生气了。

“上帝让某些人的天堂之路崎岖，但是没关系，只要爬上去就行，”他反驳道，“如果他是慈悲的神，我不觉得有什么不妥。阿格洛法爵士，请接着聊那封信吧。”

“就在这时，我妹妹也来了。你知道她是个修女，而她们第一次为她剃发时，眼前出现了一个幻象，让她们把那些头发收在一个盒子里。我妹妹受过教育，一直致力于宗教研究。帕西和波尔斯上船的时候，修道院里出现了新的幻象，要她去做几件事。首先就是找加拉罕爵士。

“我妹妹找到加拉罕的时候，他刚打败加文爵士，在卡波涅克附近的一个隐士家借宿。她叫醒他，帮他穿上铠甲，一起骑到可利比海，在一座坚固城堡的另一头，一艘神圣的船赫然伫立在他们面前，波尔斯和帕西就在船上。他们所有人一起航行，在位于两座高耸岩石中间的凹坑里发现了另一艘船。不是什么人都能上那艘船，船上的卷轴上写得清清楚楚：只有具有纯净信仰的人才能上船。于是，加拉罕带着他那令人难以忍受的自信，自顾自地上了船。他们紧随其后，上船后发现了一张华丽的床，上面摆放着一顶丝制王冠和一把半出鞘的剑。那是大卫王[①]的剑。他们还看见了三个魔法

① 大卫王（King David），圣经中的人物，曾打败过巨人歌利亚的以色列王。

纺锤，是用伊甸园里的树做成的，以及两把较差的剑，要给帕西和波尔斯。毫无疑问，那把重要的剑是专门给加拉罕准备的，剑柄上刻着两只怪兽的肋骨，是蛇妖卡利东和鱼怪尔塔纳[①]，末端的圆球是用好看的石头做成的，剑鞘则是用蛇皮做的；剑的一面像鲜血一样红，但剑带的质地一般，只是普通的麻料。

“我妹妹按照指示，带着装着头发的盒子来找加拉罕，并用那些纺锤将盒子里的头发织成了一条新的剑带。她从书中得知了这把剑的来历，全部告诉了他们，还有那些纺锤为什么是用五颜六色的木头制成的[②]。最后，那把剑就落到了加拉罕手中。她是个处女，而她用处子之木制成的纺锤将自己的头发织成剑带，整理好这把剑。然后，他们回到第一艘船上，向卡利西[③]驶去。

“在开往卡利西的半道上，他们救了一名被几个恶徒关在自己城堡里的老人，他们交手的时候杀了很多有罪之人。对此，波尔斯和帕西都非常生气，但加拉罕说，那些人没有受洗，就算杀了也没什么大不了的，后来也发现她们确实没受洗。于是，城堡的老人连连请求，因为他想死在加拉罕怀里，加拉罕还是允准了，一副鼻孔朝天的样子。

“他们抵达卡利西时，看见了另一座城堡，它的主人是一位得了麻风病的女士。医生说，要想治好这种病，唯一的

① 蛇妖卡利东（Calidone）、鱼怪（Ertanax），都来自《亚瑟之死》，是怪物。

② 在马洛礼的《亚瑟之死》中，这些织梭由夏娃在伊甸园生命之树上采摘果实的那根树枝制作而成。

③ 卡利西（Carlisle），英国地名，位于英格兰西北部，有人认为亚瑟的宫廷就在这里。

方法就是：找到一位具有王室血统的处女，在大碗里盛满她的血，让这位女士在里面沐浴。所以，经过这条路的人都会被城堡里的人放血，而我妹妹无疑是最合适的人选。他们三个骑士想尽办法保护我妹妹，但那天晚上，得知放血的原因后，我妹妹说：'一个人死总比两个人死强。'她提出，只要他们停手，她就答应放血，所以第二天他们就这么做了。她先为医师祝福，并且留下口信，如果她死了，就把遗体放在圣船上，带着这封信往外漂流。后来的事情你们都知道了吧？她在手术的过程中死了。"

阿格洛法爵士接受了众人的吊唁和感叹后，慢慢地走向楼上的寝室，站在国王身边。那时，大厅很暗，耀眼的光芒已经没了踪影，仿佛从来没有出现过一样。

"嗯，"他不好意思地说，"可以帮我一个忙吗？明天请奥克尼一族共进晚餐。"

在昏暗的微光中，亚瑟仔细地打量着他，笑得开心极了。他笑着亲吻阿格洛法，泪水却打湿了眼底。他说："从现在开始，派林诺又回到我身边了。"

第三十一章

伟大的湖上骑士还是没有任何消息。无论他身在何处，他的名字都可以温暖所有人的心，对女性来说更是如此。他成了一位大师级人物，和戴普大叔从前在他心目中的地位一样。如果你有学习飞行的经验，或者曾经向伟大的音乐家或剑客拜师，只要想想那位老师，就会知道卡美洛的人对蓝斯洛的看法了。他的成就确实伟大，所以他们甚至愿意为了他而死。而现在，他凭空消失了，没有人知道他在哪里。

那些还活着的人陆续回来了——帕洛米德，他已经受了洗，差点儿被寻水兽烦死了；为了赢得伊索德的爱，他和崔斯坦爵士之间展开了一场漫长而充满诗情画意的角逐，也因此而逐渐老去；格鲁莫·格鲁穆森爵士，已经快八十岁高龄了，脑袋就像是一个锃亮的灯泡，深受痛风的折磨，却仍然坚持远行探险；凯伊的眼神中充满了热情，有事没事就爱讽刺别人；迪纳丹爵士，虽然困得眼睛都快闭上了，但还是会用开玩笑的口吻讲自己惨败的事；还有野森林城堡的老艾克特爵士，已经八十五岁了，连走路都困难了。

和他们一同回来的是折断的武器和传言。有人说，加拉罕、波尔斯、另一个艾克特和一名修女参加了一场神奇的弥撒，主祭的是一只羔羊，助祭的则是一个人、一头狮子、一只鹰和一头牛；弥撒结束后，那只主持弥撒的羊穿过教堂一面窗户上的彩色玻璃羔羊，却没把玻璃弄破，这是无玷受胎的象征。还有人绘声绘色地讲述了加拉罕是如何无情地对付一只墓穴里的魔物、冷却欲念之井、打败麻风病女士的城堡的过程。

这些甲胄生锈、盾牌伤痕累累的人在很多地方亲眼见到过蓝斯洛。他们说，一个穿着铠甲、像丑八怪一样的男人对着路旁的十字架虔诚地祈祷；他们说，在皎洁的月光下，一张疲惫的脸枕着盾牌进入了梦乡。还有一些令人难以相信的事，说蓝斯洛被人打下马，跪在地上苦苦求饶。

亚瑟问了几个问题，派出使者，默默地为他的司令官祈祷。桂妮薇正在崩溃的边缘，稍不注意，就可能说出危及她自己和她的爱人的话，或者做出一些难以弥补的事。最先退出圣杯探险的人是莫桀和阿格凡，此刻，他俩正瞪着明亮的眼睛耐心地等待着；他们一动不动，和伊丽莎白女王议会里的伯利爵士①非常像，也像狡猾的猫一样死死地盯着老鼠洞。

人们纷纷传言，蓝斯洛死了。传言是这样的：他是被一位黑骑士杀死的，就在某个浅滩上；他和自己的儿子比试长矛，最后把脖子弄断了；他输给自己的亲生儿子后疯了，骑着马到处乱跑；他的铠甲被一个神秘骑士偷走了，所以他被野兽吃了；他和二百五十个骑士对战，结果成了俘虏，像狗一样被吊了起来。大部分人相信并暗指，他睡觉的时候被奥克尼一族杀死了，埋在一堆树叶底下。

骑士团惨败，起初是成群结队地回来，接着是一次回来

---

① 伯利爵士（Lord Burleigh），1558—160三年担任伊丽莎白一世的首席顾问。

一个，最后是要过很长一段时间，才会有一两个回来。失踪的人不是筋疲力尽地回来，就是有可靠的报告证明他死了，所以贝第维爵士整理的死亡及失踪名单渐渐变成了一张真正的死亡名单。与蓝斯洛相关的耳语中，开始出现“死亡”这个字眼。几乎所有的人都喜欢他，所以那些说话的人只能私底下嘀咕，生怕自己的声音大了，就会把这件事变成真的。不过，他们小声地谈论起了他的善良和与众不同的外貌，以及他打的那些漂亮仗，还聊起了他的滑腿打法。对几个卑微的见习骑士和厨房女仆来说，他亲切的微笑或他在圣诞节赏的小费仍记忆犹新。他们明明知道这位了不起的司令官可能连他们的名字都记不住，却仍然连枕头都哭湿了。凯伊一边抽鼻子，一边宣称自己一直是个刻薄的无赖，然后擤鼻涕迅速走出房间，看得大家目瞪口呆。整个宫廷里都弥漫着一股紧张的气氛，似乎世界末日就要到来。

过了很久，蓝斯洛在一场暴风雨中回来了，浑身湿淋淋的，看起来缩小了许多。他牵着一匹白色的母马，那马已经年迈,压根儿跑不动了。跟在他们身后的是乌黑的秋日云朵，而马已经瘦得皮包骨，肋骨突出的雪花白和其间的靛蓝暗影形成了鲜明的对比。在他出现前,宫殿里所有的城垛和塔楼，还有正门的吊桥上到处都是人，他们眼巴巴地等待着他的身影，在沉默中议论纷纷、指指点点，我想，当时一定是某种魔法、某种读心术或者直觉起了作用。他们一看到疲惫不堪的人影穿过猎场远方的树林，就开始交头接耳。白马旁边，那个红彤彤的人影就是蓝斯洛。太好了,他安然无恙！那么，他的冒险结局如何呢？还没等他开口，所有人都明白了。亚瑟发疯似的奔跑，把所有的人都叫了进去，把城垛空出来，让那个男人好好说话。因此在那人影回来之前，已经没有人等在那里刺激他了，等待他的只有敞开的正门和背驼得像虾米一样的戴普大叔，他是特意来帮他牵马的。窗帘后至少有几百双眼睛，用好奇的目光看着那个筋疲力尽的男人把缰绳递给他的侍从；看着他埋着头，一直没有抬起来；看着他转身朝自己的房间走去，在塔楼阶梯的黑暗中消失。

两小时后，戴普大叔走进了国王的卧室。他已经服侍蓝斯洛睡觉。他告诉国王，蓝斯洛那件绯红色的长袍下是一件洁白的衬衣，而衬衣下的是一件发织衬衫，可怕极了。蓝斯洛爵士让他转告国王，说他实在太累了，请国王见谅，他明天就会去找国王。但是，重要的消息可不能延误，所以他让戴普大叔告诉国王，圣杯已经找到了，是加拉罕、波尔斯和帕西法三个人的功劳。他们带着圣杯和帕西法妹妹的遗体，已经去了巴比伦的萨拉斯。圣杯不能带到卡美洛来。然后，波尔斯就会回家，但其他人再也不会回来了。

第三十二章

为了这个场合，桂妮薇精心打扮了一番。她化了很难看的妆，而且看起来完全没必要。她已经四十二岁了。

看见她站在亚瑟身边，在桌边等他的时候，蓝斯洛顿时觉得心脏破了个洞，浓烈的爱意在身体里涌动。那份爱对他来说是如此熟悉，还记得那时她还只是一个二十岁的少女，骄傲地站在王座旁，脚底下跪着献给她的俘虏；现在，人还是那个人，妆扮却大不相同，妆化得糟糕透了，而且身上的丝绸衣裳的颜色过于鲜艳，她原本是想用这些外在的东西与命运抗争，结果却事与愿违。在他眼中，她是个热情而纯洁的年轻灵魂，却遭到了身体的背叛，血肉变成了青森骸骨。他不仅没有觉得那身张扬的华服俗不可耐，反而觉得十分贴心。现在，那个女孩就在他面前，在他看来，那胭脂的残垣断壁之后的她仍然魅力无穷。她勇敢地宣称：任何人都不能打败我！在拙陋的媚态和有些轻佻的服装底下，有个声音正在大声地喊着“救命”。那双年轻的眼睛里充满了疑惑：没错，就是我，我就在你面前，他们对我做了什么？我决不会认输！她一部分的灵魂深知，这股力量让她无法动弹，让她痛恨不已，所以只能用眼睛去拥抱她的爱人。她的眼睛似乎在说话：别看这些东西了，看着我，我还在这里，就在这双眼睛里。看着正在囚牢里的我，救救我吧！而她的另一部分灵魂说：我一点儿也不老，这一切只是幻觉而已。我打扮得多好看啊！瞧瞧，我的一举一动和年轻人有什么区别，我一定会打败命运的。

蓝斯洛眼中只有一个灵魂，就是那个被判罪的无辜孩童，用染发剂和橙色的绸衣来保住自己不堪一击的地位；为了取悦他，她弄来了这些东西，而她又是多么害怕啊！他看到：

那热辣辣的小手
朝云端紧握，决不屈服
如此的骄傲，将使命定失败的主角
与命运的魔掌搏斗。

亚瑟说："你休息好了吗？还好吗？"

"见到你真是太高兴了。"桂妮薇说，"你能回来真好。"

站在他们面前的是一个态度沉着的人——和吉卜龄[1]描述的吉姆一模一样。他们看到的，是个全新的蓝斯洛，沉默寡言，而且有很强的洞察力。他正站在灵魂的高度，朝他们走过来。

蓝斯洛说："谢谢你的关心，我已经好得差不多了。我想，你们一定对圣杯的事感兴趣。"

国王说："也许我的确很自私，没让大家进来。我们会把故事一五一十地记录下来，存放在索尔兹伯里的教堂圣油柜里。但是蓝斯，我们想在不受任何影响的前提下，先听你说。"

"你确定休息好了吗？"

---

① 吉卜龄（Joseph Rudyard Kipling），英国小说家，《吉姆》（*Kim*）是他的一篇小说，出版于1901年。

蓝斯洛微笑着握着他们的手。

“有什么可说的？”他说，“不管怎么说，又不是我找到圣杯的。”

“行了，坐下来，先填饱肚子再说。瞧你都瘦成什么样了！”

“想要香料甜酒还是洋梨酒？”

“不用了，谢谢你，”他说，“我现在不想喝酒。”

国王和王后分别坐在他的两边，看着他狼吞虎咽。他还意识到自己要盐（他的手指刚刚伸出来拿盐）的时候，他们就已经把盐递了过来。他开玩笑说他们太严肃了，让他觉得不自在，还把杯子里的水当作圣水，洒向亚瑟，就是想让他们笑笑。

“你们喜欢圣徒的遗物吗？”他问，“如果喜欢，就把我的靴子拿走吧。要不了多久，它就要烂了。”

“蓝斯洛，千万别拿这件事开玩笑。我知道，你一定亲眼见过圣杯。”

“即便如此，你们也用不着帮我递盐啊！”

但是，他们并没有笑，仍然一本正经地看着他。

蓝斯洛说：“请记住，找到圣杯的人是加拉罕和其他人。我哪有那样的资格啊？所以，你们不要大惊小怪的，而且这明显是在羞辱我。哦，对了，一共有多少位骑士回来了？”

“一半，”亚瑟说，“他们的故事我已经听说了。”

“依我看，你们知道得已经比我多了。”

“我们只知道，那些杀人和不愿和解的人被赶了回来。你说，真正有资格的人是加拉罕、波尔斯和帕西法。听说，加拉罕和帕西法是处子骑士，而波尔斯虽然不算处子，最终却成了顶尖的神学家。在我看来，波尔斯的资格来源于他的教义，帕西法的资格则来源于他的纯真。至于加拉罕嘛，我只知道一件事，所有人都很讨厌他，此外一无所知。”

“讨厌他？为什么？”

“因为他不近人情。”

蓝斯洛看着杯子，陷入了沉思。

“他确实不近人情，”过了好一会儿，他才说，“但我不明白的是，他为什么一定要有人情味呢？你认为天使有人情味吗？”

“你想说什么？”

“你觉得,如果现在大天使米伽勒站在你面前,他会说‘今天天气真不错！想要杯威士忌吗’这样的话吗？”

“应该不会。”

“亚瑟，听到这些话时，千万别觉得我无礼。要知道，我之前去了荒凉的怪地方，有时候觉得非常孤独，有时候则坐在一艘船上，只有上帝和惊涛骇浪陪伴着我。你知道吗，我回来后和其他人在一起的时候差点儿就疯了,不关海的事，而是因为人。这些人像讨厌的苍蝇一样整天围着我，糟糕的是,我居然慢慢忘记了自己已经得到的所有东西。对我而言，这一切完全是在浪费时间，就连你和珍妮说的话也是，觉得这只是奇怪的噪声，毫无意义。你明白我在说什么吗？‘你好吗？’‘快请坐。’‘天气真不错！’这些有什么可说的？我觉得，人说的话太多了。我之前去的地方，也就是加拉罕待的地方，‘礼貌’是在浪费宝贵的时间。只有人和人之间才用得着礼貌，因为它具有让枯燥无趣的工作变得有条不紊的魔力。你应该听说过，‘礼貌能造就人品’，却无法让人离神更近一步。在那些对加拉罕唠叨个没完的人眼中，他似乎是一个不太近人情的人，而且粗俗无礼，等等。他的灵魂已经离我们远去，活在孤岛上永远地与寂静和永恒相伴。”

“是的，我明白了。”

“我只是想把我的感觉说清楚，所以请不要认为我很无礼。要是你们去过圣派翠克的炼狱[1]，就一定能明白的意思。凡是从那里出来的人，都会觉得人很荒谬可笑。”

“我真的了解了，也明白了加拉罕是什么样的人。”

“他是一个多么可爱的年轻人啊！我和他在一艘船上共处了很长一段时间，所以我非常清楚。但要申明一点，我的意思并不是说，我们一直要把船上最好的座位让给对方。”

“我知道了，这其实也是所有骑士不喜欢他的原因。不过，蓝斯，还是先说说你自己的故事吧，加拉罕的故事就先放在一边吧。”

“没错，蓝斯。快说说你碰见了什么，别管那些天使了。”

“既然我没有碰到天使的资格，”蓝斯爵士微笑着说，“那没办法，除了讲讲我的故事之外，我还能做什么呢？”

“接着说吧。”

“我离开瓦庚的时候，”这位首席司令官又开始侃侃而谈，“脑子里突然蹦出了一个狡猾的想法，那就是找圣杯应该从佩雷斯国王的城堡下手……”

突然，桂妮薇动了一下，所以他停顿了一小会儿。

“我没去那座城堡，”他温柔地说，“因为一件意料之外

---

① 圣派翠克的炼狱（St.Patrick’s Purgatory），位于爱尔兰湖中的一座小岛，是古代著名的朝圣地点。相传，有个爱尔兰人对圣派翠克说，只有找到真凭实据，他就不会相信上帝。于是，圣派翠克向上帝祈求，上帝满足了他的愿望，在这座岛上揭开了炼狱的神秘面纱。

的事情发生了，随后，我就被带到了后来去的地方。”

“怎么回事？”

“准确地说，应该不算是意外。加诸在我身上的训诫中，这只能算是第一轮打击而已，我觉得特别庆幸。你知道吗？我可能会经常提到上帝，而这会冒犯那些不敬神的人，就像对那些敬神的人说‘该死的’是冒犯一样。那么，我应该怎么做呢？”

“你可以把我们全都看作敬神的人，”国王说，“接着讲那场意外吧。”

“我和帕西法爵士并肩而骑，碰到了我的儿子。他一出手，就把我打下马了，这就是我儿子做的好事。”

“是突然袭击。”亚瑟脱口而出。

“不，那场比试很公平。”

“你肯定不想打败你的儿子。”

“错，我一直想击败他。”

桂妮薇说：“不管是谁，都有运气不好的时候。”

“我骑着马冲向加拉罕的时候，拼尽了全力，最后却还是落马了。你知道吗，这是我长这么大最了不起的一次落马。”

“事实上，”蓝斯洛笑了笑，补充了一句，“说真的，他是有史以来把我打下马的几个人之一。还记得，当我躺在地上的一瞬间，我的第一个感觉居然只是惊奇。直到后来，那股惊奇才慢慢发生了变化。”

“怎么了？”

“我躺在地上，加拉罕骑着马站在我旁边，默默地看着我。我们对战时，一个女隐士出现了，她就住在那片荒地上。她对我行了一个宫廷礼，说：‘全世界最伟大的骑士，愿上帝与你同行。’”

蓝斯洛看着桌子，做出敲击桌巾的手势，然后清了清嗓子，说：“我仰起头，想看看和我说话的是谁。”

国王和王后竖着耳朵聆听着他的答案。

蓝斯洛再次清了清嗓子：“如果你明白我的意思，就知道我想说的并不是冒险，而是我的灵魂。所以在这件事情上，请原谅我没法谦虚。我知道我不是什么好人，但战斗一向是我最拿手的。对我的恶德来说，心里一面想着——知道自己是全世界最杰出的骑士，有时也是一种莫大的安慰。”

“还有呢？”

“嗯，那位女士不是在对我说话。”

虽然不明白蓝斯洛的意思，但他们还是默默地接受了，同时眼睛一眨不眨地盯着他右嘴角开始抖动。

“加拉罕？”

“没错，”蓝斯洛爵士说，“这位女士径直看向我的儿子，就像没看见我一样。她刚说完，加拉罕就慢步走了，于是那位女士也离开了。”

“这个恶心的家伙！”国王大声嚷嚷道，“简直太下流了！她肯定早有预谋，就是为了侮辱你。为什么不狠狠地鞭打她一顿？”

“她说的都是实话。”

“很明显，她是故意要说给你听的。”桂妮薇大叫着，“再说，你只是落马了一次而已……”

“现在，我更加敬神了，”蓝斯洛坦承道，“但我无法忍受这件事，觉得我的支柱被别人拿走了。我明白，她说的其实只是一个简单的事实，我的心却似乎已经碎成了玻璃碴。所以我独自一人离开了帕西法，像一只受伤的动物一样。帕西法说想做点儿什么，但我只是说：‘随你的便。’我怀着沉重的心情离开，骑着马漫无目的地走，只想在某个地方自己把心扯碎。后来，我走进了一间礼拜堂，瞬间觉得自己又快崩溃了。亚瑟，你看，我有很多事想不明白，这似乎是一个著名的骑士为了虚名而必须付出的代价，而当这虚名消失的时候，我觉得自己一无所有。”

“你的一切都好好的。你还是全世界最了不起的骑士。”

“有意思的是，那礼拜堂居然没有门。但不知道为什么，我就是进不去，这大概是因为我有罪，或者当时因为心碎而愤愤不平。我睡在外面，用盾牌当枕头，做了个梦。在梦中，我看见一个骑士要偷走我的头盔、我的剑和我的马。我想醒来，却怎么都醒不来。代表我骑士身份的东西全都被拿走了，我却只能眼睁睁地看着，就是醒不过来，因为我的心被痛苦的念头占满了。我听见了一个声音，说我再也不能做礼拜了，但我只想着和那个声音对抗，所以等我醒来的时候，那些东西早就没了。

“亚瑟，如果不说清楚那天晚上的情况，你就无法了解其他的事。童年时，我本来可以去追蝴蝶，却为了要做最好的骑士而付出了所有的时间和精力。后来，我变坏了，但我拥有一样东西。以前的我非常骄傲，因为所有的人都认为我是最厉害的；我当然知道这样的感觉不太高尚，但我掰着手指头数了数，除了这件事之外，我还真没有其他事可骄傲的。一开始，我的承诺和奇迹都抛弃了我；现在，就在我所说的这一晚，这种感觉突然消失了。我醒来时，发现武器统统不见了，所以痛苦地踱着步子。这并不是什么光彩的事，但我一边伤心地哭泣，一边恶狠狠地诅咒着。从这一刻开始，这些悬念彻底挣脱了我的内心。”

“我可怜的蓝斯。”

“不，这恐怕是有史以来最好的事了。你们知道吗？直到第二天早上听到鸟叫声时，我心里才舒服了一些。被一大群鸟安慰，这件事说出去一定会被别人笑话。我从来没有去偷过鸟巢，所以根本不知道鸟的名字，但是亚瑟，我应该知道。那只鸟长得小巧玲珑，它看着我，尾巴翘得高高的。它和马刺上的齿轮差不多大。”

“大概是鹪鹩。”

“好吧，就当它是鹪鹩吧。你明天能帮我找一只吗？我的心蒙上了一层阴影，所以一个人没办法想通一些事，是这些鸟帮了我。那就是：如果我得到惩罚，根本原因一定是我的天性。无论这些鸟经历了什么，都是它们的天性使然。它们让我明白了，只有你自己是美丽的，这个世界才会是美丽的，有舍才有得，更重要的是，舍的时候要不求回报。所以，我坦然地接受了加拉罕打败我的事实，也接受铠甲被人拿走，而在这个神圣的时刻，我向一个人告解，心中的邪恶一扫而光。”

“所有去寻找圣杯的骑士，”亚瑟说，“都认为他们必须抢在前面。”

“这是我第一次郑重其事地告解。我这一辈子，都被道德之罪所困。但是这一次，我告解了所有的事，觉得心里舒服多了。”

“所有的事？”王后问。

“没错。亚瑟，你明白吗，只要我活一天，我的良知就会遭到谴责。我一直觉得自己不能将这个罪告诉任何人，因为……”

“如果说了会伤害到你，那还是算了吧，”王后说，“不管怎么样，我们不能听你忏悔。除了神父之外，你不需要告诉任何人。”

“别打扰她，”国王也表示赞同，“无论如何，她生了一个好儿子，一个也许能找到圣杯的好儿子。”

他所说的人是伊莲。

突然，蓝斯洛悲伤地看着他们，目光在两人之间穿梭，然后他握紧拳头。三人都屏住呼吸。

“我告解了，”过了好一会儿，他才接着说，语气非常沉重，“随后，我们开始苦修赎罪。”他停了下来，看起来仍然有些犹豫不决，但他敏感地意识到自己正站在人生的十字路口。他们全都知道，如果想找一个最合适的机会把这件事说出来，现在就行，他应该在这个时候就把事情的真相告诉朋友和国王的他——但是桂妮薇一直在阻拦他。事实上，那也是他的秘密。

“这项苦修，必须穿上用某位已故修道者的头发做成的衬衫，我们都认识那位修道者，”他最后输了，接着往下说，“我不吃肉、不喝酒，每天最想做的事就是弥撒。”三天后，我和神父告别，骑着马回到了我丢掉装备的地方，站在那附近的一个十字架旁。那神父好心地借了我一点儿钱，这样我就能继续前行。总之，当天晚上我就睡在十字架附近，做了另一个梦——第二天早上，那个偷了我铠甲的骑士出现在我面前。我和他比试长矛，最终夺回了铠甲。这简直太不可思议了，是吧？”

“我想，那是因为你现在好好告解了，得到了神的恩典，所以你要百分之百地相信自己有这个能力。”

“你和我当时的想法一样，但你马上就知道了。那时，我满以为我的罪行已经洗净了，所以再次成为全世界最了不起的骑士是理所应当的。我欣喜若狂地骑马离开，想要唱首歌，后来我来到一处美丽的平原，上面有城堡和帐篷，什么都有。那是一场比武大会，参加的骑士一共有五百名，分成黑白两队。白队骑士占了上风，所以我觉得我应该成为黑队的一员。我觉得，既然我已经得到了宽恕，就应该竭尽全力保护弱小，成就一番伟业。”他停了下来，闭上眼睛。“但是，我很快就成了别人的手下败将，”他睁开眼睛，补上最后一句，“没错，就是白队的骑士。”

“你的意思是，你又输了？”

“是的，而且受了羞辱，所以我觉得自己的罪行又加重了。被释放的时候，我一边骑马，一边在心里咒骂，和第一晚一样。暮色降临时，我躺在一棵苹果树下，一边哭，一边睡着了。”

“但这违背了教义，”王后大喊道，她和大部分女人一样，是出色的神学家，“如果你真的告解，又苦修赎罪，而且也被赦免了……”

“我为一项罪行苦修赎罪，”蓝斯洛说，“却把另一项罪行忘得一干二净。那天晚上，我做了另一个梦，有个老人对我说：‘哦，信仰邪恶又脆弱的蓝斯洛啊，在死罪面前，你似乎从来没有动摇过。’珍妮，一直以来，我背负着另一项罪行，那是最糟的罪行。让我想成为全世界最杰出骑士的，是骄傲；让我为了自我炫耀，在比武大会中去帮助较弱的一方的，同样是骄傲。没错，你可以认为那是虚荣心在捣乱。只是我只为了……为了那女人的事所作的告解，并没有把我变成好人。”

“所以你输了。”

“没错，我输了。第二天早上，我又找了一个隐士，做第二次告解。这一次,所有该做的事我都做了。但他告诉我，在寻找圣杯的时候，禁欲、不杀人都远远不够，我必须彻底抛却这世上所有的夸耀与骄傲，因为上帝决不愿意看见他的探险过程发生这样的事。我必须将世俗的荣耀抛到脑后，而这是我得到宽恕的唯一条件。”

“后来怎么了？”

“我骑马来到了莫托斯之水[①]，在这里和一个黑骑士来了一场长矛比试，我再一次落马了。”

“天哪，这已经是第三次了！”桂妮薇大叫道，“不过，这次你得到了宽恕。”蓝斯洛把手放在她的手上，露出了甜蜜的微笑。

“如果有个男孩偷了糖果后被父母惩罚，”他说，“他也许会觉得很抱歉，最终成为一个好孩子。他应该不会继续偷糖果了，你说是吧？但这并不是说，父母就应该给他糖果。上帝让我输给黑骑士，不是在惩罚我，而是想保留那份胜利的厚礼，至于颁不颁这份礼，向来是他说了算。”

“我可怜的蓝斯，你放弃了你的荣耀，却什么回报都没有，简直太可怜了！你是个罪人时，战无不胜；但我想不通

① 莫托斯（Mortoise），地名，出自马洛礼《亚瑟之死》，蓝斯洛在这里登船，遇到了自己的儿子加拉罕。

的是，为什么在即将抵达天国时，却一而再再而三地落败呢？为什么你总是因为你所爱的事物而受伤呢？那你后来做了什么？”

“我跪在莫托斯之水中，珍妮，就是黑骑士打败我的地方——我为这场冒险感谢上帝。”

第三十三章

亚瑟再也受不了了。

“这实在太过分了！”亚瑟气冲冲地大声嚷嚷，“快闭嘴吧。我想不通，一个善良、仁慈而体贴的人为什么要承受这样的折磨呢？哪怕只是听听，我也觉得羞愧。到底……”

“嘘，”蓝斯洛说，“放弃爱情和荣耀是我做得最正确的决定。而且，我真的是迫不得已的。上帝并没有让这种痛苦降临到加文和莱诺身上，不是吗？”

“呸！”亚瑟王不屑地说，这种语调和加文以前在他面前用的一样。

蓝斯洛笑了。

“好极了，看样子，你确定没有，”他说，“但是我觉得，你应该听一下这个故事的结局。”

“那天晚上，我躺在莫托斯之水的岸边的时候做了一个梦，要我上一艘船。一觉醒来，我果然看见了一艘船。在船上，一股绝妙的香味钻进了我的鼻子里，我感觉到有可口的食物在等着我，还有……嗯，你想要什么，就有什么。我那时‘满脑子都是我想要的东西’。我知道现在解释不清那艘船的事，因为当我回到人群后，它很快就消失了。如果你们以为船上只有熏香或珍贵的布匹吗？当然不是！除了这些东西之外，这艘船还有更令人惊喜的地方。你们可以想象一下焦油的气味和海的颜色。海千变万化，有时候是绿色的，和厚玻璃一样，一眼就可以看到底部；有时候和一个宽大的缓坡一样，沿着坡顶飞翔的水鸟在凹谷之中消失得无影无踪。在暴风雨中，激浪恶狠狠地撞击着坚硬的岩岛，海水退去时，在悬崖上露出了白森森的利齿。在寂静的深夜里，星光反射在潮湿的沙滩上，其中有两颗星星离得非常近。沙地连绵起伏，和口腔顶端的构造差不多。此外，空气中弥漫着浓浓的海草的气味，以及孤独的风所发出的噪声。远处的几个岛上有鸟儿在飞来飞去，看上去和兔子的形状非常像，而它们的鼻子就是那五颜六色的彩虹。最棒的还是冬天，因为岛上到处都是鹅，它们会排列成好几列，就像长长的炊烟，然后在黎明的曙光中像猎犬一样放声歌唱。”

“亚瑟，用不着为了那些降临在我身上的灾难生气，因为上帝给了我更多的回答。我说：‘公正的我主耶稣基督，我不知道自己正面临的是哪种喜乐，因为这喜乐远远超过了我曾经历过的任何喜乐。’

那艘船还有一个很奇怪的地方，里面竟然躺着一位女士的尸体，她的手里有一封信，上面记录的是其他人的经历。更令人捉摸不透的是，面对这个死人，我居然一点儿也不害怕。她的脸显得非常平静，乍一看会以为她还活着呢。在船上、在海里，我们都有了某种心灵感应。我不知道，我为什么会这么勇敢？

“我和那位女士的尸体在船上共处一个月后，我见到了我的儿子加拉罕。他赐福于我，让我亲吻他的剑。”

亚瑟的脸红彤彤的。

“你要他为你赐福？”他质问蓝斯洛。

“没错。”

“好吧！”亚瑟说。

“我们一起在圣船上度过了六个月，在这段时间里，我慢慢了解了我儿子，并且看样子，他也很关心我。和我说话时，他总是客客气气的，非常有礼貌。对我们来说，在外岛冒险是常有的事，冒险的内容都和动物有关：海鼬的叫声好听极了，加拉罕还告诉我看沿着水面飞翔的鹅，它们的影子也在底下飞，但是完全倒过来了。他告诉我，渔夫叫鸬鹚老黑巫，渡鸦的寿命和人类差不多。它们在高空中翱翔时总是嘎嘎地叫着，没事就做做自由落体运动，权当取乐。有一天，我发现了一对红嘴山鸦，真的非常好看。还有海豹！它们说话的时候简直和人一模一样，船上有音乐，所以它们一直跟在我们屁股后面。

“还记得那是星期一，我们在一处林地发现了一个白骑士骑着马走下海岸，要加拉罕下船。我猜到，他会被带去找圣杯，所以我难过得要命，因为我不能和他一起去。你应该还记得，当你年幼的时候，孩子们会为了游泳而站成几队，而你可能会成为无人选的‘弃儿’。我当时的感觉和那差不多，甚至可以说更糟。我请求加拉罕为我祈祷，要他祈求上帝约束我，让我服侍他。然后，我们互相亲吻，和对方说‘再见’。”

桂妮薇抱怨道：“我不明白，如果你已经被原谅了，为什么不跟着去呢？”

“这个问题很复杂。”蓝斯洛说。

他张开双手，透过指缝看着桌子。

“也许是因为我另有目的，”过了好一会儿，他才说，“也许，在我内心深处，或者说在我的潜意识里，我想要改变的理由并不正当……”

听到这里，王后的脸上闪烁着微妙的神采。

“说什么呢？”她的声音虽然很小，意思却正好相反。她亲密地压着他的手，却被蓝斯洛挣脱了。

“我祈求上帝约束我，”他说，“可能是因为……”

“依我看，”亚瑟说，“你让自己陷入了不必要的温柔良知里。”

“也许吧。但不管怎么样，我最终还是落选了。”

他一动不动地坐在那里，看着那片在他双手之间现身的海洋出神，岛上的塘鹅发出的笨拙的叫声在耳边萦绕不绝。

“一阵强风袭来，那艘船趁机将我带出海，”最后他说，“我几乎没合眼，但经常祈祷。我祈求，虽然我落选了，但如果能得到圣杯的消息，那也不错。”

此时，三个人都在打着自己的小算盘，屋子里静悄悄的。亚瑟的脑子里浮现出了一个悲惨的画面：有个尘世的罪人，是他们之中最善良的人，正艰难地跟在那三个超凡的处子骑士身后，这一切都是命运的安排，虽然很勇敢，却注定徒劳无功。

“但有意思的是，”蓝斯洛说，“尽管祈祷的人口口声声说期待会得到回应，但不祈祷的人仍然深信没有所谓的回应。到了半夜，那艘船被一阵大风刮到了卡波涅克城堡后面。我也觉得很奇怪，因为那正好就是我想去的地方。

“船靠岸时，我知道，我的一部分愿望能变成现实。但是，我比不上加拉罕，也比不上波尔斯，所以不可能看见全貌。所幸的是，他们对我很好，这已经算得上违反规定了。

“城堡后面黑洞洞、阴森森的，我穿着铠甲走上去。有两只狮子守在阶梯入口，想要拦住我。我拔出剑和它们打了起来，其中一只前脚踢中了我的手臂。不得不承认，我确实很笨，在本应该信赖上帝的时候信赖的却是我的剑。于是，我用那只麻木的手画了十字，坚定地走了进去，两只狮子并没有伤害我。一路畅通无阻，除了最后一扇门之外，途中的每一扇门都开着。我在那里跪了下来，然后祈祷，门就开了。

“亚瑟，你肯定会觉得我在编瞎话。我不知道怎样用语言去描述它。最后一扇门后面有个礼拜堂，里面正在举行弥撒。

“啊，珍妮，那个美丽的礼拜堂弥漫着光和一切！你可能会说，那是鲜花和蜡烛。但我要告诉你的是，不仅仅是这些，也可能那里其实什么都没有。

“那是，嗯，呐喊——力量与荣耀的呐喊。它吸引了我所有的感官，把我拽了进去。

“但是我进不去。亚瑟、珍妮……一把剑挡在了我面前。加拉罕、波尔斯和帕西法都在里面。还有九名骑士，分别来自法兰西、丹麦和爱尔兰；哦，对了，还有船上的那位女士。亚瑟，圣杯就在那儿，和其他圣物一起放在银桌上。不过，就算我在门这边看得口水直流，也只能眼睁睁地看着，没办法进去。我不知道主持弥撒的神父是谁，也许是亚利马太的约瑟，也许是……哦，这一点儿也不重要。他搬着一个很大、很重的东西，步履沉重，我赶紧扔下剑，跑过去帮他。我向上帝发誓，亚瑟，我真的只是想去帮忙。但是，在那最后一扇门旁，一股热浪打在我的脸上，像是从火炉中吹出的热风。紧接着，我就不省人事了。”

第三十四章

侍女们在黑漆漆的房间里走来走去，水罐和水桶在楼梯上发出了碰撞的声音，水雾缭绕，就像仙境一样。她们跨过地上一摊摊的水，阵阵低语从隔壁房间传来，其中还有丝绸摩擦的神秘声音。

王后爬上通往澡盆的六阶木梯台，端坐在澡盆里的木板上，只把脑袋露在外面。这个澡盆和大啤酒桶非常像，她头上缠着白色的头巾。她脱得精光，只戴着一串珍珠项链。角落里竖立着一面镜子（这在当时可是件宝贝，非常昂贵），另一个角落里则有一张小桌子，放在上面的是香水和香油。没有粉扑，只有放在羚羊皮袋里的白垩粉，里面放了些十字军带回来的玫瑰油，香气扑鼻。地板上的水滩间到处都是用来擦干的亚麻巾，还有一些珠宝盒、织锦、衬衣、袜带、衬裙，这些都是从其他房间收集来的，供她挑选。一些枕头被主人随意地丢在一旁，被浆成奇怪的形状，就像是熄烛盖、蛋白霜，有的则像两只牛角。它们被一串珍珠固定在发网上，手帕是用东方的丝绸做成的。一名侍女恭恭敬敬地站在王后的澡盆前，拿着一块刺绣披饰给王后检查。刺绣的图案是一个钉合纹章[①]，既有她丈夫的纹章，也有她父亲的纹章：一边是后腿直立的红龙，这是英格兰的象征；另一边则是六只身体朝前、头看向后面的狮子，非常漂亮，这是罗德格兰斯王的标志（他名字里的第一个词“Leo”就是狮子的意思）。这块横在她胸前的披饰上点缀着沉甸甸的丝质流苏，看起来和窗帘绳差不多。丝质盾徽的边缘则装饰着银蓝两色的逆松鼠纹[②]。

桂妮薇终于卸掉了那难看到极点的浓妆，让人为她穿上她精心挑选的衣服，没有多余的装饰。那些侍女高兴极了，因为在过去的一年多里，王后动不动就大发脾气、冷酷无情，而且非常痛苦；现在好了，她们再也不会受到指责，做什么事她都高兴。她们都百分之百确定，蓝斯洛仍然会和她在一起。但是这一次，她们恐怕要失望了。

桂妮薇看着刺绣披饰上的那只狮子，它们吐出红色的舌头、伸出脚爪，正在前进，一边傲慢地朝背后眨眼，一边挥舞着尾巴尖端的火焰。虽然有些困倦，但她还是满意地点了点头，那名侍女行了个礼，把披饰拿回了更衣室。王后看着她离去。

将桂妮薇形容为一只会吃人的狮子一点儿也不夸张，也可以说，她是那种权力欲极其强烈的自私女性，想在任何地方掌权。事实上，你只要观察得稍微仔细一些就会发现，她

① 钉合纹章（Impaledarm），纹章的形式之一，是婚姻或同盟关系的象征，通常将纹章分成左右两边分别放在双方（如父亲与丈夫家族的）的完整纹章图案。

② 逆松鼠纹（Countervair），是皮毛纹的基本装饰纹，原形是松鼠纹，因纹路和某种松鼠的生皮相似而得名，形状是成排的钟；而逆松鼠纹是将上下两排的钟对齐，并将“钟口”两个两个地合在一起。不管是松鼠纹还是逆松鼠纹，颜色大多为蓝白色。

的所作所为好像就是这样。美丽、嗜血成性、坏脾气、颐指气使、自私、人性、贪心、迷人……这些食人动物的本性在她身上体现得淋漓尽致。但是，这些简单的解释都建立在相同的基础之上：她不是一个随便的女人。她的人生除了蓝斯洛和亚瑟之外，再无他人。而且，她没有吃掉任何人。即便如此，她并没有真的吃了他们。那些被狮子吃掉的人就像游魂一样，只能以狮子为生，和行尸走肉没什么区别。但是，那两个已经被他吃掉的人，也就是亚瑟和蓝斯洛，他俩不仅活得好好的，还取得了一番成就。

先撇开其真实性不说，有人是这样解读桂妮薇的：以前，她是他们口中的“真实人物”。她不是那种会乖乖地让人贴上各种标签的人，比如忠诚、不忠诚、牺牲、嫉妒。她时而忠诚，时而又与忠诚不沾边。她就是她自己，想做什么就做什么。而在这个自我当中，她必定有什么过人之处，比如真诚，不然的话，她怎么可能征服亚瑟或蓝斯洛这样两个男人的心呢？人们常说，什么样的人就和什么样的人在一起，而他们至少能确定，她的两个男人都是慷慨大方的人，所以她也一定很慷慨。说实话，描述一个真实人物并不容易。

在那个战乱年代，年轻人的生命就像 12 世纪的飞行员一样，转瞬即逝。在这样的时代，为了得到保护，年长的伦理学家愿意适当地放宽道德法则。那些备受指责的飞行员怀着对转瞬即逝的生命和爱情强烈的渴望，拨动了年轻女性的心弦，某种虚张声势的回应也可能因此被唤醒了，有慷慨、勇气、诚实、怜悯，以及勇敢面对生命无常的勇气——很明显，这里指的是友谊和温柔。从这些特质中，或许可以找到桂妮薇选择蓝斯洛和亚瑟的原因。其中，勇气无疑是最重要的，一旦时机到来，要具备以真心相待的勇气。诗人总是鼓励女性要具备这样的勇气。她在鲜花盛开时收集了她的玫瑰花苞，但令人意外的是，她只拿了两朵，同时也是其中最引人注目的两朵花，并且一直留在身边。

没有孩子是桂妮薇最可悲之处。亚瑟有两个私生子，蓝斯洛有加拉罕，但桂妮薇（在他们三人当中，她才是最应该有孩子、最能尽职尽责地养育孩子，似乎也是上帝派来创造可爱孩子的人）是个空壳，是一片看不到海水的海岸。海水总有一天会干涸，当她意识到这一点时一定会心碎。正是因为这件事，她曾性情大变，动不动就发狂，但那都是后话。从这件事中或许能找到她同时拥有两份爱情的真正原因——在她的潜意识里，亚瑟是父亲，蓝斯洛则是儿子。

圆桌和那些丰硕的战果能轻易地迷惑人的心智。蓝斯洛取得了丰功伟绩，但一回到家就和情妇纠缠在一起，读到这里时，你一定会讨厌她，因为她阻挡或破坏了这些功绩。她不可能为了探险，就带着矛在英格兰森林里消失一整年，所以她没法去探险。哪怕她再热情，哪怕她的渴望和热切都是真的，她也能做自己分内的事——待在家里。对她来说，除了和现代女性一样打打牌，根本不可能参加其他的休闲活动。她可以带着雄灰背隼去放鹰，也可以蒙眼捉迷藏或掐玛莉[①]，那个年代的成年女性的消遣仅此而已，大型鹰隼、猎犬、纹章学、比武大会则都是蓝斯洛的事。在她看来，如果不喜欢做一点儿纺织或刺绣，那么蓝斯洛就是她唯一的兴趣。

因此，我们必须把王后想成一个被迫失去了最重要特质的女人。她越来越老，经常做出一些稀奇古怪的事，甚至还

① 掐玛莉，游戏名，玩家要掐别人的手臂，叫出“Morille”。

有人怀疑她对一位骑士下了毒。她逐渐失去了人心。但一般而言，说一个人失去人心其实是在称赞他，而桂妮薇——虽然她的生活躁动不安，又是在满心怨恨的情况下去世的（她和蓝斯洛不一样，注定和宗教无缘），但她从来没有做过没有意义的事。她以王室的方式做女性会做的事，并且大多处理得当；而此时此刻，当她在澡缸里拿着绣有狮子图案的披饰时，在忙活的就是这样的事。

如果一个男人亲眼见过上帝，无论他还有多少人性，期待他立刻恢复情人的身份都是不可能的。如果这男人是蓝斯洛，是一个随时都可能为上帝而疯狂的人，那么，这样的期待只能说既乐观又残酷。不过，女人在这方面一向很残酷，她们拒绝任何形式的借口。

桂妮薇非常清楚，蓝斯洛早晚会回到她身边。从他祈求上帝“约束”他的那一刻，她就确定，所以高兴得快要发狂，就好像一朵干渴太久的花得到滋润。他刚回来时，她的胭脂和俗气的丝绸让他觉得怜惜，如今却早就被丢到了一边。现在，她变得淡定和祥和，没有一丝急躁。

蓝斯洛并不知道，他会为了王后而再次背叛他深爱的上帝，所以虽然她的态度让他大吃一惊，他却暗自高兴。他一直担心自己会遭到可怕的嫉妒和指控。他不知道该怎样告诉那个孩子，告诉那个被囚禁在涂了胭脂的眼睛里、正在遭受折磨的孩子，他无法回到她身边；虽然她痛苦得快要死掉，但他有了更甜美的义务。他担心她会打击他，会给他设下拙劣的陷阱——它很拙劣，所以这欺骗显得更加可悲。他实在不知道自己该怎样面对这样的悲哀。

桂妮薇没这么做，相反，她擦去了胭脂，容光焕发。她既没有攻击，也没有指控。她发自内心地微笑着。他明智地告诉自己，女人心如海底针，令人捉摸不透。他们还能开诚布公地讨论这件事，而她也觉得他说得对。

桂妮薇坐在澡盆里，直愣愣地盯着那些狮子，看起来心不在焉的。回想起他们的对话时，她的脸上会出现一种做梦般的表情，隐藏在下面的是秘密的欢乐。她目不转睛地盯着那张丑陋无比却英俊帅气的脸庞，一本正经地和他讨论起了他那颗真诚的心所期待的事物。她爱那些向往；她也爱这位年迈的老兵，因为他对上帝的忠贞。她知道，他的尝试难逃失败的结局。

蓝斯洛向她道歉，并祈求她不要把这当作一种侮辱。他小心翼翼地指出几点：一，一旦找到圣杯，他们就再也不能像以前那样了，因为那是不道德的；二，要不是他们不道德的爱，他没准儿会有接近圣杯的机会；三，总之一句话，奥克尼一族已经盯上了他们，如果他们继续在一起，肯定非常危险，尤其要当心阿格凡和莫桀；四，对他们来说，这件事是一个莫大的耻辱，对亚瑟更是如此。

接着，他努力地用混乱而冗长的言语向她解释自己对上帝的认识。在他看来，只要能让桂妮薇追随上帝，道德上的问题就解决了。要是他们能一起紧跟着上帝，他就再也不用为了自己的快乐而牺牲爱人的快乐。

王后露出了率直的笑容。他的确是一个很体贴的人。她认同他所说的每一个字，这已经算得上是皈依了。

她坐在澡盆里，把一只雪白的手臂举得高高的，握着刷澡的象牙长柄。

第三十五章

在他刚回来的时候，一切都很好。王后这样的女人也许真的比一般的男人更有眼界，能看到更长远的事，但也极其有限。如果蓝斯洛只是忠于上帝一个星期或一个月，没准儿她还能耐心地等着他，但如果这个期限变成了几个月甚至一年，那就要另当别论了。也许——也许最后他们还是会在一起，但是，女人决不会耐着性子等待胜利，因为那时她说不定已经老得无法品尝胜利的果实了。人生短暂，如果欢愉就在眼前，你却只能傻等，不是笨蛋是什么？

桂妮薇慢慢地变了，她没有变得消沉，反而开始愤愤不平；接下来好几个月的神圣关系，在她内心深处刮起了一股强劲的风暴。神圣？是不是应该叫自私？她对自己大喊大叫，为了拯救自己的灵魂，却放弃了另一个人的灵魂，实在是太自私了。波尔斯宁愿让十二个假仕女被扔到地上，也不愿违背道德来拯救她们，这让她震惊不已。现在，蓝斯洛也在做同样的事。这对他无疑是好的，他可以带着他的骑士精神、他的神秘主义、他在男性世界中能得到的所有补偿，将这段感情抛到一边。然而，感情是两个人的事情，开始或者结束都是一样。她不是没有感觉的物品，他想拿就拿，想放就放。要知道，你今天要抛弃的是一个人的心，而不是酒。

酒是你的私人物品，你想喝就喝，不想喝就可以不喝，但你爱人的灵魂并不等同于你的灵魂，并不是你能支配的，你对它有责任。

对于这些事，蓝斯洛和勇敢的桂妮薇都心知肚明，但是，随着他们的关系不断恶化，坚守心意对他来说也不太可能。他的处境艰难，一点儿也不比被手无寸铁的隐士挡住去路的波尔斯好过。在他看来，他有权选择忠于亲爱的上帝，和当时波尔斯向莱诺投降一样。但是，桂妮薇和挡在波尔斯面前的隐士一样，挡住了蓝斯洛的去路，此时他是否有权牺牲曾经刻骨铭心的爱情，让它像那个隐士一样被牺牲？蓝斯洛和王后一样，都被波尔斯解决问题的办法吓了一跳。这两个恋人都是慷慨的人，教条对他们来说难以适应。而慷慨是第八项死罪。

在一个早上，事情终于爆发了。当时，他们在城顶房间里唱歌，两个人中间隔着一张桌子，桌子上放着两本厚重的圣经，其实却是一种叫作簧管小风琴的乐器。桂妮薇唱的是一首法兰西玛丽[①]的歌，而当蓝斯洛吃力地唱着另一首阿拉斯驼子[②]的歌时，她的手突然按住手中所有的音符，左手重重地放在簧管小风琴上，一声可怕的冷笑随之响起，之后就陷入了死寂。

“你这是在干什么？”

“你还是离开这儿吧，”她说，“去探险。你难道没有看出来，我已经筋疲力尽了吗？”

① 法兰西玛丽（French Maryde France），出生于法国，后来住在英国，为12世纪后期的女诗人。

② 阿拉斯驼子（the hunch backof Arras），即亚当·德拉阿尔，法国诗人、音乐家和最早的法国通俗剧的创始人。

蓝斯洛深吸了一口气，说："是的，我看出来了，每天都这样。"

"所以，你还是走吧。不，我没有瞎说。我不想因为这件事和你吵架，也从来没想过要改变你的想法。求你了，对我仁慈点儿，快走吧。"

"听上去，是我要故意伤害你吗？"

"不，你什么都没做错。但是，蓝斯，我想要你离开这儿，因为我觉得自己快要憋死了。哪怕是一阵子也好。我们没必要为此吵架。"

"如果是你要我走，我当然会满足你的心愿。"

"没错，是我想要你走。"

"或许那样更好。"

"蓝斯，我希望你能明白，我不是想骗你去做什么，也不会逼你。只是我觉得，偶尔分开一两个月更好，就像普通朋友那样。仅此而已。"

"我知道你从来没打算要骗我，珍妮。我觉得自己乱套了。我一直想让你明白这一点，弄清楚我身上到底发生了什么事。真希望你也在那艘船上，事情就好办多了。但是，时光不能倒流，我永远无法让你感同身受，这让我很为难。我觉得，我似乎为了另一种新的爱情牺牲了你，你也可以这样认为，是牺牲了我们。而且，"他转过身说，"这看起来就像——就像我也不要自己曾经的爱情人，但我从来没有这么想过。"

说完，他沉默了，双手僵硬地放在身侧，呆呆地站在那里看着窗外。过了好一会儿，他才头也不回地说，语气中满是苦涩的味道："如果你要，我们可以重新开始。"

他从窗边回头时，房间里已经空了。晚餐过后，他来到王后门前，想要求见她，得到的却是一句口信：求他去满足她先前的要求。他收拾了一些行李，虽然他对发生的事情一无所知，但他有一种从灾难中死里逃生的感觉。他的侍从实在太老了，再也没办法追随他，因此，第二天一大早，他向驼背的老侍从道别后就骑着马，离开了卡美洛。

第三十六章

从表面上看起来，王后的这段私情重新开始了；如果说，那些侍女因此而感到高兴，宫廷中的其他人则并不以为然。当然，你可以说那些人是发自内心的高兴，却不怀好意，明显是要看他们的笑话。算上这一次，宫廷中的风向已经是第一次改变了。

第一次，亚瑟在伟大的十字军东征中与年轻的朋友们建立了深厚的友情；接着，在这全欧洲最伟大的宫廷中，骑士的竞争越来越腐败，最终几乎演变成了宿怨和毫无意义的竞赛；此后，对圣杯的狂热驱散了这种不良的气氛，短暂的美景由此形成。随之而来的是最成熟也最悲伤的时期：所有的热忱都消失了，唯一可用的只有著名的第七感。现在，这个宫廷积累了丰富的“人生知识”，硕果累累，有英雄事迹、文明教化、生活礼仪、蜚短流长、流行风潮、怨恨恶意，以及对丑闻的容忍态度。

骑士的数量减少了一半——而且死的正好是最好的那一半。亚瑟在圣杯探险刚开始时担心的事终于还是发生了：一旦达到完美的程度，你的小命就不保了。因此，好好活着是加拉罕对上帝唯一的请求。最好的骑士都几近完美，糟糕的那一半则活得好好的。不得不承认，一些仁善的影响力幸运地保留了下来——蓝斯洛、加瑞斯、阿格洛法；还有几个走路颤颤巍巍的老人，像格鲁莫爵士和帕洛米德爵士那样。然而，现在的风气已经彻底变了，能看见的只有加文的乖戾愤怒、莫桀的虚伪优雅和阿格凡的冷言冷语。康瓦耳的崔斯坦也差不多，据说，那里有一件魔法斗篷，只有忠贞的妻子才能穿——还有人说，那其实是个魔法角杯，里面的酒只能给忠贞的妻子喝。他们在隐名盾[①]上留下了无声的窃笑，在盾徽中埋下线索，暗示盾牌主人的妻子不忠。骑士的忠诚变成了一种笑话，服装则变得稀奇古怪的。阿格凡穿着一双短筒便鞋，长长的鞋尖用金链子固定在膝下的袜带上；莫桀鞋尖的链子则固定在围在腰间的带子上。背心罩衣原本应该穿在铠甲外面，已经被改良成了前短后长的模样。袖子非常长，每走一步都很艰难，一不小心就可能被绊倒。赶时髦的女士们纷纷剃掉了刘海，把头发藏了起来，她们必须先把袖子打结，这样才不会拖地。男士们则露出了他们结实的腿，其程度同样让人大吃一惊。他们的衣服五颜六色的，有时两条腿一红一绿，就像小丑一样，可笑极了。街上再也看不见戴着锯齿状披饰的人，因为夸张的衣服虽然很醒目，但和优雅八竿子打不着。莫桀哼哼着穿着那些滑稽的鞋子，这可能是对自己的一种讽刺。总之一句话，几乎是一夜之间，宫廷变得非常时髦了。

因此，几双眼睛同时盯上了桂妮薇——从那些眼神中既看不见强烈的怀疑，也没有好心和纵容，有的只是算计和上

① 隐名盾（Cantingshield）：其主人的名字隐藏在盾面上的图案之中。例如，盾牌的主人叫Castletons，那么他的隐名盾上的图案就可能是城堡（Castle）。

流社会独有的厌烦目光。狡猾的猫咪一动不动地守在老鼠洞边。

在莫桀和阿格凡眼中，亚瑟是个伪君子——事实上，要是你觉得这世上根本没有所谓的礼仪，那么只要是有礼貌的人，就全部是伪君子。他们还觉得桂妮薇是个粗俗的人。

他们说，同样是对丈夫不忠，美人伊索德的行为文明得多。她明目张胆地做这件事，从来不避讳任何人，不仅非常时髦，而且品味非常好。不管是谁，都可以用这件事去笑话马克王，并从中获得极大的乐趣。在服装方面，她的鉴赏力堪称完美，她戴着滑稽的帽子，和一只微醺的小母牛差不多。为了用孔雀舌头做晚餐，她大手笔地花了好几百万。

再看看桂妮薇，看起来就像是个吉卜赛人，招待客人的方式则和公寓管理人一模一样，从来没有公开承认过她的情人。最令人难以忍受的是，她实在太讨厌了。据说，她声称他移情别恋，和他大吵一架后把他赶走了。好事的人们觉得她的原话是这样的："我每天都看得到，也感觉得到，你的爱已经离我远去了。"莫桀扯着他那含糊又旋律感十足的嗓子说，他了解渔妇，却对渔贵妇一无所知。这句嘲弄的话当时传遍了大街小巷，无人不知。

新气氛眼看着就要离他而去，却偏偏要死死地缠住他，所以亚瑟看起来闷闷不乐，他衣着朴素地在宫里走来走去，拼命让自己显得不失礼。王后的表现则要积极得多：她还是当年他们第一次见面时的模样，勇敢而充满热情，黑发红唇，总是用鼻孔看人。为了解决这件事，她挺身而出，并打算款待客人，假装自己跟得上潮流。蓝斯洛之前回来时，她精心打扮了一番，现在这些装备又派上用场了，而且她看起来有些疯狂。纵观所有辉煌的王朝，不受欢迎的在位者大多会采取这种徒劳的补救方式。

蓝斯洛走后，麻烦事从天而降。在王后举办的一场晚宴上，那股从圣杯探险开始以来就一直悬在高空的危机感突然得到了证实。

看起来，加文喜欢吃水果，尤其是苹果和梨，而可怜的王后迫不及待地想让时髦女主人的新方法成功，于是，加文出席她为二十四位骑士所举行的晚宴时，她特意为他准备了美味的苹果。她非常清楚，康瓦耳和奥克尼家族一直是她丈夫的心病。而现在，加文是这个氏族的族长。她希望晚宴圆满结束，对新的局势有所帮助，但同时，她也想看到一场雅致世故的晚宴。为了平息那些针对她的批评和指责，她不得不做一个彬彬有礼的女主人，就像美人伊索德那样。

但令人遗憾的是，知道加文喜欢苹果的并不只有她一人，而且派林诺国王之死的仇恨仍然存在。亚瑟确实让阿格洛法爵士熄灭了复仇的怒火，两家的世仇仿佛成了过去，但是，派林诺家族有一个叫皮内的远亲，他认为复仇天经地义，所以在苹果里下了毒。

毒药绝对算不上好用的武器。在这个案例中，它和往常一样出了岔子：本来要给加文吃的苹果，却进了一个叫派翠克的爱尔兰骑士肚子里。

好好想想，你的脑子会浮现这样的情景：脸色惨白的骑士吓得在烛光中站了起来，想帮忙却徒劳一场，那些臆测的目光以此从旁人身上扫过，流露出的是令人羞愧的质疑。加文的弱点是公开的秘密。这位遭到唾弃的王后从来没有喜欢过他们家族，这顿晚餐又是她精心准备的，皮内爵士却没有勇敢地站出来，给所有人一个解释。那房间里的人要杀的人是加文，倒霉的派翠克爵士却做了替死鬼，在真凶被揪出来之前，他们也有嫌疑。最后，波特的马铎爵士（和旁人相比，他更加傲慢自大、挑三拣四，而且一肚子坏水）道出了大家的心声——他指控王后犯了背义的罪。

在现代，如果双方各执一词，是非难断，正义难以伸张，就会雇用律师，为的就是得出结论；而在那个年代，上流阶级会雇用战士，解决问题的唯一方法就是决斗——令人大跌眼镜的是，这两种方式的结果一样。马铎爵士决定节约下雇用战士的高昂费用，亲自出战，但他坚持认为桂妮薇应该雇一名战士来充当自己的"律师"。亚瑟的王室哲学是用正义取代强权，所以他根本找不到借口去拯救妻子。如果马铎决定召开荣誉审判会，那他就必须照做。现在，夫妻二人不能为对方作证，同样的道理，亚瑟也要避嫌，不能出现在与他妻子有关的战斗中。

情况非常糟。争论还没开始，各种流言蜚语和驳斥已经人尽皆知。派林诺家族宿怨、潘德拉贡和康瓦耳的世仇、王后和蓝斯洛之间的爱恨情仇、一个毫不相干的人突然离世……简直太乱了！这一切混杂在一起形成了一团毒雾，像苍蝇一样在王后身边飞来飞去。如果蓝斯洛没有死，他一定替她出战；但是她把他赶走了，杳无音信，因此人们议论纷纷——有人说，他回到了法兰西，陪伴在父母双亲身边。如果有人知道他就在不远处，说不定马铎爵士会立马收回指控。

至于对战审判之前的那段日子，我们最好还是一笔带过吧，更不要去描述那个像疯子一样的女人跪在波尔斯爵士脚边那可怜巴巴的样子——他从来没有喜欢过她，现在，他刚刚圆满地完成寻找圣杯的任务，仍然对她毫无感觉。她苦苦地向他哀求，如果蓝斯洛不在，就请他为她出战。在当时的宫廷里，任何人都不会接受她的委托，所以她必须到处乞求，真可怜啊！尽管如此，英格兰王后还是一无所获，连一名能够委任的战士都找不到。

对战前夕，最糟糕的情况终于出现了。那天晚上，她和亚瑟都一夜没合眼。他坚信她是无辜的，却不能干预审判。虽然她是因为其他的麻烦才陷入这场纠葛之中的，但她仍然抱着一丝希望，可怜巴巴地重申自己的无辜，因为明天晚上她就要被送上断头台了。圆桌的悲剧和耻辱会毫无保留地展现在他们面前，因为都不肯出面拯救他们。他们知道，在恶毒的人口中，圆桌的王后变成了一个专门对付好骑士的人。绝望之际，亚瑟突然大叫一声："到底怎么回事，为什么不留住蓝斯洛爵士呢？"这样的情况一直持续到天亮。

第三十七章

波尔斯爵士一向讨厌女人，但这次还是勉强同意，如果没有合适的人选，他就为王后出战。他也出席过那场晚宴，所以他觉得这样做不合规矩。但是，王后跪在他脚边的模样正好被亚瑟撞见了，他才红着脸把她扶了起来，并许下承诺。在之后的一两天里，他像人间蒸发了一样，因为审判将在两周后开始。

经过一番精心的准备，西斯敏特的草地已经做好了对战的准备。这片宽阔的广场上，有一道用坚固的圆木立起的屏障，和畜栏差不多，但是中间没有栅栏。如果是一般的长矛比试，一定会在场中设下栅栏，但这次是一场生死决斗，也就是说，双方极有可能要下马比剑，所以没有设栅栏。国王和王室侍卫长的帐篷分别在场子的两端。这些防御工事和帐篷都用布进行了装饰，两头各有一个布幕做成的门，看上去和马戏团团员要进入表演场地时要通过的夸张门洞差不多。而在这个像马厩一样的场地的某个角落，在一个人人都看得见的地方，有一大束柴火，柴火中央有一根铁桩，这根柱子不会有任何损坏。如果法律不支持王后，她就会亲自尝尝这些东西的厉害。在亚瑟开始他的人生志业之前，控诉王后犯罪的人会被立即处死，但是现在，在他的努力之下，他不得不烧死自己的妻子。

突然，一个新的想法在国王脑子里一闪而过：既然疏通强权的做法失败了，让它转向心灵层面同样如此，那么为什么不干脆废止它呢？他下定决心，不再屈服于强权，应该努力地建立起一套新的标准，将强权连根拔起。此时，他正在摸索着向公理走去，作为一项公平的基准；同时也在走向正义，努力把正义变成一项不依赖强权的抽象概念。于是几年后，民法典诞生了。

决战当天非常寒冷，那些防御工事和帐篷上的布绷得紧紧的，三角旗也在风中摇曳。刽子手站在离火盆很近的角落里，对着自己的指尖哈气，可以随时用火烤他的大刀。王室侍卫长的帐篷里，传礼官[①]在吹喇叭之前，不得不先润润嘴唇，因为风实在是太大了。桂妮薇在王室侍卫长的看守下，被几名侍卫围在中间，好不容易才讨来了一条披肩。她明显瘦了，展现在大家面前的是一张苍白的中年面孔，在士兵们结实的脸之间十分醒目。她目不转睛地盯着前方，坚定地等待着。

不用想也知道，蓝斯洛后来救了她。在失踪的那两天，波尔斯在一间修道院找到了他，现在，他及时赶回来，替王后出战，与马铎爵士决一死战。认识他的人都知道，不管他当初走得多么狼狈，他都会这样做。但是，几乎所有的人都认为他已经离开了这个国家，所以他的出现确实让人非常意外。

马铎爵士在竞技场南面尽头的凹处现身，他的传礼官吹奏喇叭时，他重复了他的指控。波尔斯爵士从北边洞口走出

① 传礼官（Herald），英国纹章院的职官，级别在纹章王官之下。

来，与国王和侍卫长交涉了很久，这场不知是争论还是解释的会谈的结局却朦胧不清。风很大，周围的人压根儿听不见会谈内容。观众开始议论纷纷，猜测对战延迟的原因，这场战斗审判为什么没有照章行事。波尔斯爵士不停地在国王和王室侍卫长的帐篷间穿梭，最后钻进了自己的洞里。然后是一阵令人不安的寂静。在此期间，一只长着狮子鼻的小黑狗溜进竞技场，欢快地玩耍着。一位纹章王官[①]抓住它，用肩带把它绑住，观众们爆发了一阵嘲弄的欢呼。之后，场中又安静下来了，唯一能听见的就是小贩叫卖坚果和姜饼的声音。

蓝斯洛骑着马从北边出口现身，手里拿的是波尔斯的纹章盾牌。但是，他虽然乔装打扮了一番，圆形竞技场中的人们还是一眼就认出了他。那阵静默就好像是所有人都屏住了呼吸。

他不是来拯救王后的。说他“放弃她”来拯救自己的灵魂，或者说他现在回来是因为他的宽宏大量，这些残酷的解释都不是事实。真相要比眼睛看到的复杂一百倍。

这位骑士从童年开始（他始终没摆脱这一时期）就有这样的困扰：对他而言，上帝是真实存在的。他不是在你做坏事时惩罚你，或做好事时给你奖赏的抽象存在，他确确实实存在，和桂妮薇、亚瑟和其他所有人一样。在他心里，上帝比任何人都要好，包括亚瑟和桂妮薇，但最重要的是，他有人性。蓝斯洛知道他的模样、知道他会有什么感觉，而在某种程度上，他深爱着这个“人”。

残缺骑士面临的困境，不是“永恒的三角习题”，而是“永

① 纹章王官（King-arms），纹章院官名，级别仅次于纹章院最高长官司礼官。

恒的四角习题”。这个“永恒的四角习题”既是“永恒的”，也是个“四角习题”，自然比“三角习题”更复杂。他并没有放弃他的爱人，因为他怕遭到某种神灵的处罚；但是，今天他同时面对他爱的两个人。一个是亚瑟的王后，另一个则是在卡波涅克城堡举行弥撒的那个无语存在。不幸的是，他所倾慕的两个对象相互对立，这和一般恋爱常见的情形一样。这好比是要他在珍和珍娜之间做选择——如果他选择的是珍娜，不是因为他担心如果和珍在一起，会受到珍娜的惩罚，而是因为他无比怜惜地认为，她才是自己最爱的人。他甚至可能认为，上帝比桂妮薇更需要他。这才是真正的原因，它是感情上的问题，已经超越了道德的界限；他为了这个而隐居修道院，就是想在那里把这件事想明白。

但是，如果说他回来和他的宽宏大量毫无关系，这也不是事实。他是个大度的男人，在这方面做得非常棒。如果是平时，上帝更需要他，但现在的情况是，他的初恋情人更需要他。也许，对离开珍而选择珍娜的男人而言，心中也有一定的温情，让他在珍非常需要他的时候出现在她身边，而这份温情，或许也可以说是怜惜、宽宏或慷慨（虽然现在这些情感已经过时，甚至可以说有些恶心。不管怎么样，蓝斯洛一直在对桂妮薇的爱中拼命地挣扎，也一直在他对上帝的爱中死命地挣扎。但是，当他知道她有危险时，绝对会马上赶回来救她。他看到那张等待他的脸庞在羞辱人的监禁中显得神采奕奕，某种尖锐的感情顿时让他那颗包在无袖短铠底下的心开始动摇），你可以说那是爱情，当然也可以说是同情，关键在于你是怎么想的。

同一时间，波特的马铎爵士也动摇了，但已经来不及了。

谁都没有察觉到，他的脸在盔甲下涨红了。他感觉到了来自垫着头的稻草头带底下的温热感。然后他回到属于自己的角落，用马刺踢着马。

断裂的长矛在空中留下了一道优美的弧线。长矛底下的地面仍然忙得不可开交，和长矛一起上升、一边静静翻转的慢动作成了强烈的对比。那支矛缓慢地移动着，似乎没有受到任何影响。与此同时，矛下的世界却发生了翻天覆地的变化——马铎爵士向后仰倒，头下脚上摔到了地上，在优雅的分离过程中上演了一出独立旋转的好戏，并在所有人都忘记他的时候落到了别处。据某个弹道迷所说，马铎爵士的长矛以矛尖着地，正好落在那位抓住黑色狮子狗的纹章王官身后。后来，那位王官回过头去，从肩头向后看，看见矛就插在他身后时吓得脸都白了。

蓝斯洛爵随即下马，因为他不想占对方的便宜。马铎爵士站起来，在敌人面前疯狂地挥舞着剑。他太激动了。

马铎爵士被打倒两次之后才认输。他第一次被打倒时，蓝斯洛朝他走去，打算接受投降，但他实在太紧张了，对着那个矗立在面前的男人就是一剑。他明显犯规了，因为它刺中的是对方的鼠蹊部，那是铠甲最脆弱的地方。蓝斯洛后退一步，让马铎站起来，看他还要不要接着打。这个时候，所有人都看见鲜血沿着蓝斯洛的腿甲和胫甲流了下来。他的大腿被刺伤了，却仍然自我克制地往后退，这举动令人胆战心惊。说实话，如果他好好地发一顿脾气，应该会好受一些。

第二回合，王后的战士将马铎爵士打得七零八落，于是马铎爵士摘掉了自己的头盔。

“好吧，”马铎爵士说：“我投降。都是我的错，放过我吧。”

蓝斯洛做了一件好事。如果换作其他骑士，往往只要王后胜诉就可以了，亲手为此事画上句号，但蓝斯洛思虑周全，他对于旁人此时的想法和他们对此事的感想非常敏感。

“我可以放过你，”他说，“但是我有一个条件，绝不能在派翠克爵士的坟上写下任何与此事有关的内容，与王后有关的事也不行。”

“我发誓。”马铎说。

之后，蓝斯洛的手下败将被几个医生带走了，他则来到了王室帐篷前。王后立刻被释放了，正和亚瑟待在里面。

亚瑟说：“陌生人，请让我看看你的脸。”

在他脱下头盔那一瞬间，他们心中都涌起了一股亲爱之情；他就站在他们面前，身上血流不止，他们再次怜爱地盯着那张可怕而熟悉的面孔。

亚瑟走出帐篷，他要桂妮薇站起来，牵着她的手，和她一起来到了竞技场。他对蓝斯洛爵士鞠了个躬，并拉住桂妮薇的手，也让她行了一个宫廷礼。他当着臣民的面这么做之后，用古老的语言庄重地大声说：“爵士，非常感谢你为我和我的王后排忧解难，我等赐福于你。”而在亚瑟深情微笑的面孔后面，桂妮薇感到自己的心仿佛变成了碎片，所以忍不住小声地哭了起来。

第三十八章

派翠克案的指控真相大白的第二天，妮姆就带着她预见的说明来到了宫廷。在被她锁进洞穴之前，梅林将不列颠的事交给了她，并逼她答应（这是唯一的办法），既然她对他的魔法了如指掌，就必须亲自照顾亚瑟。之后，他老老实实地进了监牢，继续用宠溺的眼神注视着她。妮姆自由散漫惯了，而且时间观念不强，但总的来说，她是个好女孩。她晚来了一天，说出苹果被人下毒的真相，然后又急着去忙自己的事了。皮内爵士那天早上逃跑的时候，还留下了一篇书面告解证实了这个说法。所有人都觉得，蓝斯洛爵士那时正好就在附近真是太幸运了。

王后就那么好运。当然，她还活得好好的，但一件令人不敢置信的事情发生了：蓝斯洛对那些泪水和他们之间重新建立的情感视而不见，仍然执着于他的圣杯。

“这对他来说好极了。”她大声说，任由他沉浸在新的喜悦中，确实很好。但当时的她已经越发疯狂，给那些目睹的人带来了极大的痛苦。和他们形成鲜明对比的是，他的感觉非常好，他得到了回报，恢复了神智，而且和以前一样拥有活力，还有那飞扬的心情。也许那位大名鼎鼎的上帝确实给了他一些特别的东西，她却永远也给不了。也许他和上帝在一起更快乐，然后他很快就会继续他的远行探险。那么她呢？他压根儿没有想过，上帝会赐予她什么。她恶狠狠地咒骂他，说这和他为了其他女人离开她没什么两样。她将自己最宝贵的东西献给了他，现在她老了，没有价值了，他就要拍拍屁股走人了。这个自私而无情的家伙，用得着别人的时候就花言巧语，用不着的时候立刻翻脸不认人。他是一个可耻的小偷，居然还幻想着她会相信他，这简直是在做梦！她不再爱他，就算他跪在地上抱着自己的大腿哀求，她也决不会让他靠近一步。其实，她对他态度的转变在圣杯探险之前就已经开始了，她瞧不起他——没错，是瞧不起，而且下定决心要和他一刀两断。他千万不要自作多情，以为是他抛弃了她，事实正好相反，他对她而言就是一块肮脏而毫无价值的抹布，因为现在她对他只有一个感觉——轻蔑。他总是自以为是、自命不凡，而且是个卑鄙、幼稚而狂妄的人，再加上那一无是处的上帝，以及假道学的谎言，这一切她早就受够了，所以她再也不想自欺欺人，必须告诉他真相——在宫廷里，她早就和一个年轻骑士好上了，早在圣杯探险之前就有。与蓝斯洛相比，他更年轻、更英俊，有一个这样的男孩倾倒在自己的石榴裙下，她怎么可能选择一块干巴巴、发臭的果皮呢？蓝斯洛应该回去找伊莲，两个老古板在一起，说不定还能整夜祈祷呢！他们可以聊他们的孩子加拉罕，把那个偷圣杯的人揪出来；如果他们心情好，还可以嘲笑她，因为她连一个儿子都没有。

想到这里，桂妮薇开始大笑起来。此时的她分成了两部分，其中一部分一直从那两扇灵魂之窗看着外面，而且对自己制造出来的噪声厌恶不已。笑声之后，她伤心地哭了。她是真心的。

为了庆祝王后的清白，亚瑟想安排一场比武大会，却将场地选在柯宾附近的某个地方。也许是温彻斯特，也可能是布莱克利，也就是后来英格兰四个长矛比试场遗迹之一。但事实上，选在哪里都无所谓，重要的是，失去孩子的伊莲就是在柯宾城度过寂寞的中年时光的。

“我想，你会去参加比武大会，”王后愤怒地说，“如果我没猜错，你一定会去那个婊子附近。”

蓝斯洛说：“珍妮，为什么你不能原谅她？她可能只是一个既丑陋又凄惨的人，甚至连依靠都没有。”

“蓝斯洛，你可真够慷慨的。”

“如果你不高兴，我就不去，”他说，“你非常清楚，在这个世界上，我只爱你一个。”

“应该是亚瑟才对，”她说，“还有伊莲和上帝！说不定还有一些我没听说过的名字。”

蓝斯洛无奈地耸了耸肩——如果对方故意找碴儿，这绝对是最不可取的回应方式。

“你去吗？”他问。

“我吗？去看你和那颗芜菁勾勾搭搭吗？傻子才会去呢！你也不能去。”

“好吧，”他说，“我会跟亚瑟说我生病了。我会告诉他，我的身体还没康复。”

他果然去找国王了。

等到桂妮薇改变心意时，整个宫廷变得空荡荡、静悄悄的，因为所有人都去参加比武大会了。也许她是想把蓝斯洛留下来，和他享受美妙的二人世界，却发现跟他独处简直无聊透顶，所以临时改变了主意——但这仅仅只是猜测而已，真正的原因无人知晓。

“算了,你还是去吧。”她说,“如果我勉强把你留在这儿，你会说我是一个嫉妒心强的人，肯定会怪我。还有，如果我们单独相处，肯定会有人说闲话。而且，我一秒钟都不想看到你的脸，把它带走，赶紧走！”

“珍妮，”他理智地说，“我现在不能走。所有人都知道我的伤还没好，如果现在去，一定会遭到他们的怀疑。他们会觉得我们吵架了。”

“管他们呢！爱怎么想就怎么想！在彻底被你逼疯前，我只想对你说一句话：‘去吧，赶紧去。’”

“珍妮。”他说。

他的心疼得厉害，似乎眼看着就要裂成两半：她将他逼疯过一次，而那股疯狂好像又要回来了。她大概也察觉到了这一点。不管怎么样，她的态度立马发生了转变，变得和以前一样温和，在他出发前，给了他一个深情的吻。

“我保证，我一定会回来。”这句话他以前也说过，而他现在说到做到。在他看来，去参加比武大会百分之百会去看看伊莲，因为他曾对她许下诺言，发誓会回到她身边，而且必须将他们独子的遗言告诉她；他们唯一的儿子已经死了，也可以说上天堂了。就算是最冷漠的人，也不能隐瞒这个可怜而孤独的母亲。

他会住在柯宾，和她聊聊加拉罕的事，并且乔装打扮参加比武大会。他会对亚瑟说，他之前故意说自己伤还没好，目的就是想赶赶时髦，变变装，给大家一个惊喜。他的确是这样做的，因为他住在柯宾城堡，而不是比武大会的地点。

这样的话，根本就不会有他在最后一分钟和王后发生争执那回事。

当他骑在通往护城河的道路上，他的目光穿过那些铁蒺藜，被眼前的一幕惊呆了：伊莲正在城垛上等他，姿态和他二十年前离开时一模一样。她在大门口迎接他。

“我一直在等你。”

曾经的漂亮女孩已经变成了一个矮胖而丰满的中年妇女，长得和维多利亚女王有点儿像。她真诚地欢迎他，他说过他会来，他确实做到了。日思夜想的人就在眼前，她别无所求。

但紧接着，她的话像一把尖刀一样深深地戳进了他的心口。

“从现在开始，你再也不会离开我了。”她坚决地说，语气笃定。很多年前他离开她的时候，她就是这样以为的。

第三十九章

如果有人想了解柯宾比武大会的详情，可以去看看马洛礼的书。他是比武大会的拥护者，和现在那些常去劳德板球场[1]“做客”的老先生一样，说不定他还能走走后门，看到某种古老的《威斯顿板球圣经》之类的东西，甚至包括计分簿。他对这场比武大会的记录非常完整，包括各个骑士的得分、谁打败了谁、谁又是怎么被击倒的。但是，如果是对板球不感兴趣的人，这些老旧的板球比赛记录难免枯燥，所以我们完全可以忽略。这些详细的得分清单，是马洛礼的书里唯一可能会让人觉得枯燥的东西（知道许多小牌骑士战绩的人也许不这样认为），他却写了两三次。在这里，我们只要记住两件事就行了：蓝斯洛技压群雄，将敌队打得落花流水（圣杯探险后，他超人的技艺神奇地恢复了），要是马铎爵士给他的那道伤口没有再次裂开，比武高峰结束后，他一定会带剑上阵。如果说他在这场会战中表现出色，显然有些说不通，因为当时他仍然因桂妮薇、上帝和伊莲的问题而心烦，但这并不是绝对的，有些人在类似的状况下同样能取得如此惊人的成绩。虽然旧伤未愈，他还是轻轻松松就打败了

① 其创始人为汤玛斯·劳德，为板球运动中最重要的组织——玛莉勒本板球俱乐部所有。

三四十人（顺便说一下，莫桀和阿格凡也是他的手下败将），其中最惊险的一幕莫过于三个骑士同时对他发起攻击，一人的长矛戳穿了他的盔甲，然后矛断了，矛头留在了他体内。

在自己还能坐在马上时，蓝斯洛倒在鞍上疾驰而去，想找个安静的地方。受重伤的时候，他总是喜欢独处。在他看来，死亡是自己的隐私，所以，如果他快死了，只想一个人待着，自行解决。只有一位骑士紧紧地跟着他（他太虚弱了，根本没办法甩掉对方），这位骑士帮他拔出了插进肋骨的矛头，并在他最后昏迷、身体像稻草一样轻飘飘时减轻他的痛苦。后来，这位好心的骑士还把他放到床上，并找到了发狂的伊莲。

温彻斯特比武大会的重要性，与某个特定的战果无关，甚至与蓝斯洛受了重伤扯不上任何关系，因为他最后还是好了。那么，这件事和我们这四位朋友的人生到底有什么关系吗？后面我们会详述。可怜的伊莲突然抛出了无理的判决（说蓝斯洛会永远陪着她），他不知道自己该不该说实话。也许他骨子里就是一个软弱的男人——因为软弱，所以无法从最好的朋友手中夺走桂妮薇；因为软弱，所以才想用上帝取代他的爱人；而他最软弱的一次，就是他告诉伊莲他会回来。看着这个深爱着自己的可怜女人，他实在不忍心让她简单的愿望变成碎片。

要解决伊莲的问题，除了她的单纯（也可以说是无知）之外还有个麻烦，那就是她太敏感了。事实上，她比桂妮薇更加敏感，却不具备果敢外向的王后所拥有的力量。她敏感到在他长久离家后回来时，没有用欢迎淹没他，对他更是没有一句怨言。她从来没有觉得自己有理由责备他，也没有自怜自艾，让他喘不过气来。他们在柯宾等待比武大会开幕期间，她只是坚定地捧着自己那颗火热的心，小心翼翼地掩饰着自己对主人强烈的期盼，以及儿子死后的孤寂和痛苦。蓝斯洛当然知道她藏的是什么。善变和敏感的天性决定，他早就将他们这段特殊关系开始的经过忘得一干二净。看着悲伤的伊莲，他不禁陷入了深深的自责，认为这一切都是他的错。

因此，对于她的那个小小的要求，他唯一能做的就是让她开心。虽然他早晚有一天会告诉她，她那坚定不移的信念只是一场梦而已，但他一直犹豫不决。他觉得自己和一个知道明天就要掉脑袋的刽子手一样，想在临死前给对方一个小小的安慰。

“蓝斯，”比武大会前，她提出了一个特殊的请求，语气中透着谦卑和稚气，“现在我们在一起了，那么交战时，你会戴着我的信物吗？”

现在我们在一起了！从她的语调中，他的眼前仿佛浮现了一个被抛弃了二十年的弃妇的形象，这是他平生第一次感觉到，在这段时间里，她一直是自己骑士大业最忠诚的追随者——就像小学生崇拜板球打击手霍布斯[①]一样。这只可怜的鸟儿充满了那些对战的想象，猜测着今天谁的信物会登上最高领奖台。这二十年来，也许她一直在告诉自己，那个伟大的战士迟早会戴着她的信物出战——那可怜的灵魂从没有被善意地对待，唯一能做的就是以此安慰自己的荒谬野心。

“我从来不戴信物。”他说。他说的是真的。

她没有反驳，也没有抱怨，却极力掩饰着强烈的失望。

“我不会戴着你的信物，”他很快回答，“我很荣幸能戴

① 霍布斯（SirJack Hobbs），英格兰著名板球打击手。

上它，这对我变装有很大的帮助。众所周知，我没有戴信物的习惯，所以这信物肯定是个非常好的伪装。你竟然能想出这种办法，真是太聪明了！我相信，有了它，我的战绩一定会更辉煌。哦，对了，信物在哪儿呢？”

原来是一枚红色衣袖，上面点缀着一颗硕大的珍珠。要想练出如此出色的绣工，二十年足够了。

温彻斯特比武大会结束后两周，伊莲还在精心地照顾着她的爱人，桂妮薇和波尔斯爵士在宫中吵得不可开交。波尔斯不喜欢女人，所以和女人相处时总爱对她们说教。不过，他说他的，她们则说她们的，都不明白对方的意思。

“啊，波尔斯爵士，”王后说。听到那只红袖的事后，她迫不及待地派人把波尔斯叫来，因为他是蓝斯洛最亲的亲戚之一，“啊，波尔斯爵士，你知道蓝斯洛爵士背叛我的事吗？”

波尔斯爵士注意到王后的脸红彤彤的，暴风雨即将来临，因此极具耐心地说：“如果说谁遭到背叛，那个不幸的人应该是蓝斯洛才对。三名骑士同时围攻他，所以他受了重伤。”

“这真是个好消息，真的太好了！”王后大喊道，“真想听到他死的消息！这个虚伪、背信弃义的小人！”

波尔斯耸耸肩，转过身子，不想再听到或讨论这样的话题。他向门口走去，即使只看背影，他对女人的看法也再明显不过。王后追了上去；如果有必要，她一定会让他留在这里。她决不能容忍自己被别人当成傻子。

“他在温彻斯特参加大型长矛比试时，头上戴了那只红袖子，”她怒吼道，“难道还不算是背叛吗？”

波尔斯生怕王后会攻击自己，于是说：“对于那只袖子的事，我非常抱歉。但话说回来，要是他没有用那只袖子伪装，那些人恐怕没有以一敌三的胆量。”

“这个无耻的家伙！”王后嚷嚷道，“他一向骄傲而自负，不还是成了别人的手下败将吗？他是在公平对战中落败的。”

“不，这不是事情的真相。他们三个打一个，而且他的旧伤裂开了。”

“无耻！”王后又大声重复了一遍，“蓝斯洛很爱伊莲，这是我亲耳听加文爵士对国王说的。”

“加文说什么，和我有什么关系？”波尔斯一句话顶了回去，语气中夹杂着辛辣、绝望、悲哀、愤怒，还有一丝惊诧。之后，他将尊敬当作垃圾一样扔到地上，摔门而去。

此时在柯宾，伊莲和蓝斯洛正握着对方的手。他虚弱地微笑着对她说：“我可怜的伊莲，似乎你总是会在我出事的时候出现，似乎只有在我只剩半条命的时候，你才能真正地拥有我。”

“从现在开始，你只属于我一个人。”她兴高采烈地说。

“听我说，伊莲，”他说，“我想我们得好好谈谈。”

第四十章

残缺骑士回到柯宾的时候，桂妮薇还没有消气。不知道是怎么回事，她始终觉得伊莲会再次成为他的情妇；也许是因为，这是伤害她的爱人最好的方法。她说，他有事没事就去找伊莲，很明显，他的宗教情感只是伪装罢了。她说，这个念头已经在他的心里生根发芽了。他是个骗子，更是一个可恶而软弱的骗子。他们在一起时，时而因为他的软弱和欺骗发狂，时而如胶似漆；一想到自己将要和一个骗子相爱一辈子,只有脑子里偶尔浮现出的温情时刻能让她心平静下来。争吵结束后，她显得健康了很多，甚至比以前更加美丽动人，但是只要你仔细看就会发现，她的眉间多了两条皱纹，眼睛里有时会露出惊恐之情，像钻石般闪闪发亮。与此同时，蓝斯洛变得越来越固执了。他们已经渐行渐远。

听了蓝斯洛的解释后，伊莲做出了她人生中的惊人之举——她自杀了，但她这只是一场意外。

作为那个年代的交通要道，死亡之船顺着河流，一直来到了首都，停在宫殿的城墙底下。她就在这艘令人恐惧的死亡之船里——别人都叫她孤独无助的胖鹧鸪。也许人之所以自杀，并不是因为坚强，而是因为太软弱了。为了引导命运之手，她发出了温柔的努力，先是用小把戏来诱骗她的心上人，接着是沉默的体恤——这些在生命的独裁中不值一提。她的儿子走了，她的爱人也走了，只剩下她独自一人。而那项要回到她身边的承诺，也在她毫无意义的努力中消失得无影无踪。以前，她活着还有奔头，那是她活着的动力——不一定有多么体面，顶多只能算是一个让她抬头挺胸的动力而已。如果不出什么意外,成功就在她眼前。她不是一个专横、苛求的女孩，本来可以在这趟远路上取得一些小成就，但是现在，那小小的成就也没了。

人们争先恐后地下来看那艘船。但出现在他们面前的，不是那位阿斯托莱的纯真少女，而是一位中年妇女，她戴着一双看起来硬邦邦的手套，恭谨地抓着一串珠子。死亡带走了她的青春和美丽的容颜，她苍老了一些，而且样子也发生了变化。很明显，船中那张坚定的灰色面孔并不是伊莲——我猜想，她要么是去了其他地方，要么是人间蒸发了。

就算蓝斯洛是一个软弱的男人、比武狂热分子，或者说，哪怕他是一个努力让自己的行为合宜的讨厌生物，在这件事上，他照样无法做到无动于衷。对他而言，一方面是因为他有着疯狂的遗传倾向和丑陋的脸；另一方面则是因为他把忠诚和道德标准弄混了，因此，就算那些意料之外的打击没有发生，保持生命的平衡也绝非易事。如果保护他的是一颗冷冰冰、无情的心，那么，他遭到再多、再大的打击，他也能承受得住。然而，他只能和伊莲心心相印，所以那副迫使她躺下的重担压得他几乎喘不过气来。他原本可以为这可怜的人做很多事，却还来不及做，再加上那些该为这起无可挽回的悲剧负责的无耻问题，他的脑子里乱成了一锅粥。

“你为什么要对她这么残忍？”王后哭天抢地地说，“你一点儿东西都没有留给她，让她怎么活下去？你应该对她慷慨一些、温柔一些，她才能活下去啊！”

桂妮薇并未意识到，伊莲再次成为他们之间不可逾越的障碍，并且这回的影响比以往更强烈；她说这些话的时候显得非常平静，而且态度非常认真。船上对手的遭遇让她伤心不已，她深陷在悲伤的漩涡中无法自拔。

第四十一章

就算发生了自杀案，卡美洛的新式生活仍在继续。虽然没有一个人喜欢这种生活方式，但不管怎么样，活着总比死了强，所以人们决定继续活下去。这种生活的节奏并不快，多半是由一些芝麻蒜皮的小事串联起来的，一些不必要的意外接踵而至。其中值得一提的是大约发生在此时的一件荒谬的事，并不是因为它有多么重要，只是因为人们想破脑袋也不明白，它为什么像是会发生在蓝斯洛身上。他做事的方法与众不同。

一天，他正躺在树林里，一些没有人知道的悲伤往事在他脑子里回荡，一位女猎人正好从这里经过。她是男扮女装，还是从电影荧幕里跑出来的傻瓜，只是因为弓箭可爱，就随便拿来过过瘾？这很难说。后来，她把蓝斯洛当成了一只兔子，直接射中了他的屁股。如果是电影明星，能射中目标本来就已经很难得了。刺进蓝斯洛屁股的是一支六英寸长的箭，他疼得站都站不起来，看起来和柏忌上校[①]一样，必须在高尔夫球赛中弯腰再要一杆。他愤怒地说："无论你是位女士还是小姑娘，在这不幸的时刻用箭射一个无辜的人都是

① 柏忌上校：柏忌为高尔夫术语，意思是击球入洞的杆数比标准杆高一杆。

不对的。”

蓝斯洛的后背受伤了，但他并没有因此而放弃下一场比武大会——这场比赛非常重要，因为其间发生了好几件事。蓝斯洛实在太纯真了，所以根本没有察觉到任何不对劲儿，其他人却看得一清二楚。西敏斯特长矛比试后，宫廷中最令人害怕的大事终于浮出了水面。首先，亚瑟决定让这段三角关系有个了结，因此开始全力维护自己的地位。具体的做法是，在这场混战中，他站在了蓝斯洛的对立面。他毫不留情地对自己曾经最好的朋友发起攻击，还嚷嚷着要好好地教训教训他。他没有做出任何违反骑士规范的行为，而且直到最后关头，蓝斯洛仍然好好的，一根头发都没少。即便如此，他对蓝斯洛的态度已经悄悄发生了奇怪的变化。不管是事前还是事后，他们一直是朋友，但就在那愤怒的一瞬间，亚瑟是戴了绿帽子的丈夫，蓝斯洛则是可耻的背叛者。事实上，这只是表面上的解释，他们已经默认了这种关系，心里却不是这样想的。时过境迁，此时的亚瑟不再是快乐的小瓦，而他的家庭和王国也从巅峰的神坛跌落下来。也许他已经对挣扎厌恶至极，对奥克尼结党营私的老问题深恶痛绝，以及那些稀奇古怪的新潮流行，甚至还包括爱情与现代正义的两难。他之所以和蓝斯洛交战，大概是想死在蓝斯洛手里——准确地说，那不仅仅是希望，而是下意识地想这样做。在这个真诚、善良的男人看来，只有他死了，他所爱的人才能彻底解脱。然后，一切都会顺理成章：蓝斯洛和王后结婚，也不用再和上帝对着干。也就是说，他或许是想给蓝斯洛一个在公平的对决中杀死自己的机会，因为他实在太累了。这也许就是事情的真相。但不管怎么样，后来什么事都没有。他大发雷霆，但很快就和蓝斯洛和好如初。

纯真得有些愚蠢的蓝斯洛终于和奥克尼决裂了，这是那场比武大会的另一个重点。除了加瑞斯之外，他把他们全都打下马来，其中，莫桀和阿格凡还被打倒了两回。恐怕只有圣人才会傻到在多罗洛斯塔多次救他们，他此时却毫不费力地打败他们取得胜利，这完全是一种本能反应。其实，加文并没有参与谋害蓝斯洛的阴谋，加赫里斯却只是个蠢货。不过，从那天开始，在莫桀和阿格凡的精心策划下，杀死最高司令官的战斗已经打响，只是时间早晚而已。

这阵风潮里的第三个要点，是加瑞斯在西敏斯特加入蓝斯洛的阵营。这特殊的组合吸引了所有人的目光——国王和自己最得力的手下对战，加瑞斯则和自己的亲兄弟为敌。暗流涌动，很明显，暴风雨即将来临。它的出现充满了戏剧性，而且是从一个没有人起疑心的地方开始的。

梅里亚格兰斯爵士是一位骑士，来自遥远的伦敦东区，他在宫里过得一点儿也不开心。要是他早几年出生，在那个人还能被当人看的时代，他没准儿能生活得挺好的。但令人遗憾的是，他出生在莫桀的时代，当时盛行的是新标准。众所周知，梅里亚格兰斯爵士并非出自上品，他自己也非常清楚（上品这个词的发明者就是莫桀），但这项认知并不是他不快乐的真正原因。而且，梅里亚格兰斯爵士之所以伤心，其中一个特殊的理由就是，从他有记忆开始，他就无助而绝望地深爱着桂妮薇，而破坏他和其他人关系的正是这个令人悲伤的理由。

得知这个消息的时候，亚瑟和蓝斯洛正在九瓶球的球道边，他们已经习惯每天都来这个过时的地方说说心里话。

亚瑟王说："不，并不是你想的那样，蓝斯。你根本就不了解崔斯坦。"

"他活着的时候是个卑鄙无耻的家伙。"蓝斯洛坚定地说。

崔斯坦为美人伊索德弹奏竖琴时，马克王一气之下杀了他，所以他们用的是过去时。

"就算死了，也是如此。"蓝斯洛接着说。

听到这里，国王的头摇得像拨浪鼓一样。

"他不是卑鄙小人，"他说，"他其实是个小丑，最滑稽可笑的角色之一。他总是会遇到各种稀奇古怪的状况。"

"小丑？"

"没错，准确地说，应该是心不在焉的小丑，"国王说，"那是一种滑稽至极的痛苦。看看他的爱情故事吧。"

"你说的是素手伊索德[①]吗？"

"我始终觉得崔斯坦把这两个女孩弄混了。他先是对美人伊索德爱得如痴如醉，过后却把她忘得一干二净。有一天，他和另一个伊索德上床时，一个偶然的动作让他记起了某些事，他才意识到有两个伊索德。他气得鼻子都快歪了。他说，我和素手伊索德上床，心里却一直爱着美人伊索德！他生气也是可以理解的。后来，他差点儿就在澡盆里被爱尔兰王后杀死了。这个家伙是天才喜剧家，卑鄙下流并不是他的本意，你不要怪他。"

"我……"一个信使来了打断了蓝斯洛的话。

那男孩个子矮矮的，上气不接下气，身上的铠甲罩袍在右腋下方有个箭孔。他用手指捏着那道裂缝，语速非常快。

王后出事了。五月一日那天，她去参加五月节的活动。

① 素手伊索德：来自布列塔尼，是崔斯坦的妻子。

为了赶在十点之前把还沾着露水的樱草、紫罗兰、山楂花和刚冒出新芽的树枝带回来，她和往常一样很早就出发了，因为五月的早晨是收集这些东西最好的时间。她一个护卫都没带（王后的骑士都戴着素盾，这样更容易辨认），只带了十名打扮成平民的骑士。他们的衣服是绿色的，看起来更喜庆。阿格凡就是其中一员——后来，为了打探桂妮薇的秘密，他一直像苍蝇一样在她身边绕来绕去；蓝斯洛则被支开了。

埋伏在半路的梅里亚格兰斯爵士从天而降时，王后等人正带着一堆花朵和树枝聊得火热，开开心心地骑着马回家。对他来说，出身是不是上品让他备受折磨，所以他打定主意，既然所有的人都说他并非出身上品，那就干脆光明正大地去做不绅士的事。他对这支队伍的情况了如指掌，知道王后的人马没有武装，也知道蓝斯洛不在这里。因此，他率领一批武力强大的弓箭手和一群全副武装的人，想抓住王后。

他们交手了。王后的骑士拿着刀剑，拼命地保护她，最终全都受了伤，其中有六个人受了重伤。为了保住他们的性命，桂妮薇不得不投降。她被迫和梅里亚格兰斯爵士谈判（从这里看，他算不上是彻头彻尾的无赖），只要他打赢她一个条件，她就立马叫她的士兵停手。她的条件是，他把这些受伤的骑士和她一起带回他的城堡，而且必须让他们睡在她房外的会客室。和蓝斯洛一样，梅里亚格兰斯也深爱着桂妮薇，临时起意的邪恶消失后，他意识到，不可能强迫他心爱的人做出违背意愿的事，所以他打赢了这些条件。现在你知道了吧，这个可怜的家伙从来没有真正地做过坏事。

随着混战的不断进行，眼看着伤员一个接一个挂在马上，王后却临危不乱。她把一个年幼的见习骑士叫来，因为他的小马很健康，而且跑得飞快。她摘下戒指，偷偷地交给他，要他去通知蓝斯洛，还告诉他，一有机会就赶紧逃命——他确实是这样做的，被几个弓箭手追得喘不过气来。

故事只讲了一半，蓝斯洛听闻后就咆哮着叫人去取他的铠甲。故事讲完后，亚瑟跪在他脚边，帮他系好胫甲。

第四十二章

那些弓箭手垂头丧气地骑马返回，说他们没能射到那个男孩，那一刻，梅里亚格兰斯爵士就知道以后会发生什么了。他苦恼不已，一方面是因为他知道自己做了不好的事情，而另一方面是因为他对王后的一片真心。但是，他心里还有其他的挣扎，他知道事情既然走到这一步，回头已经来不及了。只要收到王后的信，蓝斯洛就一定会来，所以他必须争取时间。城堡里的人还没有做好迎战的准备，但是只要王后在城内，如果他们能准备好，就有和围城的人谈判的机会。也就是说，在城堡做好防御措施之前，必须想尽一切办法阻止蓝斯洛爵士。他猜得很对，蓝斯洛一武装好，就迫不及待地来救王后。来到这里时，他一定会经过一片森林，那里有一块狭窄的空地，要想拦住他，在那里设下埋伏是最好的办法。那块空地非常小，即便弓箭手无法射穿他的铠甲，他的马也难逃一死。自从那动荡不安的年头之后，道路两旁的灌木丛就出现了一箭之地的距离，但由于这块地地形特殊，就被忽略了。梅里亚格兰斯爵士非常清楚，在一定射程内，一支强劲的箭完全有可能将最好的铠甲射穿。

埋伏很快就设好了，城堡内却乱成了一锅粥。牧人将牲畜赶进要塞，但所有的牲畜都不听指挥，随处乱走，不是彼此干扰，就是死活不肯走到门的另一头去。那些打水的男孩激动地将水倒进了大桶——这座无用城堡似乎起源于爱尔兰时期，城堡外庭没有水井。女仆眼看着就要崩溃了，像无头苍蝇一样跑来跑去；至于梅里亚格兰斯爵士，他和那些出身低微的人一样，打算用一种不会遭到非议的方式来对待他的俘虏——王后。他们专门给她准备了一间闺房，并将他房里的绣毯搬到她房里，把银器擦得锃亮，还派人从最近的邻居那儿借来了金盘子。侍从们忙碌着为他们准备国宾住房，好让桂妮薇住得舒舒服服的，她本人却被带到了一间非常狭窄的等候室；在此期间，她仍然坚持为那些受伤的骑士准备绷带、热水和担架，情况因此而变得更加糟糕。梅里亚格兰斯爵士在楼梯上上下下地跑，嘴里念叨的都是“好的，夫人，马上就来”或“该死的，玛莉安，你把蜡烛放到哪里了”或“莫多克，立马带着那些该死的羊滚出城顶房间”。当然，他会忙里偷闲，把额头靠在凉冰冰的石头上，骂自己是个大傻瓜，并将已经失控的计划弄得更加混乱不堪。

最先摆脱糟糕情绪的人是王后。她只有给伤兵绑绷带一个要求，所以她的需要最先得到满足。她和几名侍女坐在城堡的一扇窗户前（这里是十二级台风的中心点），突然，一个女孩嚷嚷道，路的那端有什么来了。

“是一辆拉货的马车，”王后说，“上面可能是城堡的储粮或其他物品。”

“瞧，马车上有个骑士，”那女孩说，“一个全副武装的骑士。我想，他很快就要被吊死了。”

在那个年代，乘坐拉货的马车并不是什么好事。不一会儿，她们看见一匹马飞驰着追赶着那辆马车，马缰飞扬的尘土中不停地晃动着。然后，她们看见，那马身上的内脏也在尘土中晃动，而且是所有的内脏。它几乎被锋利的箭射成了马蜂窝，狂奔的时候脸上的表情非常奇怪，大概是吓呆了。原来是蓝斯洛的马，而在那辆拉货的马车上的，正是蓝斯洛他用剑鞘打着可怜的马儿。和预期的一样,他掉进了陷阱里,不得不花一点儿时间和那些袭击者较量一番，但他们毫不费力地跳到了树丛和沟渠的那边,只留下那个沉重的落马铁人。就这样，就算穿着铠甲，他照样步行走完了剩下的路程。梅里亚格兰斯计算后得出了这样的结论：任何人都不可能穿着和他重量相同的装备走完这段路。他明显犯了一个错误，漏掉了被蓝斯洛抢走的那辆马车。那么，听到王后出事的消息后,这个全世界最伟大的骑士会多么着急呢？有一种说法是,他刚出发时，骑着马跨越了泰晤士河，从西敏斯特桥径直游到兰贝斯，这种说法明显不成立——如果事实如此，不管哪里出问题，他都会因为自己的铠甲而被淹死。

“什么，你居然说那是要被吊死的骑士？”王后大吼道，“你这个下贱坯子，居然敢拿蓝斯洛爵士和重罪犯相提并论？”

那可怜的女孩涨红了脸，闭了嘴。此时，他们看到蓝斯洛将马缰丢给吓坏的马夫，嘶吼着攻上了吊桥。

蓝斯洛破门而入的那一刻，梅里亚格兰斯爵士就料到他很快就会到来。门卫惊慌失措地抓着门，想赶在蓝斯洛进来之前关上门，却重重地挨了他一拳，轻轻松松就被摆平了。就这样，大门毫无防备地打开了。蓝斯洛雷霆大怒，这并不多见，大概是因为他的马受了苦。

梅里亚格兰斯爵士原本正在监督几个武装起来的人，当他们躲进中庭的木造小屋（这是用来对抗希腊之火的措施）时，他的神经全都断了。他跑向后阶梯，于是，当蓝斯洛在门房小屋附近怒吼时，他已经可怜兮兮地在王后面前跪地求饶了。

“又怎么了？”桂妮薇对着那个既特别又粗鲁的男人问，此刻，他正跪在她脚下。她的眼睛里闪烁着好奇的光芒，而不仅仅是厌恶。不管怎么样，因为爱情而遭到绑架其实是一种值得炫耀的资本，尤其是结局皆大欢喜。

“我认输，我认输了！”梅里亚格兰斯爵士大喊道，“啊，亲爱的王后，我认输了。请告诉蓝斯洛爵士，放过我吧。”

桂妮薇看起来神采奕奕，简直像仙女一样美丽。她高兴极了，也许是因为五月节，也许是因为这个来自伦敦东区的骑士对她的恭维，或者是因为女性对快乐的预感，但令人不解的是，她对这个俘虏她的人没有一丝怨恨。

“好极了，”她欢快而明智地说，“关于此事的传言越少，我的名节就越安全。别担心，我一定会尽力安抚蓝斯洛爵士的。”

梅里亚格兰斯爵士心里的石头总算是落地了，先是松了一口气，紧接着又重重地叹了一口气。

“没错，”他说，“那只年迈的公麻雀——哈哈，请原谅，但这是真的！最仁慈的王后，您那些受伤骑士的情况不太妙，今晚能不能请您在说服蓝斯洛爵士之后，去梅里亚格兰斯城堡过夜呢？”

“我不确定。”王后说。

“明天天一亮，你们就可以离开了，”梅里亚格兰斯爵士怂恿道，“我保证，我会彻底忘了这件事。这样做比较好。

您可以告诉别人，您是来这里做客的。”

“没问题。”王后说。梅里亚格兰斯爵士摸着自己的额头时，她已经下楼去找蓝斯洛了。

他站在内庭，发疯似的吼叫着，要他的敌人快滚出来。桂妮薇看见了他，他也看见了她，但他们什么都没说，最原始的电流信息迅速在他们的眼睛里传递，把伊莲和整个圣杯探险忘得一干二净。据我们所知，她最终选择勇敢地面对挫折。他一定从她眼睛里看见，她已经彻底屈服，简单地说，就是她决定让他去做真正的自己（想做什么就做什么），只要他还是蓝斯洛，其他都无所谓。她恢复了往日的平静和理智。她当众宣布，只要蓝斯洛好好活着，他做什么都行，她决不会再阻止。此时，很多年前的两个真心相爱的纯真的年轻人又回来了——在烟雾萦绕的大厅上，他们向彼此射出了丘比特之剑，而他们的心碰撞时发出的咔嚓声几乎被他们抛到了九霄云外。这一次，桂妮薇发自内心地降服了，却阴差阳错地成了这场战争的赢家。

“怎么了，有什么好大惊小怪的？”王后问。

听语气，他们很轻松，而且很像是在开玩笑。他们再次相爱了。

“真是个不错的问题。”

然后，他脸红了，佯装生气地说：“我的马被他射死了。”

“谢谢你能来，”王后温柔地说，和他记忆里的那令人着迷的声音一模一样，“谢谢你这么快就来了，全世界最勇敢的骑士。不过，他已经投降了，我们就饶了他吧。”

“可是，这个可恶的家伙射死了我的马。”

“我们已经谈好了。”

“早知道是这样，”蓝斯洛的语气有些醋意，“我就不会冒死赶来了。”

“你觉得很遗憾，”她问，“是因为你的表现太棒了吗？”

他没有吱声。

“他算什么东西，我才不在乎呢！”王后红着脸说，“我只是在想，最好别传出什么丑闻。”

“我比你更想这样。”

“想做什么就去做吧，”王后说，“如果你想和他痛痛快快地打一回，就去吧。这是你的权利。”

蓝斯洛目不转睛地注视着。

“夫人，”他说，“只要您高兴，我死而无憾。至于我，就交给您处置吧。”

他情不自禁地用庄严的骑士口吻说话，了解他的人都知道，他被感动了。

第四十三章

受伤的骑士躺在外面房间的担架上。桂妮薇卧室的内室有一扇窗户，上面装着铁条，没有玻璃。

蓝斯洛在花园里发现了一架梯子，高度正好可以让他达到目的——虽然他们并没有事先商量好，但王后确实正在等他。当那张扭曲的脸出现在窗前，还好奇地仰望着天空时，她一点儿也没觉得害怕，觉得那是兽形滴水嘴或恶魔。她站在那里，在心脏跳动的节奏中，她感到血液在身体里奔涌，然后她静静地走到窗户边——那是共谋下的安静。

至于他们说了些什么，除了他们之外，谁都不知道，但马洛礼是这样说的："他们对对方有许许多多的抱怨。"也许他们都认为，他们不可能既爱着亚瑟，同时又欺骗他。也许，蓝斯洛最终让她了解了他的上帝，桂妮薇则让他对自己没有孩子的痛苦感同身受。又或者，他们一致决定，接受他们之间那不道德的爱。

后来，蓝斯洛爵士小声问道："我可以进去吗？"

"当然。"

"夫人，你真的想和我在一起吗？"

"是的。"

破坏最后一根铁条的时候，他的手受伤了，伤口很深，可以看见白森森的骨头。

两人的耳语若有若无，之后，黑暗的房间变得静悄悄的。

第二天早上，桂妮薇王后很晚才起床。梅里亚格兰斯爵士迫不及待地想平息整件事，所以在会客室里大声嚷嚷，想要她尽快离开。说实话，他虽然俘获了深爱的女人，却始终得不到她的心，一想到这里，他的心就开始剧烈地疼痛。他想，与其这样备受折磨，还不如放手。

他最后还是走进了桂妮薇的房间，既是为了催她起床，同时也是强烈的好奇心作祟——在早晨会客的日子里，这样的行为不足为奇。

“抱歉，”梅里亚格兰斯爵士说，“王后，您是不是不舒服？怎么睡了这么久？”

美人就在眼前，他却始终没办法得手，只好假装看向别处。蓝斯洛之前弄伤了手，所以床单上到处都是血迹。

“可恶的叛徒！”梅里亚格兰斯爵士咬牙切齿地说，“叛徒！你背叛了亚瑟王！”

他百分之百确认自己上当了，愤怒和嫉妒让他差点儿发狂。他的冒险精神用在了错误的地方，所以他一直把王后当作一位纯洁的女性，而他这个想占有她的人是错的。直到现在，他才发现她一直在骗他，她以贞洁为借口拒绝了他，却明目张胆地和那些受伤的骑士上床。他已经有了定论，坚信那些血来自某位受伤的骑士，所以她才会坚持要他们住在会客室里。最可怕的嫉妒和愤怒交织在一起，他一直没有察觉到窗上的铁条有些异样，因为已经有人小心地将它们放回去了。

“叛徒！叛徒！我要告诉亚瑟王！”

梅里亚格兰斯爵士的叫嚷声传进了受伤的骑士的耳朵里，他们一瘸一拐地走向门边，几乎只是一瞬间，这阵骚动就传了出去，侍女和服侍的女仆、见习骑士、马童和几个马夫，全都兴冲冲地跑过来凑热闹。

“这是骗局！”梅里亚格兰斯爵士大声嚷嚷道，“或多或少，都是骗局！有个受伤的骑士来过这里。”

桂妮薇说：“不可能！他们可以替我证明。”

“撒谎，”那些骑士大吼道，“你可以挑选我们当中的任何一个人，我们要和你单挑。”

“不，你们绝不会这样做，”梅里亚格兰斯爵士尖声叫着，“别想用那些没用的好话骗我！我肯定，和王后睡在一起的是一个受伤的骑士。”

血迹是铁证。他一直指着那些血迹，直到蓝斯洛出现在那群快被他催眠的侍卫中。谁都没有发现，他受伤的手戴了一只手套。

“怎么了？”蓝斯洛问。

梅里亚格兰斯爵士一五一十地告诉了他，语气狂乱，再加上手势，浑身上下写着找到新人倾诉的亢奋。看起来，他和一个因为过度悲伤而发狂的男人没什么两样。

蓝斯洛冷冷地说：“请你好好回想一下，你是怎样对待王后的。”

“我不明白你的意思，我也不在乎。我知道，有个骑士昨晚来过这里。”

“请你说话小心点儿。”

蓝斯洛严厉地看着他，一方面是想警告他，一方面则是想让他清醒过来。他俩都清楚，这项指控只有一个结局——

战斗审判，但蓝斯洛想让他认清自己的对手。当梅里亚格兰斯爵士最终明白的时候，却摆起了谱，盯着蓝斯洛。

“你也要当心，蓝斯洛爵士，”他平静地说，“我知道你是全世界最伟大的骑士，但有一点你要明白，如果你非要在一场错误的争执中抢风头，那我只能祝你好运了。不管怎么说，上帝也许会为了正义而出击，蓝斯洛爵士。”

王后真正的爱人咬紧了牙。

“还是听上帝的安排吧。”他说。

接着，他又恶狠狠地补充道：“据我所知，这些受伤的骑士都没有进过王后的房间。如果你还是要出头，我奉陪到底。”

到最后，蓝斯洛一共为落难的王后出战三次，第一次的对手是马铎爵士，第二次是以非常可疑的谬论和梅里亚格兰斯展开激烈的争论，第三次的导火索则是他天马行空的一次争论；然而，他每出战一次，就意味着他们朝毁灭迈出了一步。

梅里亚格兰斯爵士把手套扔到地上。他坚信自己没有撒谎，所以他和拿下参与激烈的争执的人一样，固执得要命，而且宁死不屈。所有人都在忙活出战行头的事，比如，用纹章在挑战信物上盖上戳记，并且定好日期。梅里亚格兰斯爵士开始沉默，他已经掉进了裁判的体制里，有时间可以好好思考一下，但他和往常一样犯了方向性的错误。这个矛盾的男人啊！

“蓝斯洛爵士，”他说，“我们已经约定好要交战了，这时你应该不会对我做出什么背义的事吧？”

“当然不会。”

蓝斯洛目瞪口呆地看着他。他和亚瑟一样，对这个世界的邪恶总是估计不足，因此遇到了很多麻烦——比方说，在西敏斯特，他把奥克尼一族打得落花流水。

“在交手之前，我们还是朋友吗？”

这个老战士感受到了一种久违的痛苦，耻辱的痛苦，萦绕在他身边，挥之不去。他要和他较量，居然只是为了一句真话。

“没错，”他真诚地说，“是朋友！”

他觉得有些不安，快步走到梅里亚格兰斯面前。

“那么，从现在开始，我们可以和平共处。”梅里亚格兰斯高兴地说，“任何事都能放在桌面上谈。去看看我的城堡，如何？”

“非常乐意。”

梅里亚格兰斯带着他在城堡里参观了好几个房间，最后走进了一个有活板门的房间。板子一转，门就开了，蓝斯洛掉进了一个黑漆漆的地窖里，落在一堆干草上，足足有六十英尺深。接着，梅里亚格兰斯把一匹马藏了起来，并告诉王后，蓝斯洛已经走了。说走就走，这确实是蓝斯洛的风格，这个故事因此而增加了几分可信性。对梅里亚格兰斯而言，这或许是上帝不会在这场争执中站错队的保障，因为梅里亚格兰斯的是非标准已经乱七八糟。

第四十四章

和马铎那场战斗审判一样，第二次同样令人毛骨悚然。首先，蓝斯洛直到最后一刻才赶来，比上次来得更晚。他们几乎已经不抱希望了，并说服拉文爵士替他出战。拉文爵士骑马进入竞技场时，那个伟大的男人终于骑着一匹白马（那是梅里亚格兰斯的马）飞奔而来。他一直被关在地窖里，今天早上才重获自由——那个给他送饭的女孩看见主人不在家，趁机放了他，条件是一个吻。他一直很纠结，不知道自己该不该吻她，但最后他想通了，不就是一个吻吗，有什么大不了的？

第一轮交锋时，梅里亚格兰斯就败下阵来，一屁股坐在地上，怎么叫都不起来。

“好吧，我认输，”他说，“我完了。”

“起来，快起来。你还没开始打呢！”

“我不打。”梅里亚格兰斯爵士说。

蓝斯洛不解地看着他。为了他的马和地板活门的事，蓝斯洛恨不得好好揍他一顿。但他非常清楚，这个男人的指控全都是真的，而他无意杀他。

“饶命啊！”梅里亚格兰斯爵士恳求道。

蓝斯洛瞄向王后的帐篷。她坐在那里，被王室侍卫官包围着、监视着。他的头盔非常大，所以谁都没有注意到他征询的眼神。

然而，桂妮薇看到了，准确地说，应该是感受到了。她把手伸出包厢，拇指朝下一比，并且偷偷地往下戳了好几下。她认为，梅里亚格兰斯是个危险人物，必须杀了他，否则必有后患。

竞技场陷入了死寂，所有人都伸长着脖子，看着那两个战士，连大气都不敢出，和罗马竞技场或西班牙斗牛场里的人差不多。对他们而言，梅里亚格兰斯的指控比马铎的指控严重一百倍；而他们也和桂妮薇一样，觉得他该死。那个年代爱的规范和现在不一样，必须具有骑士精神、成熟、长远、有宗教性，而且几乎只停留在精神层面，因此任何人都不能妄加评论。现代人的爱情往往短暂得离谱，甚至只有一个星期的保鲜期，这和那个年代有着天壤之别。

旁观者看见蓝斯洛在那个男人面前显得有些犹豫，又听到了从头盔里发出的声音。他给出了某种提议。

“如果你打起来，和我决一死战，我保证会让你几步。”他说，“我不戴头盔，解除我身体左边的武装，不拿盾牌，并且把左手绑在背后。你觉得这样公平吗？如果我这样做，你愿意起来和我打吗？”

国王大叫一声：“停！等一下！”于是，传礼官和纹章文官走进竞技场，梅里亚格兰斯也老实了。所有人都在为他感到羞愧。在这阵令人不安的寂静中，他开始嘀嘀咕咕，不停地抱怨着，并且坚持要有人去监看蓝斯洛是否兑现了自己的承诺。几个人不情愿地为蓝斯洛爵士卸甲，把他的手绑起来。这些让步简直太过分了，他们觉得自己就是可恶的帮凶，亲手将深爱的人推进深渊。把他绑好后，他们把剑递给他，然后猛地推了他一把，将他推到了梅里亚格兰斯面前，转过头去。

光芒一闪，满是沙子的竞技场上仿佛出现了一条鲑鱼，正在从河里的阻碍物上一跃而过——本身毫无防备的蓝斯洛发起了进攻。他一出手，形势就发生了逆转——和万花筒里的影像变换时发出的咔嚓声一模一样。占据主动的人原本是梅里亚格兰斯，此刻却变成了蓝斯洛。

梅里亚格兰斯爵士被马拖出场时，头盔和头全都变成了两半。

第四十五章

好了，这个冗长的故事讲述的是，那个来自班威克的外国人如何赢得桂妮薇王后的芳心，如何为了他的上帝而放弃了她，最终却又宁愿违背世俗的道德观念重新投入她的怀抱。这是个古代的爱情故事，那时候的爱情纯真而热烈；它和现代的爱情故事不同，没有青少年追逐的电影中的狂热和激情。这些人苦苦熬了二十五年才猛然醒悟过来；现在，他们走进了人生当中的小阳春时节。蓝斯洛将他的上帝献给了桂妮薇，而她回报他的则是自由。至于伊莲，她充其量只能算是这个乱七八糟的故事中的小插曲，无足轻重。现在，她已经得到了原本属于她的平静。依我看，亚瑟才是这段畸形的三角关系中最不幸的人，当然也并不是完全不幸。在梅林的精心培养下，亚瑟没有成为一个享受私欲的人，而是一个享受王室之乐的人，他要享受的是一个国家的繁盛。当他们年老时，因为蓝斯洛那两场轰动一时的胜利，国家又恢复了往日的繁荣昌盛。那些风尚、现代作风以及圆桌中心的腐败统统被藏了起来，所以他那伟大的想法又重见天日。他发明了法律，并树立了权威。亚瑟并不是一个公报私仇的人，他小心翼翼地避开桂妮薇和蓝斯洛给他带来的痛苦，并告诉自己他们一定不会让他知道。他之所以这样做，不是因为害怕，也不是想姑息，而是因为骨子里的高贵。作为最高权力的拥有者，被戴了绿帽子的他只要一声令下，不费吹灰之力，就能在断头台上终结这永恒的三角关系。他的妻子和她的爱人对他来说和小蚂蚁差不多，所以他决定继续装作一无所知，但绝不是因为恐惧。

这段小阳春时期完全在他们的掌握之中，谣言平息了，也没有再发生任何无礼的行径。奥克尼一族只能小声地嘀嘀咕咕，与其这样说，还不如说用私底下的抱怨来形容更合适。在修道院的写字间和贵族的城堡中，抄写员在弥撒书和骑士专论上龙飞凤舞，绘图员则一边描绘着首字母，一边小心翼翼地画出纹章盾徽。金匠和银匠挥舞着小锤子锤出金箔，将金线弄弯，在主教的权杖上镶嵌着非常复杂的图案。漂亮的女士把知更鸟或雀鸟当作宠物，为了教喜鹊说话，他们费了很大的心思。如果是有先见之明的主妇，柜子里肯定塞满了糖蜜，等到家人因恶气而染病时充当药物，还有一种治疗风湿的自制药膏和麝香丸子。为了即将到来的四旬斋，他们买了很多椰枣、绿姜杏仁茶和四先令六便士的鲱鱼，必须用马车才能运回家。鹰匠们相互辱骂彼此的鹰隼的声音此起彼伏，直到他们觉得气消了才停下来。强权年代已成为历史，所以律师在新的法庭中忙得脚跟不离地，提出各种令状，如褫夺公权、大法官法庭、合同协定、侵占、扣押、查封、收买陪审团、紧急事故、财物扣押、赡养义务、具保领回、过路权、听讼法庭、清偿债款、遗产战友、是非之辩、赞成反对和初夜权，并一一找到了可使用的法条。当时的法律还不完善，混乱不堪，所以即使偷价值一先令的物品，也可能被处死，这绝不是在吓唬你；别着急，请接着往下看，如果你知道一先令可以买到两只鹅、四加仑葡萄酒或四十八条面包，或许就不会认为这条法律太离谱了。只有出身一般的情侣才会出现在乡间小路上，他们搂着对方的腰，沐浴在落日余晖中，从后面看起来，活脱脱一个“X”字。

亚瑟的格美利一片祥和安宁，和平的快乐在蓝斯洛和桂妮薇面前蔓延。但是，这张拼图还有第四个角。

上帝是蓝斯洛的信仰。他在他们的战争中扮演另一个人，现在，他终于下定决心跨越那条小路。那个看着壶盔的小男孩发着呆，那个总是在梦中看见井水从他唇边溜走的男孩，雄心勃勃地想创造一般的奇迹。还记得，他上一次创造奇迹是将伊莲从沸水中救出来，那时他是全世界最伟大的骑士——但就是在那个恐怖的夜晚，他中了伊莲的诡计，从而破坏了自己的禁忌。在之后的二十五年里，每每想到那个可怕的夜晚，他的心中就充满了哀伤，而这份哀伤贯穿了整个寻找圣杯的探险过程。那件事之前，他认为自己是上帝的臣民；但自从发生了那件事，他就成了一个大骗子。现在，该来的终于来了，他即将面对他的不幸，这一切都是宿命。

乌利爵士是一位来自匈牙利的骑士，他在七年前的一场比武大会中受了伤。当时，和他对战的是阿格法斯爵士，虽然他最后杀死了对方，自己身上却留下了好几道伤口：头上三道、身体和左手则有四道。阿格法斯的母亲是个西班牙女巫，她对匈牙利的乌利爵士下了诅咒，让他身上的伤口永远无法痊愈。在全世界最了不起的骑士亲自来帮他照看这些伤口、用自己的双手让伤口愈合之前，它们会血流不止。

就这样，匈牙利的乌利爵士被人背着去了很多国家（当然，他可能得了某种血友病），四处寻找最了不起的骑士。

最后，他勇敢地跨过海峡，来到了陌生的北方国度。不管他走到哪里，也不管他问的是什么人，他听到的都是同一个名字——蓝斯洛，这是他唯一的机会。这就是他寻找蓝斯洛的原因。

亚瑟总是能挖掘出每个人的特质，他知道蓝斯能做到这件事，但是他觉得，圆桌所有的骑士都应该有展示自己的机会，这样才公平。说不定，一个深藏不露的高手会横空出世，这样的事情以前也发生过。

圣灵诞生节即将到来，宫廷的人当时都在卡利西，按照规定，所有人必须在镇上的草地聚会。乌利骑士被人用担架抬到那里，躺在用金布做的枕垫上，诊疗随时可以进行。一百一十名骑士（另外四十名正在探险）穿着自己最华丽的衣服，把他围在中间，地上铺着地毯，还特地给贵妇人准备了帐篷，方便她们在一旁观看。亚瑟对蓝斯洛十分厚爱，为了迎接即将到来的至高成就，给他安排的陈设极尽奢华。

这是蓝斯洛爵士之书的最后一章，现在我们最关心的，是他在本书里的最后一次现身。他躲在城堡的马具室里，小心地注视着窗外。房间里有很多皮制的缰绳，在马鞍和鲜亮的马嚼之间挂得整整齐齐的。他发现，那些皮绳非常结实，完全能承受住他的重量。他躲在那里静静地等待着，祈祷能创造奇迹的人快点儿到来——也许是加瑞斯。如果没有，就让他们将他抛到脑后，但愿不会有人发现他没来。

你会不会觉得，做全世界最优秀的骑士是一件好事？你可以好好想想，顺便想想捍卫这个名号需要付出的努力和艰辛。想想那些考验，那些不断重复、冷酷无情、会曝出丑闻的考验，它们会像冤魂一样纠缠着你，直到失败或者说死去的那一刻才彻底结束。再想想,你非常清楚自己失败的原因,但为了不让其他任何人知道,你苦苦隐瞒或忽视了二十五年。试想，现在你就要勇敢地站出来，在人数最多、地位最尊贵的观众面前承认自己的罪行。他们满以为你会成功，但你注定会失败：你要当着所有人的面承认，自己撒了二十五年的谎，而他们马上就会知道其中的原因——你一直想隐藏这个可耻的理由，不想让别人知道，甚至包括你自己。但是，你在巴掌大的房间里，这些事就像包在纸里的火一样，动不动就会钻出来刺激你，让你拼了命地想把它扔出去。在很多年前，你就想创造奇迹，但只有心地纯洁的人才能做到。在此之前，你让外面那些人相信你心地纯洁，所以他们都眼巴巴地等着你去创造这个奇迹，但是现在，背叛、通奸和谋杀时时刻刻在啃噬你的心,而你现在要做的是,就是走到阳光下,测试你的荣誉。

蓝斯洛站在马具室里，面无血色。他知道桂妮薇就在外面，她的脸色和他差不多。他绞着手指，看着强韧的缰绳，虔诚地祈祷着。

“瑟佛斯·勒布乌斯爵士！”传礼官传唤，而后瑟佛斯踏步走了过来。他是一名骑士，在那张竞争名单中排在最后几位。他生性害羞，除了自然史之外，对什么都不感兴趣，从来没有和任何人交战过。他朝那个只要别人一碰就鬼哭狼嚎的乌利爵士走去，跪在他面前，尽力而为。

“欧兹纳·勒寇尔·哈迪爵士！”

照这个顺序进行下去，整张名单上共有一百一十人；马洛礼以一种合理的顺序将这些华丽的人名记了下来，所以你差不多可以看见他们沉重的钢片甲衣上的完美切割、盾徽的色调，以及五颜六色的羽饰。因为那些羽毛装饰，他们看起来和印第安勇士很像。他们走路的时候，足甲的金属片发出了响亮的声音，在马刺上敲出了浑厚的声音，令人振奋。他们跪下来，乌利爵士后退了一下，却失败了。

蓝斯洛并没有用马缰绳上吊自杀。他不仅破坏了他的禁忌，背叛了他的朋友，回到桂妮薇身边，还在一场错误的争执中杀死了梅里亚格兰斯爵士。他犯的错太多了，现在，他已经做好了接受惩罚的准备。他走过那条一眼望不到头的大道，两旁挤满了在阳光下等待的骑士。他不想引人注目，最终反而成了最令人瞩目的最后一人。当着那些显贵人物的面，他只是一个濒临崩溃的老兵而已，丑陋、扭扭捏捏、踌躇不前。莫桀和阿格凡也慢慢地走上前。

跪在乌利面前的时候，蓝斯洛对亚瑟王说："难道非要我在所有人失败之后这样做吗？"

"没错。这是我的命令。"

"好吧，我听你的。但是，在所有人都失败之后……这是不是显得我太傲慢了？非要这样吗？"

"你可以换个角度想，"国王说，"让你来试怎么能和傲慢沾上边呢？如果连你都做不到，还有谁有这个本事呢？"

乌利爵士已经衰弱到了极点，他强忍着钻心的疼痛，用手肘撑着身体坐了起来。

"求你了，"他说，"我就是为了这件事才来找你的。"

蓝斯洛眼睛里闪烁着泪花。

"啊，乌利爵士，"他说，"只要我能做到，我当然非常乐意。但是，你不明白，你不明白。"

"看在上帝的面子上。"乌利爵士说。

蓝斯洛面朝着他认为上帝所在的方向，自言自语一番。他的大意是这样的：“荣耀不是最重要的，但是能不能不要夺走我们的正直？看在这位骑士的面子上，只要你愿意帮他，就答应他吧。”接着，他要乌利骑士给他看他头上的伤。

桂妮薇在她的帐篷里，死死地盯着那两个正在笨拙地摸索的男人。不一会儿，她看见附近的人动了，随着一阵低语，人群中开始沸腾，响起了热烈的欢呼声。男士开始扔帽子、大叫、握手。亚瑟重复地喊着某些相同的字眼，他使劲儿地抓住大老粗加文的手肘，对他喊来喊去。“伤口像盒子一样合起来了！像盒子一样合起来了！”几位年长的骑士围成一圈，开心地跳起舞来，把盾牌弄得砰砰直响，如果不仔细看，还以为他们是在玩“豌豆布丁烫”的游戏，互相戳对方的肋骨呢！侍从们疯了似的大笑着，拍着彼此的背部。波尔斯爵士亲吻了爱尔兰的安贵斯国王，后者也回了他一个吻。作为王子，一向骄纵的加拉哈特爵士滚倒在自己的剑鞘上。在很久以前的一个晚上，宽容大度的贝勒斯爵士被蓝斯洛刺破了肝脏，就在一顶红色丝质帐篷旁，但他并没有放在心上，现在他用一个草叶吹出了可怕的噪声。贝第维爵士自从见了教宗，就开始真心地悔过，总是没完没了地念叨着几根圣骨的事，那是他去朝圣带回来的纪念品，上面有一行弯弯曲曲的字迹——来自罗马的礼物。布利昂爵士仍然对那位个性温和的野人念念不忘，他热情地拥抱了卡斯特爵士，那位异乡骑士的颇有骑士之风的斥责，他一直牢记于心。仁慈、善良的阿格洛法彻底放下了与派林诺家族的世仇，他真心地和英俊的加瑞斯击掌；莫桀和阿格凡眉头紧锁。马铎爵士涨红着脸，说他给蓝斯洛准备了一件礼物——新斗篷；戴普大叔早已白发苍苍，老得太吓人了，瞧，他正在尝试着想要跳过自己的手杖呢！帐篷的布幕放了下来，旗子迎风飘扬，而欢呼声仍此起彼伏，就像是猛烈的炮火或轰隆隆的雷声，绕着卡利西的塔楼转。远远看上去，广场四处和其中所有的人，以及城堡中所有的高塔，就像是在雨中忽上忽下的湖面。

在拥挤的人群当中，谁都没有发现她的爱人独自跪了下来。那像雕像一样一动不动的身形知道一个秘密，一个只有他知道的秘密。原来，真正的奇迹是他在创造奇迹之前得到了上帝的允许。“之后，”马洛礼说，“蓝斯洛爵士流下了悲伤的眼泪，就像一个受到惩罚的孩子。”